# 人生，何以至此

*RENSHENG HEYI ZHICI*

刘心武 著

GUANGXI NORMAL UNIVERSITY PRESS
广西师范大学出版社
·桂林·

图书在版编目（CIP）数据

人生，何以至此 / 刘心武著. —桂林：广西师范大学出版社，2016.1
（语文一生）
ISBN 978-7-5495-7472-8

Ⅰ. ①人… Ⅱ. ①刘… Ⅲ. ①散文集－中国－当代 Ⅳ. ①I267

中国版本图书馆 CIP 数据核字（2015）第 269156 号

广西师范大学出版社出版发行
（广西桂林市中华路 22 号　邮政编码：541001
网址：http://www.bbtpress.com）
出版人：何林夏
全国新华书店经销
广西民族印刷包装集团有限公司印刷
（南宁市高新区高新三路 1 号　邮政编码：530007）
开本：890 mm × 1 240 mm　1/32
印张：11.375　　字数：220 千字
2016 年 1 月第 1 版　　2016 年 1 月第 1 次印刷
印数：00 001~10 000 册　　定价：39.80 元

# 目　录

# 第一部分 人生，何以至此

什么叫生离，什么叫惜别，
往往是要很久很久以后才会懂得，
但往往懂得时，
又难以补救了。

# 雾锁南岸

随着记忆回到童年,我的空间比例感立即变更,我的视平线离地面不足一米,跟我个头平齐的是家里那几只大鹅。我混在它们里面一起朝花台那边摇摇摆摆而去,它们欢快地叫着,我觉得听明白了它们的话语,是在鼓励我朝前走,不要怕会从花台里爬出来的菜花蛇。

那时候只有大人将我抱起,我才会注意到大人的面容,当我自己在地面上跑来跑去时,我觉得亲切的面容主要是那几只大鹅。我觉得自己跟它们没多大区别,它们似乎也把我视为同类。

“刘幺!莫让鹅啄了你!”一个大人走近我身旁,记忆里没有她的面容,只有她的大手,很粗糙,很有力,握住了我的胳臂,将我拉往她的怀抱,几只鹅兄鹅弟抱怨地扇着翅膀,摇晃着让到一边。

抱起我来的,是我家的保姆彭娘。我在她怀里挣扎着:“鹅才不啄我哩!我要跟它们耍嘛!”彭娘道:“是有点怪吔,这些鹅啄这个啄那个,就是不啄幺娃!不过谨慎点为好啊!”说着彭娘就把我抱进灶房去了,放到小竹凳上,哄我说:“幺娃儿乖，帮我剥豌豆，我摆个龙门阵给你听……”

所忆起的这些，都在重庆南岸，那时我家的居所。

那是1946年到1950年，我四岁到八岁期间。我家那时所住的，是重庆海关的宿舍。那栋房子，是两层楼，下面一层住的是另一家。那家的院门，在下面的一个平面上。我家的院门呢，则在山坡的另一平面上。院门由木头和竹子构成，进了院门，是个小院子，这小院子的右手边，是个几米高的坡壁，坡上有路，从那路上往下跳，按说就能跳进我家，但我家在那坡壁下面，布置了一个花台，花台上种的蔷薇，长成一米高的乱藤，一年里有三季盛开着艳红的蔷薇花，那些粗壮的藤茎上，布满密密的尖刺，令任何一位打算从坡壁上跳下的人望而生畏。就这样，我家右边形成了自然的壁垒。左边呢，我家这个院子的平面，与下面那个平面，又形成了一个落差更大的坡壁，于是安装了篱笆。那栋两层的小楼，下面一层与我们上面一层原来有楼梯相通，因为分给两家，堵死了。那楼耸起在我家的这个小院前面，二层正与小院的平面取齐，但楼体并不挨着坡壁，楼体与坡壁之间，是一道深沟，雨后会有溪流冲过，平时也有深浅不一的沟水滞留，那么，我们家的人怎么进入自己的住房呢？那就需要通过一座木桥，桥这头在我家小院，桥那头伸进楼上的一扇门，穿过桥，进入楼里，则是一个比较大的空间，充作饭堂，饭堂前面有门，门外则是一个不小的阳台，从阳台上可以望见长江和嘉陵江的汇合，山城重庆的剪影历历在目。从饭堂往右，有条走廊，走廊里面有三间屋子，有间是摆着沙发的客厅，有间是父亲的书房，尽里面最大的一间，则是卧室。我虽然有自己的小床，但常常要挤到父母的大床上去睡，夜里做噩梦，拼命往父亲脊背上靠，结果给他捂出了大片痱子。那时大哥、二哥都常在外地，小哥和阿姐在重庆城里巴蜀中学住校，父亲每天一早要乘海关划子过江到城里上班，晚上才回来，因此，大多数时候，那个空间里，只有母亲、彭娘和我。小院尽里面，有三间草房，墙是竹篾编的，屋顶是稻草铺的，一间是灶房，一间彭娘住，一间是搁马桶的，大人要到那里面去方便，我是不用去那里的，我在屋子里有罐罐，彭娘每天会给我倒掉洗净。草房再往里，高高的坡壁下，有一片菜地，彭娘经营得很好，我家吃的菜有一半是在那里自产的。

彭娘到我家帮佣，有很长的历史。大约在 1936 年父亲从梧州海关调到重庆海关任职，她就从老家来到我家了。二哥告诉我，那时候我家生活很富裕，住在城里，每晚开饭，要开两桌，除了自家一桌，总有一些同乡，坐成一桌来吃饭。那时给彭娘的佣金，是相当可观的。但是 1937 年抗战爆发以后，生活艰难起来，特别是日本飞机轰炸重庆，使得父亲不得不将母亲和孩子们先转移到成都，再转移到老家安岳。彭娘在我家经济上衰落时，依然跟我母亲兄姊转移各地，相依为命。阿姐告诉我，那期间父亲偶尔会来成都看望家人，但来去匆匆，留下的钱不够用，战时薪酬发放不按时，加上邮路不畅，母亲常常面临无米之炊的窘境。她就记得,有天在昏暗的煤油灯光里,母亲开口问彭娘借钱,彭娘就从她自己的藤箱里,翻出一个土布小包袱,细心打开,好几层,里面是她历年来攒下的工钱,都兑换成了银元。她对我们母亲说:“莫说是借。羊毛出在羊身上,甜日子苦日子大家一起过,只是你莫要再生那个从桌子上往下跳的心!”

彭娘规劝母亲不要从桌子上往下跳,是因为1941年冬季,母亲又怀孕了,那时候父母已经有三子一女,而且还有一个年纪跟大哥相仿的、祖父续弦妻子生下的小叔,跟着母亲在抗战的艰难岁月里颠沛流离。父母实在不想再度生育,只是那时候没有什么避孕措施,不想父亲从重庆往成都探视母亲的短暂几天里,竟播下了我这个种。母亲找来不少堕胎的偏方,可是吃进去就会很快呕出来,于是跟彭娘说起,不如从桌子上猛地跳下,也许就把胎儿流出来了。有天母亲又让彭娘去为她买堕胎药,彭娘从外面回来,跟她说:“这回我给你换了个方子!”母亲说:“莫是吃了又要呕出来啊!”彭娘热好了那东西,端过去,母亲吃了一惊:“这是什么啊?我怎么觉得分明是牛奶呀?”彭娘就说:“是我给你买的牛奶!你这么一天天乱吃药,正经饭不吃几口,看你身子还能撑几天!你带着这么一大啪啦娃儿,不把身子保养好,怎么开交?给我巴巴实实喝了它!”母亲说:“只怕喝了也要呕出来!”但是她喝下那牛奶,不但没呕,还实话实说:“多日没喝过这甘露般的东西了。只怕上了瘾没那么多钱供给!”

于是到了1942年6月,在成都育婴堂街借住的陋宅里,母亲再一次临盆。母亲非常紧张,她对彭娘说:“以前都是在医院,那里边什么都是现成的……”彭娘就“赏”她——四川话把批驳、斥责、讥讽、奚落说成“赏”——“说不得什么以前现在了,抗日嘛,大家紧缩点是应当的! 再说了,现在怎么就不现成? 七舅母当过护士,我自己也生过娃儿,一锅干净水已经烧滚在那里了,干净的毛巾,消过毒的剪刀,全齐备了,你就安安逸逸生你的就是了!”凌晨,母亲生下了我,接生的是我七舅母,助产的正是彭娘。彭娘后来说:“原准备你出来后拍你屁股一下,哪晓得你一到我手里就哇哇大哭,你委屈个啥啊?”

我的落生,虽在父母计划之外,但既然来了,他们也就喜欢。父亲给我取名,刘姓后的心字,是祖上定下的辈分标志,只有最后一个字需要父亲定夺,父亲那时候支持蒋介石的武装抗日立场,反对汪精卫的所谓“和平路线”,就给我取名刘心武,据说彭娘听了头一个赞同,说:“要得! 我们幺儿生下来就结实英武,二天(四川方言:以后)当个将军! 莫去舞文弄墨,文弱得像根麻杆儿!”她哪里想得到,几十年后,恰恰是这个名字里有“武”字的,没成为将军,倒混成个文人。其实要说名字的“文艺味儿”,二哥刘心人、小哥刘心化,都远比我的名字更适合作为作家的署名。

彭娘似乎比父母更宠我。她说我命硬,从小就懂得自卫,才几个月时，她把我放在盆里洗澡，我站在盆里，一只手死死拽住她的衣角，不使自己跌倒。“啃吔，这个娃儿，好大气力哟！”多年以后，彭娘说起，还笑得合不拢口。又夸我天生谨慎，说是他们老家乡里，有个娃儿，养活四五岁了，有天口渴，跑到饭桌前，欠起脚，抓过茶壶就对嘴喝，没想到壶里是大人刚灌满的滚水，满壶滚水不容他躲避咕咚咕咚灌进了他食道胃肠里，好好的一个娃儿，竟然就活活烫死了！因此，到我家帮佣以后，对我哥哥姐姐，她不忘从小提醒：吃喝先要弄清冷热，尤其不能把住茶壶嘴就往嗓子眼里灌。但是我呢，彭娘说，怪了，从很小开始，她喂我水喂我饭，明明她已经尝过冷热，是正合适的，那勺子到了我嘴边，我总会本能地用舌尖轻轻地试着舔一下，在确认不烫以后，才肯让她将水将饭喂进我的嘴里；长到四五岁自己能倒茶壶里的水喝了，见到茶壶，总要先小心翼翼地用手指尖触一下，再轻轻摸几下，确证不烫，这才倒在杯子里，小口小口地喝。“啃吔，这个娃儿，心鬼细哟！”彭娘所肯定的我生命的本能，也许确是我存活世上的先天优势。

但是彭娘对我的宠爱，有时达到溺爱的程度，由此引出母亲与她的争议。有一回，我家那几只鹅不断怪叫，彭娘走出灶房去看，我随在她身后，只见我家那篱门外，有个人抛进绳套，要套走最前面的那只鹅，彭娘就冲过去，大声呵斥詈骂：“龟儿子！砍脑壳的！”篱门外的人只好收回绳套，一溜烟跑掉了，我见状也冲到篱门边，朝外面大声骂："龟儿子！砍脑壳的！"母亲听见人声，这才从屋里出来，站在桥上问怎么回事，彭娘且不报告有贼套鹅的事，而是极其兴奋地向母亲报告说："好吔！刘幺会骂人了吔！"她那样眉开眼笑地赞我大声骂人，令母亲十分诧异。其实我那次骂人，完全是鹦鹉学舌，"龟儿子"还勉强能懂，何谓"砍脑壳的"，实在蒙蒙然，后来长大了，才知道是咒人遭遇杀头死刑的意思。母亲对我们子女，家教严格的一面里，禁止"撒村"(即骂人)是头一条，尤其不许说那些涉及性交的污言秽语，这种语言洁癖是否有些过分？依我后来的人生经验，是判定为过分的，使得我在少年、青年时期，因此被一些其实本质不错的同学疏离，我是那么样地不能口吐脏话，也使得我在自我宣泄时失却了一种偶可使用的利器。后来阿姐告诉我，母亲有次就跟彭娘说："莫教刘幺骂人，他学舌你的'村话'，你要制止他才是。"彭娘完全不接受母亲的批评，她有她的道理："村话村话，村里人说话，就那么直来直去，有啥子不好？我看你是离开村子当太太久了，一天洗几遍手，还不是喷嚏咳嗽的，哪里有我经得起打磨！我虽跟着你们也离开村子好久了，到底还在种菜养鹅，时不时说几句村话，心里岂不痛快许多！"母亲听了，也只是笑笑，不过彭娘自己该"撒村"的时候照旧泼辣地"撒村"，却不再怂恿我学舌"撒村"。

彭娘深深地融入了我们这个家庭。她和母亲亲如姊妹，我看惯了她们一起制作泡菜、水豆豉，灌肉肠、晾腊肉，两个人合拧洗好的床单再晾到绳子上……母亲会到灶房和彭娘一起做饭,彭娘会到我们住房里跟母亲一起收拾箱笼、拆旧毛衣、织新毛衣,她们有时会头凑头压低声音说话,一起叹息,或者相对嗤嗤地浅笑。彭娘爱护我们家的每一个人。父亲和大哥是一对爱恨交织的冤家,我在别的文章里写到过,也以他们为原型,将那父子冲突写进了我的长篇小说《四牌楼》里。一次彭娘煮好了打卤面,大家围着八仙桌吃,大哥顶撞父亲,父亲气得将一碗面摔到地下,喝令大哥:“滚!”大哥搁下面碗,摇摇肩膀,取下椅背上的外衣,冲出屋子,果然一去不返。父亲盛怒,母亲也不敢马上劝解。那天小哥、阿姐都在家。到晚上,小哥要找锥子修理什么东西,阿姐要拿剪刀剪劳作课(那时有门课程叫劳作课)老师留下的剪纸作业,却都没在以往放这些东西的地方找到,母亲也觉得锥子和剪刀的失踪不可思议,最后还是彭娘供认:她早发现父亲和大哥都像打火石,说不定什么时候就会撞出火花燃起大火,她怕父亲一怒之下会做出不理智的事情。确实,父亲恨大哥恨得牙痒时,放过类似《红楼梦》“不肖种种大受笞挞”那回里贾政那样的狠话。大哥上小学时惹祸被学校开除,父亲曾气得用锥子扎他屁股,所以为以防万一,她就把锥子、剪刀等屋里的利器在晚饭前都藏了起来。第二天、第三天……几天以后大哥也没有回来,母亲急得哭泣:“他连吃饭的钱也没有,可怎么办啊?”彭娘就悄悄告诉母亲,她预见到大哥可能离家出走,因此,在大哥那搭在椅背上的外衣口袋里,装了好几个银元,“他一时是有钱用的,再说了,他是条能挣到钱的汉子了,你放心,二天他回来,父子和好,你高兴的时候会有的!”母亲说要还她银元,她生气了:“难道他们不也是我的儿女吗?”

彭娘确实是我们子女的第二个母亲。她最宠我,但其他的孩子也都疼。那时候小哥、阿姐每星期五晚上会从城里回南岸,小哥比我大一轮,玩不到一块儿,阿姐比我大八岁,勉强可以充当我的玩伴。每次阿姐到家前,我都会把一只大橘子,用一只大碗扣住,等她回家以后,让她掀开大碗,感到欣喜。但是次数多了,阿姐渐渐不以为奇,她到家后忙着别的事情,我几次唤她,她都懒得去掀碗,这情况让彭娘发现了,于是,有一次我缠着阿姐催她找橘子,她漫不经心地依然做别的事时,彭娘就过去跟她说:“妹儿,这回刘幺给你扣了只活老鼠哩!”阿姐不信,马上去掀那只碗,谁知碗一掀开,阿姐和我都惊呆了——碗下扣的是几只艳黄喷香的枇杷果!阿姐高兴得跳起来,彭娘笑道:“老鼠变成了枇杷果!”我老老实实地说:“咦,我扣的是橘子呀!”阿姐才知道,彭娘用枇杷换去了橘子。那枇杷是头些天客人送给我家的,父母分了一些给彭娘,彭娘说该给我小哥和阿姐留着,母亲说这东西不经放,你就吃掉吧。那时候家里没有冰箱,天气热得快,确实很容易把枇杷放烂,但是彭娘自己舍不得吃,她想出一种土办法,就是把鲜枇杷埋在米缸里,小哥、阿姐回家前取出来,果然都还新鲜。那天阿姐觉得有意外收获，小哥得到彭娘为他留的那一份也很高兴。

彭娘给予我小小的心灵，以爱的熏陶。她有“砍脑壳的”一类的骂人的口头禅，也有“造孽哟”一类表示同情、感叹的口头禅。来给我家送水的大师傅，是个哑巴。那时我家没有自来水，吃饭洗衣所需的水，都依靠拉木头大水车的师傅按时供应，大约每隔几天师傅就要来一次，先把那装水的车子停在院子里，再用水桶一桶桶地将水运进灶房间，倒进三只比我身子高许多的大水缸里，水缸装满后，要盖上可以对折打开的木盖子。往往是水注满后，彭娘就拿出几块明矾，分别丢到水缸里，起消毒、澄清的作用，当然，那是我后来才懂得的。送水师傅来了，母亲也会出来招呼，除了付钱，还让彭娘给他盛饭吃，彭娘会给他盛上很大一碗白米饭，米粒堆得高高的，那种样的一碗饭叫“帽儿头”；彭娘还会给他一碗菜，菜里会有肉。有回送水的师傅吃完要走，彭娘让他且莫走，师傅比比划划，意思是还要给别家送水，彭娘高声说：“你看你那腿，疮都流脓了，也不好生医一医，造孽哟！”就跑到木桥那边住房里，问母亲要来如意膏，亲自给那师傅在创口上抹药，又把整盒的药膏送给师傅。这些我看在眼里，都很养心。只是很长时间里我都想不通，为什么要用“造孽哟”来表示“可怜呀”。

彭娘使我懂得，不仅要爱护人，像我们家养的狗儿小花、猫儿大黑，还有那群鹅，都是需要怜爱的。小花本是只野狗，被我家收留，它虽然长得很高大，其实胆子很小，彭娘笑话它：

“贼娃子来了它只知道喘气,贼娃子跑了它倒汪汪乱叫!”虽然小花如此无用,彭娘还是耐心喂它。猫儿大黑一身光亮的紧身黑毛,眼珠常常是绿闪闪的,它的存在,使得我们屋里没有鼠患。鹅儿里最高的那只,我叫它嘟嘟,为什么那样叫?没有什么道理,就喜欢叫它嘟嘟,我跟嘟嘟走到一起,彭娘说我们就像两兄弟。原来我家那蔷薇花台上,甚至三间草房里,常有蛇出没,自从嘟嘟它们长大,蛇都不敢到我家那个空间里活动了,我就亲眼看见,嘟嘟勇敢地把从蔷薇花台上窜出的蛇,鸽得蜷曲翻腾,最后像绳子一样死在那里。

当我在重庆南岸那个空间里度过我的童年时,中国历史正翻到最惊心动魄的一页。蒋介石在大陆的政权被推翻了,他带着一些人飞到了台湾。在内战爆发以后,我家忽然来了彭娘的儿子,我叫他彭大哥。后来知道,他是为了逃避被驱赶到内战战场上厮杀,躲藏到我家来的。他和彭娘住在草屋里,他很少出屋,更少开口说话。但是还是有住在附近的海关人士发现了他,于是父母决定干脆让他大方露面。那时候我已经上了小学,原来读的是不远处的海关子弟学校,父母特意将我转到离家颇远的一所私立小学去读,父亲告诉海关同事,彭大哥是特意雇来接送我上学的。这当然说得通。于是,有一段时间,彭大哥就每天带我去远处上学。

1949年入秋,重庆城开始呈现真空状态,国民党政府和军队撤离了,共产党的解放军却还没有来。于是发生了“九·

二”大火灾,我曾有专门的文章描述过,从南岸我家望去,重庆城的大火景象非常恐怖,炙热的火气随风扑向南岸,为了防止意外,彭大哥就拿大盆往我家阳台那边的墙壁上泼水。“造孽啊!”彭娘不让我往江那边多看,将我抱到她住的那间草屋里,搂着我说:“刘幺莫怕!有彭娘就烧不到你们家,伤不到你!”

那段日子,有若干恐怖记忆。除了目击对岸的旷世大火,还有国民党溃军的散兵游勇,时不时乱放枪。有一天彭娘去外面找难买的菜肉去了,家里只有我和母亲,一个穿道士装的人走进我家院子,母亲站在木桥上应付他,他反复指着母亲身后的我说:“太太,你快把那娃儿舍给我吧,兵荒马乱的,你留下是个累赘啊,舍了吧,舍了吧……”我听懂了他的意思,害怕到极点,一只手紧紧地攥住母亲的衣角,只听母亲镇定地说:“师傅你快去吧,莫再说了,那是不可能的,请你马上离开。”那道士后来终于转身离开了。彭娘回来,母亲说起这事,彭娘把我揽到怀里,大声“撒村”,骂那道士,我这才哇地一声大哭起来。长大了读《红楼梦》,读到甄士隐抱着女儿在街上看过会的热闹,忽然有道士和尚过来,那癞头和尚指着他女儿说:“施主,你把这有命无运、累及爹娘之物抱在怀内作甚?……舍我吧,舍我吧……”我就总不免忆起自己童年时的那段遭际,真乃“阳光之下无罕事”,在惊叹之余,又不免因后怕而脊背发凉。

1949 年 10 月 1 日那天,北京宣布“中央人民政府成立了”,那时父母小哥阿姐正头靠头挤在一台电子管收音机前,听声音不甚清晰的广播。我毕竟还小,不知道就在那一刻,我已被定位为“随时准备着,为实现共产主义而奋斗”的“革命接班人”,必须“好好学习,天天向上”,努力使自己尽早戴上红领巾、尽早佩戴上共青团的徽章……

但是直到那一年的十月底,四川才算解放,再过些时候,新政权才接管了重庆海关。父亲被新政权的海关总署留用,调往北京,重庆海关则被撤销。

我完全没有意识到,那是我离别彭娘的时刻。而就在那些天以前,我刚跟彭娘闹过别扭。因为她竟把包括嘟嘟在内的鹅们都宰杀了。我大哭,不肯吃她烧出的鹅肉。彭娘试图用讲童话的方式化解我的愤懑,让我想象嘟嘟它们其实是变成了云朵飘在了天上,但那时我已经八岁,上到了小学三年级,她骗不了我。

全家都兴奋地准备迁往北京。狗儿小花由邻居收养,猫儿大黑由姑妈家收养。我们先要渡江离开南岸,到重庆城里,在姑爹姑妈家里暂住几天,然后会坐上大轮船,抵达武汉后,再乘火车去往北京。我不记得是怎么在大雾弥漫中离开南岸的,也记不清在姑爹姑妈家都经历了些什么,只记得终于跟大人们上了轮船后,我问母亲:“彭娘呢?我要彭娘!”母亲告诉我:“彭娘和彭大哥都回安岳去了。你这个没良心的,现在才想起彭娘!那天我们离开南岸,彭娘望着你哭得好造孽,你竟连头也没回，径自蹦蹦跳跳地随小哥阿姐他们往渡轮上去了!”我这才意识到，彭娘的体温，再传递不到我小小的身躯了！望着滔滔江水，我号啕大哭起来。

我被劝回船舱，阿姐走过来，递我一样东西，跟我说：“彭娘留给你的，你的嘟嘟!”我用迷离的泪眼一看，是一把鹅毛扇。接过那扇子，在南岸那个空间里跟彭娘度过的那些日子，倏地重叠着回落到我的心头，我哭得更凶了。

什么叫生离，什么叫惜别，我是很久以后，才懂得的。可是对于我和彭娘来说，一切都难以补救了。

在北京，上到初中，学校里举行作文比赛，题目是《难忘的人》，彭娘当然难忘，我准备写她。可是，恰巧我构思作文时，小哥和他的戏迷朋友，在我家高谈阔论。他们谈起拍摄京剧艺术影片的事情，说拍完梅兰芳，要拍程砚秋，程砚秋自己最愿意拍摄的，是《锁麟囊》，这戏演的是富家女将自己装有许多金银珠宝的锁麟囊赠给了贫家女子，后来遭遇水灾破了家，沦落异地，无奈中到一富人家当保姆，结果那富家女主人，竟恰巧是当年的那贫家女，而之所以致富，正是那锁麟囊里的金银珠宝起了奠基作用，二人说破后，结为金兰姊妹。这出戏故事曲折动人，场面变化有趣，特别是唱腔十分优美，其中的水袖功夫也出神入化。但是，没想到当时指导戏曲演出的领导人物却认为，这出戏宣扬了阶级调和，有问题。结果就没拍《锁麟囊》，给程砚秋拍了部场面素淡冷清得多的《荒山泪》。后来程砚秋在舞台上演出，被迫把这戏改得逻辑混乱，演成富家女赠贫家女锁麟囊后，贫家女只收了那囊袋，将囊中的金银珠宝当即奉还给赠囊人了。听了小哥他们的议论，我对写不写彭娘就犹豫起来。后来我请教小哥，他叹口气说，现在一切方面都要强调阶级，彭娘虽然在咱们家就是一个家庭成员，她自己也这么认为，可是，搁在现在的阶级论里衡量，咱们父母是雇主，她是帮佣，属于劳资关系，是两个阶级范畴里的人。你最好别写这样的文章，让人家知道你曾有保姆服侍。再说，就是咱们不怕人家说闲话，听说彭大哥回乡以后，是土改里的积极分子，当了乡里第一任党支部的书记，人家恐怕也忌讳提起跟我们家有过的那段亲密相处的关系。于是，我不仅那时候没有写过彭娘，以后也只把对南岸空间里关于彭娘的回忆，用浓雾深锁在心里。

直到改革开放以后，我才打听彭娘的消息，据说她在临终前的日子里，念叨着她的一个个亲人，其中有一个是“我的刘幺”。

南岸的那个空间啊，你一定大变样了！不变的是彭娘胸怀传递给我的那股生命暖流。我终于写出了这些文字，愿彭娘的在天之灵能够原宥我的罪孽——在多变的世道里我没能保留下那把她用嘟嘟羽毛缝成的扇子，但可以告慰她的是，我心灵的循环液里，始终流动着她给予我的滋养。

2012 年 1 月 26 日温榆斋中

# 风中黄叶树

——关于逆境的随想

逆境往往突然袭来。

渐来的逆境，有个临界点，事态逼近并越过临界点时，虽有许多精神准备，也仍会有电闪雷击般的突然降临之感——如金钱的匮乏发展到身无分文；等待中终于接到不录取通知；经过多方查验确定为癌症；一再追挽而无效，恋人确已投入他人怀抱……

逆境的面貌不仅冷酷无情，甚而丑陋狰狞。逆境陡降时，首要的一条是承认现实。承认包围自己的逆境，承认逆境中陷于被动的自我。

“我不能接受这个事实!”这是许多陡陷逆境中的人最容易犯下的心理错误。事实是客观的存在，不以你的接受与不接受为转移。不接受事实，严重起来，非疯即死，是一条绝路。必须接受事实，越早接受越好，越彻底地全面地接受越好，接受逆境便是突破逆境的开始。

承认现实，接受逆境，其心理标志是达于冷静。处变不惊，抑止激动，尤忌情绪化地立即做出不理智的反应。面对逆境,要勇于自省。

逆境的出现,虽不一定必有自我招引的因素,但大多数情况下,总与自我的弱点、缺点、失误、舛错相连。在逆境中的压力下检查自己的弱点、缺点、失误、舛错是痛苦的,往往也是难堪的——然而必须迈出这一步。

迈出了这一步,方可领悟出,外因是如何通过内因酿成这一境况的,或者换句话说,内因为外因提供了怎样的缝隙与机会,才导致了这糟糕局面的出现。

不迈出这一步,总想着自己如何无辜,如何不幸,如何罪不应得,如何命运不济,便会在逆境的黑浪中,很快地沉没下去。

但在迈出这一步时,如果不控制好心理张力,变得夸张,失去自尊与自信,则又会陷于自怨自艾,甚而自虐自辱、自暴自弃,那么,也会在逆境的恶浪中,很快地沉没下去。

逆境的出现,当然与外因外力有关。在检验自我的同时,冷静分析估量造成逆境的外因外力,自然也非常重要。

外因外力不一定都是恶。也许引出那外因外力的倒是我们自身的恶,外因外力不过是对我们自身的恶的一种排拒,从而造成我们的难堪与逆境。例如,因为我对恋人撒过一个谎,恋人拆破这个谎后对我的人格产生怀疑或竟至鄙弃,从而断然中止同我的恋情,乃至投向了别人的怀抱,陷我于失恋的痛苦之中,这一失恋又招致了家族、同事乃至邻里对我的嫌怨与鄙夷，构成我个人感情生活中的一大逆境。在这逆境中，外因外力对我的冲击首先是由我的谎言而引出的，尽管我当时以为那只是个无关宏旨的谎言，并且万不想以谎言相处为常事，我仍是深爱恋人，愿与她长相守、共白头的，但我的一次谎言，哪怕小小，终究也还是我人性中恶的流露。

外因外力又很可能含有恶。恶总是乘虚而入，我们的弱点是它最乐于入的空隙，我们的缺点是它最喜爱的温床，我们的失误舛错等于是开门揖盗，恶会欢蹦乱跳地登堂入室，从而作弄、蹂躏我们心灵中的良知和善。

当我们对外因外力的分析估量导致第二种感受时，我们仍要保持冷静。是恶造成了我们的逆境，当这一意识确立时，如何冷静得了？

要有一套冷静术。

首先是物理方式的排遣术。

例如，在自己家中，把橱柜中一些早已用旧的瓷盘瓷碗，集中一处，然后找一适当地点，例如室内相对空旷的一角，或阳台之上，将它们逐一高举掷下，在砸碎瓷盘瓷碗的过程中，以泄心头的怨怒。又例如，到户外，昂首挺胸，快步行走于人行道上，遇对面来人迅速绕过，或以咄咄气势使来人主动闪开，一路上不必用脑，只图痛痛快快前行如飞，行至一定距离折回，方式如初，待回到家中时，略做体操，再加舒展，则心中郁闷，必得锐减。

莫以上述物理方式的排遣术为浅陋。初坠逆境，此种排遣术可收立竿见影之效，使自我不至于在正式的社会活动中陷于狂躁或抑郁，得以冷静地处事待人，以渡难关。

比这类方式高一级的可称为化学式排遣术。

这包括吃好、睡好和玩好三个方面。吃可补养身体，睡可平衡精神，吃、睡中自然都有一系列的化学反应，而玩则是把良性的化学反应导向一个高潮。文静式玩法如去公园赏花钓鱼，活泼型玩法如登山游泳，如能在玩中引发出微笑、嬉笑乃至大笑，则体内的化学反应必将更趋活跃而激发出勃勃的生机，正是逆境中最宝贵的避暗求明之利剑。

有人在逆境中食不甘味，寝不安席，玩又没有条件，笑不出来只想哭，那么，找个无人在旁的机会，大哭一场，哭个号啕淋漓，也能激活体内化学反应，导致良性的调节效应——痛哭之后，人就会心理松弛而归于冷静理智。

人在逆境中，最令他痛苦的，往往倒不在那袭向他的恶，而是受恶影响、控制的人群。

一位老资格的电影明星告诉我，在“文革”中，江青点了她的名，造成了她一生中最险恶的逆境。她深知江青底细，且已看透她的心理，所以对江青之恶，只是心中鄙夷，倒并不怎么感到痛苦。然而，许许多多本是善良乃至懦弱的同行和群众，或出于对江青的迷信，或慑于江青的淫威，或迷惘而无从自主，都来参与对她的批斗、侮辱、惩罚，却使她万分地痛苦。

有的亲人，与她划清界限，所言闻之惊心，所为令人狼狈。有那过去的朋友，包括堪称密友的人，不仅对她视若瘟疫而远避，更做出落井下石、雪上加霜的事情；有的还自以为乃革命义举，沾沾自喜，津津乐道。

有许多本不相干的人，奔着她的知名度而来，似乎是在欣赏她的沦落与苦难，也许其中不乏怀有同情与不平者，但都无从显露。在那肃杀的环境中，人人要戴上一个冷酷无情的假面，看得多了，也就搞不清那面具究竟是否已融入了人的皮肉心灵。

逆境、逆境，“逆”还可受，“境”却难熬！

熬过逆境，需有一种观照意识。

拉开与恶的距离，拉开被恶所控制的人与事的距离，并且拉开与逆境中的我的距离，跳出圈外，且作壁上观。

这是真正的冷静，彻底的冷静。

读过杨绛女士的《干校六记》么？所记全系逆境，然而保持着一种适度的距离，于是成为一种超然的观照，在观照中透露出一种对恶的审判与鄙弃，显示出人性与理智的光辉。

最严酷的逆境，会使人丧失最起码的反抗前提——没有道理好讲，没有法规可循，没有信息来源也没有沟通渠道，完全是一种孤立无援、悲苦无告的处境，例如陷于希特勒的纳粹集中营，或落到“文革”中的“群众专政”，那时，一切的信念和行为，必围绕着“活下去”三个字而旋转。但当“活下去”必须付出人格尊严时,有人就毅然地迈出了以自杀为反抗的一步,如“文革”中的老舍、傅雷,那也是一种对逆境的突破,也是一种对逆境的超越,使造成逆境的恶,背负上巨大的、不可推卸的历史罪责。老舍、傅雷他们以个体的宝贵生命为沉重的砝码,衡出了恶的深重达到了怎样的程度,从而警醒着继续存活着的人们,应怎样坚持与恶势力搏斗,并应怎样通过艰辛的努力,达到除恶务尽的目标。

许多从逆境中咬牙挺过来的人士,回忆出若干逆境中降临的或寻觅出的光明,例如在“文革”中仍有周总理那样的有一定发言权的上层人物的关怀,例如本应是来实行审查和处治的“革命左派”中天良发现者给予的庇护与拯救,再例如在过激假面下显露出的人间正义,以及最底层的老百姓那超越政治和意识形态的一派温情……

在重重阴霾中努力捕捉住哪怕仅只一线的暖光,当然是渡过逆境不可缺少的手段之一。不过切不可对阴霾中的光缕产生依恋之情,更重要的是保持内心的光明。

能从逆境中打熬过来的人,毕竟主要依赖着灵魂中的熠熠光束,那犹如不会熄灭的火把,始终照亮着生命的前程。

逆境有种种,各种异中有同,同中有异。

政治逆境:例如“反右”中被错划,“反右倾”中被打击,“文革”中被迫害,等等。此种逆境往往来势汹汹,且株连亲友,极为险恶,然而此种逆境又往往是群体逆境,即“不是一个人的事儿”,因此在社会群体的共同承受中,有时又比较易于挺过。

经济逆境:不一定都是政治逆境的派生物,例如天灾、车祸、疾病、被盗、被骗、赌博、挥霍等等因素都可能造成经济上的困窘,更不消说即使是相当精明的生意人也难免遭逢亏损乃至破产的境遇。此种逆境往往并不给人一种群体共承的感受,当事人内心中会有一种“为什么偏轮到我”的剧痛,所以,有时此种逆境比政治逆境更难挺过。

人际逆境:常伴随政治逆境和经济逆境出现,遭人白眼,受人排挤,刺痛自尊心,产生孤独感;但在政治、经济状况并不坏时,也有可能出现,或因自身的狂傲不羁,或因不善为人处世,或因有人造谣中伤、挑拨离间,此种逆境对不同地位不同性格的人产生的效应很不一致,但一个人一旦感受到在人际关系网络中出现较大问题时,那一定是陷于此种逆境相当之深了,必须采取措施,加以缓解以至消除,否则,越陷越深后,亦可能引出悲剧。

以上三种逆境经常纠缠在一起,袭向人生。这样的逆境最磨砺人的灵魂。鲁迅先生少时曾处于此类逆境之中,他在《呐喊》自序中说:“有谁从小康人家而坠入困顿的么,我以为在这路途中,大概是可以看见世人的真面目。”其实当年的曹雪芹,也正是其家族和个人遭遇了政治上、经济上和人际上最浓黑的逆境,“看见世人的真面目”,这才“燕市哭歌悲遇合,秦淮风月忆繁华”,写成“字字看来皆是血”的《红楼梦》。

除以上三种逆境外,还有感情逆境:例如失恋,就是一种对个体而言相当严重的逆境。当然也还包括婚姻破裂、婆媳不和、公婿冲撞、叔嫂斗法、朋友反目、父母失尊等等因素所造成的感情创伤。在感情的逆境中,人内心的痛苦往往也会达于断裂点,所以对这类逆境,亦不可等闲视之。

心理逆境:如总是无端地生疑,或无端地恐惧,天下本无事,庸人自扰之,乃至杯弓蛇影,杞人忧天,惶惶不可终日。这种神经质的状况如不能及时得到纠正,则有可能发展为癔病及精神病,所以亦不可对这类心理逆境掉以轻心。

健康逆境:如被医生确定为已患不治之症,虽自我心理状态尚属坚强乐观,但毕竟面临着死亡的逼近,是人生中最沉重的逆境,战胜这一逆境,往往需要精神上的高度升华;在形而上的探求中,辅以各种治疗及补养,将死亡逼近的逆境击退,乃至终于康复的例子,也是有的。

算来已归纳出六种逆境了,但还必须开列出第七种逆境——事业逆境。以上六种逆境,均可导致事业逆境。这里所说的事业有着宽泛的含义,从工厂车间里一个普通工人希望能逐级升为一级工,到一位科学家希望能有轰动世界的发明;从公共汽车上的一位售票员希望能得到乘客的表扬,到一位作家希望得到诺贝尔文学奖……

事业好比一片黑土,事业心好比一粒充满生命力的种子,事业心在黑土中生根、发芽、开花、结果,本不成问题,但人生中难免有风雨袭来,乃至冰雪顿降,又有严寒霜冻,酷暑骄阳,因而人的事业心很可能会受到挫伤,人在事业上因而很可能无成乃至失败,以至陷于严峻的逆境。从这一逆境中挣扎出来,自强不息,奋力精进,当是人一生中最可宝贵的篇章,最足自豪的乐曲。

逆境,也就是人生危机。据说美国前总统尼克松对汉语“危机”一词的构成很赞赏:危机=危险+机会,危险人人惧怕,机会人人乐得,“危机”是在危险中促人寻觅把握机会,既惊心动魄,又前景无穷。

记得鲁迅先生写过这样的句子:“在危险中漫游,是很好的……”我想,他是深知惟其在危险中,才能调动起自我的全部生命力,从而捕捉住那通向璀璨未来的机会!

《红楼梦》第二回写到,贾雨村到智通寺去,见门旁有一副破旧的对联曰:身后有余忘缩手,眼前无路想回头。他因而想到:“这两句话文虽浅其意则深……其中想必有个翻过筋斗来的也未可知。”

贾雨村所见到的智通寺对联,是中国人一种典型的“防逆境”告诫,也就是说,为防陷于逆境,凡事应留有余地,万不可求满,“满则溢”“登高必跌重”,须自觉地收敛、回缩、抑制、中止。不过人在顺境中,欲望又是很难收敛、回缩、抑制、中止的,所以“翻筋斗”又很难避免,但“翻过筋斗来”,则有可能

“吃一堑，长一智”，从而做到“身后有余早缩手，眼前有路亦回头”。

人当然没必要自我寻衅，吃饱了撑的似的往逆境里扑腾，即使是正当的欲望，适度地加以抑制，以及勿以完美为尺度，知足常乐，见好就收，都是处世度生的良策。不过，一些中国人往往过度地自我收敛，把唯求苟活奉为在世的圭臬，以致有“宁为太平犬，不做乱世人”“好死不如赖活着”等等想法产生，弄得不仅丧失了终极追求，也失却了最低限度的正义感、同情心和自我尊严，我以为那是一种可怕的犬儒主义、可悲的活命哲学、可鄙的人生态度、可恨的良知沦丧。人不应因为惧怕身陷逆境，便出卖乃至奉送自我灵魂来求得“安全”；人一旦陷于逆境之中，更不应什么道义、什么责任都不愿承担，唯求自保以苟延性命。逆境逆到头，无非一死。“人生自古谁无死，留取丹心照汗青。”“我自横刀向天笑，去留肝胆两昆仑。”“砍头不要紧，只要主义真。”“宁愿站着死，不愿跪着生。”这类志士仁人的豪语，昭示着“曲生何乐，直死何悲”的真理。在逆境中我们当然要珍惜生命，钟爱自己，怀抱“留得青山在，不怕没柴烧”的志向，但万不可为留皮囊，出卖灵魂；万不可为挨时日，自丧尊严。

要勇于在逆境的火中炼成真金，但也不惧怕在逆境的抗争中“玉碎”。人在逆境中，万不可堕入自虐的状态。

自虐首先是一种畸形的心态。一种是群体自虐。如“文革”中，广大知识分子普遍遭到迫害打击，绝大多数遭受迫害打击者，互相是同情相怜的，但也有这样的情形出现，如两个知识分子在街上相见了，甲惊讶于乙的境况：“怎么？你还没有被揪出来？”甲从理性上当然并不认为自己是敌人该“揪”，以此推理当然也不认为与自己相似的乙是敌人该“揪”，但他的心理架构已经扭曲，所以把乙的尚未被“揪出”视为“不正常”；再如过了几时乙与甲街头相遇又感到意外：“怎么？你还有心思买条鱼回去烧着吃？”乙从理性上当然并不认为甲被贬抑后便该过另一种非人的生活，但他的心理架构也已经扭曲，所以把甲的遭贬抑后仍“大摇大摆”“乐乐呵呵”地买鱼烧着吃视为“奇观”——这种被不公正地置于逆境中的知识分子间的互为畸视畸思，就是一种群体自虐。当然，更有发展到互相违心地揭发、批判乃至于真诚地反目、斗争的，那就超出我所说的自虐而成为帮凶了。

另一种是个体自虐。如一个人事业上失败后，便躲起来不愿见人，甚至觉得自己吃好些、穿好些都成了“恬不知耻”，不仅把自己的物质享受压缩到自罚自禁的状态，还从精神上折磨自己，自己诅咒自己为“低能”“白痴”“饭桶”“废物”……或走另一极端，故意到人群中“展览自己的失败”，恣肆吃喝玩乐，纵欲求欢，使精神陷于亢奋以致麻木，自己视自己为“痞子”“流氓”“赌棍”“无赖”……

逆境中的群体自虐，是延续恶势力的无形助力，它往往给本来还有所顾忌的恶势力一种启发和鼓舞——原来还可以“揪”更多的人，并且可以把压制扩展到更不留缝隙的地步！逆境中的个体自虐，不消说更是一种导致毁灭的行为。

禁绝自虐！一个染上自虐症的群体是没有出息的群体！一个患有自虐症的个体是没有前途的个体！为免于陷入逆境，有一种人甘心助纣为虐，成为所谓“二丑”。鲁迅先生曾为文剖析过“二丑艺术”。现在戏曲舞台上仍常有“二丑”出现，例如拿着一把大折扇，跟在大丑——恶人——身后屁颠屁颠地去帮凶，但他会在行至舞台正中时忽然刹住脚，将折扇一甩甩成屏障，挡在自己与大丑之间，面朝观众，指指大丑背影，挤眉弄眼地对观众说：“你们瞧他那个德性！”说完，又把折扇“哗”地一收，接着跟在大丑身后，依旧屁颠屁颠地帮着大丑去干抢掠良家妇女之类的坏事。在好人面前，“二丑”希望好人体谅他的“不得已”——他是“身在曹营心在汉”；在大丑面前，“二丑”对自己朝好人眉来眼去的行径，则解释为帮大丑“缓解矛盾”，他是“拳拳之心无可疑”。他深信有朝一日好人战胜了大丑，定会“首恶必究，胁从不问”；他并不相信大丑会永立不败之地，但乐得用此法免吃“眼前亏”，还可分一杯唾余——他有时也苦恼，因为在扇子一甩开之时，并不是那么好掌握面对好人戳指大丑脊梁的分寸；他有时也有牢骚，因为他感到“两面受压，受夹板气”；他有时也颇惶恐，因为明知无耻但已“无退路可走”；他有时也颇惆怅，能发出“瘦影自临春永照，卿须怜我我怜卿”一类的感叹，所以“二丑”不像大丑那样除了一味作恶全无“正经创作”，他能吟诗作画，也能才华横溢——明末的阮大铖，便是如此。谁说他在追随马士英等佞臣迫害爱国知识分子之余所写的《燕子笺》《春灯谜》等剧本不是典雅精致之作呢？他自己也是知识分子，是文人，是艺术家啊，因此他又常常在这一角度上，把自己与被他胁从迫害的知识分子视为“同行”，同时把自己与那些他所追随的卖国官僚“严格地区别开来”——“瞧他们那副德性！”“二丑”也许确能免于他们害怕的逆境吧，但，一、他们选择的那个“境”，难道美妙吗？二、他能免于一时，但能经久如此吗？阮大铖的下场可为殷鉴，详情可查史书，读起来怕是要脊梁骨发凉打颤的。

逆境中，亲情和友情固然是重要的感情支撑，然而最重要的，还是自己对自己的钟爱。要自爱。要善于自爱。

例如，当你失恋后处于感情逆境时，单靠身边亲友的安慰是无法疗治自己的心灵创伤的，这时你万万不能自己也抛弃自己，把自己封闭起来，蜷缩起来，藏匿起来。你要想方设法来填补心灵上感情空间的虚无：去逛商店，精心为自己选购一件礼品，回到家细细地欣赏。给久未通信的亲戚、老同学、旧相识写信，不必倾诉你失恋的痛苦，但可向他们报告你事业和生活中的进展和乐趣，报告你的居住地的奇闻趣事，同时希望他们给你来信，告知你他们的近况和他们那边的种种趣闻；信寄出后不必等候回信。

去一处几年没去过的公园，在那被你长久遗忘和忽略的地方，寻找意外的美感；不必为所看到的爱侣双双的甜情蜜意感伤，要多注意单独的游览者，从他们当中那悠悠自乐者的神态中捕捉人生的真趣，条件具备时可与那样的单打一游览者攀谈，但亦不必希望从中获得建立长久关系的人物——人生中可有许多的露水情谊，让晶莹单纯的露珠点缀你的生活，滋润你那干渴的心。

去你从未光顾过的街区，漫步于那些你从未钻进去过的小巷，你可细细体味“人们到处生活”这句话中所包蕴的真谛，从而悟出你的逆境在众生相中其实远非特殊与不可忍受。

买一束鲜花或采一束野花，带回家插入瓶中，摆在书案或床头，细细观赏它们的美丽，吮嗅它们的馨香。

去看一场你以前不可能入场观看的电影或舞台演出，如果你购票时已经开演一阵，那更好，进去后你可以最宽容的态度对待那使你觉得毫无趣味的场面，当你觉得实在难以奉陪时，便提前翩然退场，并在退场后微笑地联想到，既然将生活加以艺术化的演出尚且可以如此失败，那么，生活本身的缺憾又何以令我们痛不欲生？……

在这般温馨细腻的自爱自慰中，你定能安度感情逆境，达到一个新的彼岸。“人们到处生活。”这是一句字义浅显而意蕴很深的话。

在逆境中，这类朴实无华的自我判断是实现心理平衡的瑰宝,还可举出:“这个世界不是单为我一个而存在的。”

“没有一个上帝规定我必须成功。也没有一个上帝规定我必定失败。”

“别人怎么看我是一个几乎可以忽略不计的问题。问题是我自己究竟怎么看自己?”

“当我以为人人都在注意我的时候,其实几乎没有哪一个人在特别地注意我。我不必为那么多别人来注意我自己。”

“不要总觉得全世界的不幸都集中到了自己身上。倘真是那样的话,自己可就太幸运了。”

“不要总觉得自己受骗,自己被抛弃。也许问题出在自己过分自信和过分依赖别人这两点上。”

“为什么总希望别人都来同情自己?我们何尝有那么多工夫和精力、感情和理智去同情别人?人类需要同情,然而我们无权独享。”

“如果有时幸福是从天而降,那么为什么灾难非得先同我们预约?”

“轮到我了。不仅排队购买一件惬意的商品会终于轮到我买,想尽办法预防的流行感冒也终于会轮到我得。”

“事实并没有所想象的那么可怕。对事实其实完全用不着想象。事实就是事实,面对它,不要想象它。”

“即使是最亲近的人,也没有道理让他们与自己平均承受逆境的压力。”

“多听别人对你的逆境的分析,少向别人倾诉你在逆境中的感受。”

“认为逆境对你是一桩大好事这类的话,倘说得太夸张,便同认为逆境对你是罪有应得等义。”

“不必为体现所谓勇气徒使自己陷入更险恶的逆境。尤其不必为勇气观赏者去进行无益的表演。他们的怂恿和喝彩随时可能变为转身离去与不吭一声。”

“那些对你说‘我早就跟你讲过,不要如何如何……’的人,他们现在的话你简直一句也不要听。那些对你说‘我早就想到了,可一直没好意思跟你讲……’的人,他们现在的话听不听两可。那些直接针对你现状提出建议的人,他们的话才值得倾听。”

“使你处于逆境的人,他们可能正处于另一种逆境。”

“用自己的逆境与别人的顺境对比,是糊涂。用自己现在的逆境同自己以往的顺境对比,是愚蠢。用自己的逆境和他人的逆境相比,是卑微。”

“走出逆境后得意忘形,便可能迅即陷入另一逆境。逆境消除后缩手缩脚,便等于没有走出逆境。”

“在任何时候都不要接受这样的安慰:人生的逆境比人生的顺境美好。或:人生在世的义务便是经受逆境。”

1915年诺贝尔文学奖得主罗曼·罗兰说过:“累累的创伤,便是生命给予我们的最好的东西,因为在每个创伤上面,都标志着前进的一步。”

自然是好话，可作为座右铭。

但，那种“只有历尽人生坎坷的作家，才能写出优秀作品”的说法，显然是片面的。德国大文豪歌德，一生物质生活优裕，生活状态平稳，却写下了一系列传世之作；俄罗斯批判现实主义文学的最后一个高峰契诃夫，在动荡的社会中一直过着相对安定的小康生活，无论小说还是戏剧都硕果累累；苏联作家肖洛霍夫，自苏维埃政权建立后也一直安居乐业，斯大林的大规模“肃反”也好，第二次世界大战的战火也好，赫鲁晓夫时代以后的政局变换也好，都未对他造成什么坎坷，然而他却写出了一系列文学精品，并在 1965 年获得了诺贝尔文学奖。过度的坎坷，只能扼杀创作灵感，压抑甚至消除创作欲望，如胡风的坎坷，“胡风集团”重要“成员”路翎的坎坷，都使他们后来几无作品产生。因此，我呼吁，那种“人生坎坷有利创作论”发挥到一定程度后便应适可而止，否则，制造别人坎坷遭遇的势力似乎倒成了文学艺术创作的恩人了，例如沙皇判处了陀思妥耶夫斯基死刑，到了绞刑台上又改判为流放，这以后的一系列遭遇，自然使陀氏的一系列创作有了特异的发展和特有的内涵，但我们总不能因此感谢沙皇，颂扬他对陀氏的迫害，或认定非如此陀氏就不可能写出好的作品——在他“坎坷”以前，《穷人》就写得很好。

不要颂扬逆境，颂扬坎坷，颂扬磨难，颂扬含冤，那样激励不了逆境中、坎坷中、磨难中和被冤屈、被损害的人。要做的只应是帮助逆境中的人走出逆境，只应是尽量减少社会给予人生的坎坷，只应是消除不公正给予人的磨难，只应是尽快为含冤者申冤。

当然，逆境的含义有三个层次。

一种，是大含义。按基督教的“原罪”说，人生而有罪，人生即赎罪的过程，从这个意义上说，自然无人不逆境、无时不逆境。中国也很早就流行“人生识字忧患始”“不如意事常八九”等人生哲学，所以除了不能解事的孩童，也近乎无人不逆境、无时不逆境。我对逆境的讨论，不取此意。

另一种，是细微含义。即如上面提到的歌德，也有过“少年维特之烦恼”那类的感情深处的逆境；契诃夫，也有过其剧作《海鸥》首演失败的逆境；肖洛霍夫，也遭际过有人诬他的《静静的顿河》乃抄袭的逆境——但这些逆境不仅不能同陀思妥耶夫斯基遭遇死刑、流放那样的逆境相比，就是以他们的失恋、首演失败和被人中伤同别人失恋、创作失败和遭人诬陷相比，也都属于损伤较轻、不危及他们原有的生存和创作状态的遭际，实际上是遇“逆”而并不陷于“境”——歌德并不面临维特式的轻生抉择；契诃夫一剧暂不成功，却依然保有稳定的名誉；对肖氏的中伤，从来不曾获得社会舆论的广泛支持——所以我把类似状况称为细微含义上的逆境。我对逆境的讨论，有时包含这一层面的意义，但基本上亦不针对此种情况。

第三种，是介乎上述二者之间的准确含义上的逆境，是与顺境相对的一种倒霉、失败、遭难、被弃、困窘的局面，此局面大体上覆盖了一个人那一时期的整个生存状态，不是枝节而是整体，不仅触及表层而且浸入深层。说明了这一点，再体味我们进行过的讨论，当不至于再有误解。中唐诗人司空曙在一首《喜外弟卢纶见宿》的五律中有两句："雨中黄叶树，灯下白头人。"明朝诗评家谢榛在其《四溟诗话》中说："韦苏州曰：'窗里人将老，门前树已秋。'白乐天曰：'树初黄叶日，人欲白头时。'司空曙曰：'雨中黄叶树，灯下白头人。'三诗同一机杼，司空为优……无限凄感，见乎言表。"自古文人多逆境，逆境中咏诗，多此种凄清之句。我读此诗，常有自己独特的感受。"灯下白头人"固然令人扼腕不止，因为人寿几何，而岁月悠悠，既已白头，所余无多；但"雨中黄叶树"却未必只引发出关于艰辛和苦难的慨叹，因为雨过必有天晴，树落黄叶乃至满树枯枝之后，逢春必有绿芽蹿生，而终究还会有绿叶满枝、树冠浓绿之时，也许还会有芬芳的花儿开放，结出丰满光灿的果实……所以，我常以"雨中黄叶树"来象征某种逆境，又因为觉得无风之雨未免没劲，而风雨交加中更令人感到惊心动魄的还是那呼啸的风，所以又愿将此诗句中的头一字改换，成为"风中黄叶树"，我认为"风中黄叶树"能更准确地体现出既充满危险又蕴含无限机会的逆境，足可填满意象的空间，所以，当逆境降临时，我便常以"风中黄叶树"自喻，也借以自勉。

人生终究是波诡云谲，难以预料的。“风中黄叶树”般的逆境后，很可能还是悲剧结局。然而，勇者必将在逆境中奋争，尽管不免“白了少年头”，但那前景，却更可能是“老树春深更著花”！

# 献给命运的紫罗兰

## ——关于命运的随想

命运。

我们常常想到这个字眼。

但我们往往是朦朦胧胧地那么一想。朦朦胧胧，只滋生出一些情绪，诸如怨艾、沮丧，或所谓“淡淡的哀愁”。

让我们廓清薄纱般的朦胧思绪，做些澄明的理性思考。

我们要努力地认知命运。

命是命。运是运。命与运固然如骨肉之不可剥离，然而倘作理性研究，如医学上的生理解剖，则须先就骨论骨，就肉论肉。

何谓命？

命是那些非我们自己抉择而来的先天因素。

为什么我或你生下来就是这样的性别？

为什么我或你有着现在这样的生父和生母？凭什么我或你得由他们一方的精子同另一方的卵子相结合，从而经过无数次的细胞分裂形成胚胎，成为带有胎盘的胎儿，后来又脱出母亲的子宫而成为一个独立的生命？我和你为什么不是另外的一个父亲和另外的一个母亲结合而成的生灵？

为什么我或你有着现在这样的与别人不同的面貌？即或我们是双胞胎或三胞胎中的一个，外人看去我们与同胎落生的兄弟姊妹“何其相似乃尔”，但我们自己很清楚，归根结底我们还是有着与任何一个他人不尽相同的自我面目。遗传学固然解释了我们的面目，说那是父亲和母亲的遗传基因在起作用，我们或者有点像父亲，或者有点像母亲，或者竟更像祖父、祖母、外祖父、外祖母，以至于更像某个近亲、远亲，然而揽镜自视吧，我们到头来还是有一个自己的、独一无二的外貌，不管我们喜欢不喜欢，也不管别人喜欢不喜欢，我们竟有着如此面貌，这是由谁暗中规定的呢？

我们落生的时间，又为什么偏偏是那一年那一月那一日那一时辰？听说唐朝是中国最强盛的时代，我们为什么没生在唐朝？又听说21世纪中期我们国家将整体达到小康的水平，我们又为何不等到那时候再落生？或许你更向往烽火岁月的殊死战斗，然而你又并未生在抗日战争之前并能恰好在青壮年时投入反法西斯的战斗；或许我更向往于在20世纪初投入“五四运动”成为新文化运动中的弄潮儿，然而我却偏没赶上那个时代。我们显然不能再重新安排一次落生的时间，我们必须在一张又一张的表格中反复填写同一个出生时间。

我们又为什么偏偏落生在我们无法事先择定的地方？我和你为什么偏属于这一个种族，这一个国家，有着这样的籍贯？

这就是命。

也有人向命挑战。

西方国家有那样的人,他们出于对原有性别的不满,找医生做变性手术,改变自己的性别;也有人出于对自己相貌的不满,做整容手术,使“面目全非”。这也许真的改变了他们某些命定的因素,但毕竟改变不了他们的种族、血型、气质、年龄、籍贯。

当然也有人用伪造历史、隐瞒年龄、改认父母、谎报种族(当然只能往与自己肤色、发色、瞳仁色相接近的种族上去靠)等等方式企图使“我”消弭而以“新我”存活于世,但在游戏人间之余,清夜扪心,他恐怕也不能不自问:我究竟是谁?而他的答案恐怕也只有一个:他到底还是某一男子的精子和某一女子的卵子的特有结合,并于某年某月某日某时生于某国某地某处的一个独特的生命,在种种伪装和矫饰之下,赤条条的他还是那个“原他”。

命由天定。这不是唯心恰是唯物。这也无所谓消极,更无所谓悲观。曾见到一位矮个子女士,我很惊讶于她穿着一双平底鞋,当我问她为什么不穿高跟鞋时,她爽朗地说:“我喜欢自己的身高,因为这是一个我自然具有的高度,我不想掩饰自己的这一自然状态,并且,我还以自己的这种自然状态而自豪。”

又曾见到一位肥硕的中年男子,当我问及他为什么不采取减肥措施时,他认真地对我解释说:“人体型的肥瘦归根结底是由遗传基因派定的,我父母都是胖子,所以我天生肥胖,而我没有必要去人为减肥;倘若我是后天突然胖起来的,并且有种种不适,那或许还有减肥的必要……不错,熟人给我取了个绰号叫‘肥男’,我坦然地接受,我确实是个地道的‘肥男’嘛!”

这二位都对非自我抉择而形成的先天状况持坦然的接受态度,甚至于产生一种自豪感。我以为这是对“命”的正确态度。你以为如何呢?“我长得多难看啊!”一位熟悉的姑娘向我吐露心曲,“见到比我长得漂亮的同辈人,我就总觉得无地自容。”

我不想向她弹唱“重要的是心灵美而不是外貌美”之类的调调,还是契诃夫说得好:“人的一切都应是美好的,心灵,面貌,衣裳,思想。”我也不想教她逃避现实:“你其实并不难看。”又是契诃夫,他剧中一位女子对另一位女子说:“你的头发真美。”另一位就领悟地说:“当一个姑娘长得不美时,人们才会夸赞她的头发。”我熟悉的这位姑娘确实长得难看。难看就是难看,难看是天生的。她把心灵修炼得再美,也终归成不了漂亮姑娘。

我劝她坦率地承认自己的相貌。这承认分两个层面:一、自己确实不好看。二、别人确实比自己漂亮。第二个层面很重要,否则,就容易陷入“阿Q主义”:“我难看,哼,你比我更难看!”或“坏蛋才好看哩! 漂亮的没好货!”承认了自己难看以后,却还要:一、按自己的实际情况打扮自己,使自己整洁、自然;二、以审美的态度对待比自己漂亮的人。过了一段时间,我再见到她,她的相貌依然不好看,但她充满了自尊和自信。“天生我材必有用。”她微笑着告诉我,她在做自己喜欢的事,生活得很畅快。

她不向“命”抗争,她顺“命”生活下去,她是对的。也有另外的例子。美国有位先天脑畸形的人,他五六十年来一直口眼歪斜,发音不清,半身不遂,是个地道的残疾人,然而他不向“命”低头,他学会了运用打字机,他渐渐能用打字机上的句号、逗号、叹号、问号、删节号、括号、花号和其他符号耐心地打成绘画作品,开始是模仿现成的图画和照片,后来是写生,再后来是根据想象创作独特的画幅,结果他成为了一位名人,连白宫走廊上也挂了他的画。他可谓向“命”挑战而获得成功的一位英雄。

但切勿用这类特例来激励聋哑人去奋斗而成为歌唱家,无腿畸形的人去奋斗而成为世界短跑冠军,长相实在难看的姑娘去争取在选美赛中夺魁。上述那位残疾画家,仔细想来,与其说他是与“命”抗争,不如说他是在“命”所规定的范畴之中求了一个最大值,他没有选择去做一个核物理学家、一位芭蕾舞演员或一支军队的统帅,他也没有勉强自己去用常规的方式绘画,因为他的手根本不能握笔;他其实还是顺着“命”所赋予他的条件，去开掘实际的可能性，他艰苦地学会了操纵经过改装的打字机，使可能变为了现实，因而成功。对于“命”，即那些先天的、非我们抉择而在我们生命一开始便形成的因素，我们应当心平气和。

比如我和你，我们都是中国人，都是黄皮肤、黑头发，不管我们现在生活在哪里，持有什么样的护照，在另外一些人眼里，比如在金发碧眼的西方人眼里，我们总还是东方人中的一种，我们的大背景，是一个曾有过灿烂的文明但眼下相对而言经济还不够发达、整体受教育程度不够充分的民族，对于这些不可更改的因素，我们既不自卑，也不必自傲，我们应当非常坦然。我，你，我们就是这样。作为一个个体，我们从实际情况出发。“生不逢时”是最无谓的感叹。我们没有生在汉唐盛世，我们也没有生在“五胡十六国”的乱世，这既不值得惋惜也不值得喟叹。我们比那些年老的人小许多，我们又比那些才落生的人大许多，这也都没什么好庆幸或羡慕的。我就是我。你就是你。

我们就生在某一个特定的时候。那就是我们的生日。坦然地接受这个既成事实。既然我们落生在这个时代，赶上了这个阶段，迎接着眼前的时光，那就让我们好好地对待这条“命”。

为我们的生命，要好好生活。

要好好生活。

但生活不容易。

确实不容易。

这就引出了与“命”相连的“运”。

“运”是什么?

“运”不消说是一种流动、变易的东西。

对于“命”,如上所述,我们几乎无法抉择,即使有个别人后来做“变性手术”而改变了“命”的一个重要因素——性别,那也是他那条“命”形成以后做成的事,毕竟他不能在落生前自我决定性别。然而“运”,就难说了。

“运”也有无从抉择的一面。比如我们面临的时代,所处的地域,这其间所发生的重大事件,如自然界的地震,人世间的战乱,科技上的划时代变革,文化上的主导潮流,我们就往往很难加以预测,进行预防,或加以回避,与之对抗。比如1976年唐山大地震时,在那一瞬间人就无法抉择生死;再比如科学已经充分证明了吞食丹砂不能成仙,无异于自杀以后,我们即使仍想寻觅长生之道,也不会再做服食丹砂的抉择;还比如当商业广告不但出现在西方世界也出现在我们这样的国家,不仅出现在电视上报纸上杂志上,也出现在街头巷尾,出现在运动场和歌舞晚会场上,甚至出现在公路旁、乡村屋宇的墙壁上时,我们做出一个“凡有商业广告的地方我一概不去,凡商业广告我都不让它入眼”的抉择时,实现起来该有多么困难!

不过,“运”毕竟不同于“命”。“运”有其可驾驭、可借光、可回避、可进击的一面,而且这恐怕是其更主要的一面。对于“命”,我主张心平气和,彻底地心平气和。对于“运”,我却主张心潮起伏。心潮起伏。起,就是迎上去,热烈响应或者奋然抗争;伏,就是避过去,冷静回旋或断然割舍。

“命”可以做定量定性分析。比如,性别、出生年月日时、籍贯、父母姓名、年龄、民族、血型、指纹、相貌(一寸至二寸免冠正面照),成人后的身高、肤色、发色、瞳仁颜色、牙齿状况,等等。

“运”却往往难以做定量定性分析。时代、社会、群体,这三者或许还可做出一些定量定性分析。灾变、突变、机遇,这就很难做出定量定性分析了,特别是在来到之前,而预测往往又是困难的,即便有所预测也是很难测准的。

“运”常被我们说成“运气”。

没有人把“命”说成“命气”。要用两个字,就说“生命”。“命”是生来自有的。“运”却犹如一股气流。它从何而来,朝何而去,我们或者弄不懂,或者自以为弄懂了而其实未懂,或者真弄懂了而又驾驭不住,或者虽然驾驭住了却又被新的气流所干扰而终于失控,一旦失控,我们便会感叹:“唉,运气不好。”

“运”又常被我们说成“时运”。

没有“时命”的说法。诚然,我们的体重、腰围、体温、血压、内脏状况和外在面貌等因素都可能在随时间而变化，但我们的性别、血型、指纹、气质等方面却无法改变。无论时间如何流逝，直至我们从活体变成死尸，许多“命”中的因素是恒定不变的。“运”却随时而变。“运”是外在的东西。“十年河东，十年河西”，“人间正道是沧桑”，“乱哄哄你方唱罢我登场”，“人面不知何处去，桃花依旧笑春风”，“子在川上曰：逝者如斯夫！”，“人不能第二次进入同一条河流”，“此一时也，彼一时也”，“明日黄花”，“随风而去”……这些中外古今无论是悲怆的还是欢乐的，也无论是正面的还是负面的感喟和概括，都证明着“运”有“时”，也有“势”，所以有“时运”之称，也有“运势”之说。

从大的方面把握“时运”和“运势”当然重要。认清时代，看准潮流，自觉地站到进步的一面，正义的一边，这当然是关键中的关键。然而还有中等方面和小的方面。中等方面，如自己所处的具体社区、具体机构、具体群体、具体环境、具体氛围，如何处理好、适应于自己同这些方方面面的关系，特别是自己同群体同他人的关系，就实非易事。小的方面，如邂逅、偶兴、不经意的潜在危险、交臂而来的机会，等等，抓住它也许就是一个良性转机，失去它也许就是一个终生的遗憾；或者遇而爆发便是一个巨大的灾难，躲过它去则就是万分地幸运，都实难把握。

西方人，特别是受基督教文化浸润的西方人，似乎在承认上帝给了自己及他人生命的前提下，比较洒脱地对待“运”。他们常常主动地去“试试自己的运气”，敢于冒险，比如去攀登没人登过的高峰，只身横渡大西洋，从陡峭的悬崖上往下跳伞，尝试创造一种在我们看来是怪诞的“世界纪录”，而进入到“吉尼斯世界纪录大全”；他们甚至在本已满好的状态下，仍不惜抛弃已有的而去寻求更新的，主要还不是寻求更新的东西，而是寻求新的刺激，新的体验。他们不太在乎别人怎样看待自己，他们主要依靠社会契约即法律来协调自己与他人的关系；他们的这种进取性一度构成了对东方民族和“新大陆”土著居民的侵略，所以他们的“运气观”中确含有一种强悍的侵略性和攻击性。

东方人，又特别是我们中国人，在“儒、道、释”熔为一炉的传统文化熏陶下，认定“身体发肤受之父母”，因此我们崇拜祖先，提倡孝悌，重视人际关系和社会秩序，我们要求个人尽量摆脱主动驾驭“运气”的欲望，我们肯定“知足常乐”，发生人际纠纷时我们宁愿“私了”而嫌厌“对簿公堂”；我们这种谦逊谨慎在面对外部世界时变为了惊人地好客，我们总是“外宾优先”，我们绝不具有侵略性和攻击性，我们的每一个个体都乐于承认：“我与群体共命运。”其实“命”是因人而异的，我们表达的意思准确解释起来便是“我们要共命运”。所以我们有句俗话叫“大河涨水小河满”。我们并不是不知道只有小河水流充裕时，大河才不会枯涸，然而那方面的自然现象引不起我们形而上的升华乐趣。

我们不必就东西方的不同文化模式做孰优孰劣的无益思索。既已形成的东西，就都有其成型的道理。好在现在世界已变得越来越小，已无新大陆可供发现。连南极冰层下那土地也已测量清楚，连大洋中时隐时现的珊瑚岛也已记录在案。已有“地球村”的说法。东方人、西方人，不过是“地球村”中“鸡犬相闻”的村民而已。东西方文化已开始撞击、交融、组合、重构，对“命”的看法和态度，对“运”的看法和态度，越是新的一代，无论东方还是西方，相似点或共同点似乎就越多。

你挺有意思——今天的人类。

“命”与“运”相互运作时，就构成了所谓“命运”。听贝多芬的“第五交响曲”，我们最难忘记那“命运敲门的声音”。单是“命”已难探究，因为“命”即使在最平静的时空中它也有个生老病死的发展过程，非静止、凝固的东西；“运”就更难把握了，几乎无时无刻不在变化，而且充满了突变，也就是说，构成“运势”的因素中充满了不稳定因素、测不准因素，“命”加上“运”，而且互融互动，那就难怪有人惊呼“神秘”了。

这种神秘感是宗教产生的根源。自古到今历久未衰的占卜术，其立足点也在于许许多多世人对自我命运的神秘感。对命运的神秘想取捷径而获得诠释，于是去求助于占卜、看手相、看面相。用生辰八字推算命定因素和运势走向。占星相，勘风水，论阴阳五行。比较高深的是演“易”，从《河图》《洛书》到太极图，到先天八卦、后天八卦，进而到八八六十四卦到一万一千五百二十策；又从被动地由人推算到自动地投入，从而又笃信气功，努力开掘自己的潜能异能，行小周天、大周天，做动功和静功，接受"宇宙语"治疗并终于自动发出"宇宙语"，达到"天人合一"，获得最彻底的超越感即超脱感。

我们既不必充分地肯定这一切，也不必彻底地否定这一切。实际上你想充分地肯定也肯定不了，总有强有力的人物站出来给予有根有据的批驳揭伪；而你想彻底地否定也否定不了，也总有强有力的人物包括最受尊崇的大科学家站出来提供有根有据的实验报告和理论推测。你和我都不必卷入有关的论争，然而你和我都应当承认，"命运"确有其神秘的一面。

无论是人类还是个人，面对神秘的命运，都应现出一个微笑，就像1505年意大利佛罗伦萨的列奥纳多·达·芬奇绘制的那个"蒙娜丽莎"所现出的微笑一样。

那是永恒的微笑。

你看过列奥纳多·达·芬奇的那幅《蒙娜丽莎》吗？

当然。那还用问。

然而，你看得仔细吗？

据说，早有人指出过，画上的那位妇人——传说是当时佛罗伦萨城里皮货呢绒商乔贡达的夫人——实在算不上多么美丽的妇人，你把列奥纳多·达·芬奇别的画也看看，他画的

《拈花圣母》《岩下圣母》《丽达》等作品里的女性形象，就远比这《蒙娜丽莎》更丰满、更艳丽，然而《蒙娜丽莎》却成了一幅最成功的作品，不仅在列奥纳多·达·芬奇个人创作中是名列第一位的代表作，也可以说是整个意大利文艺复兴运动中最杰出的代表作。尽管它只有77厘米高55厘米宽，在现在存放它的法国巴黎卢浮宫中属于上千幅油画中较小的一幅，然而它却成为了卢浮宫最可自豪的一幅藏品。

再仔细地看看吧。画上的蒙娜丽莎难说是一个完美的形象。她的眼睛还不够大，更不够妩媚，特别是下眼皮，线条太方直而且泪囊太显。别的不多说了。就算她美，那也是有缺陷有遗憾的美。

然而她实在耐看。耐看就是经得起审美。经得起几百年观赏者的审美，为一代又一代的人们所赞赏，你说她美不美？

这就给了我们一个启示：不必完美。因为实际上不可能完美。因而不要去追求完美。要追求美，但不要追求完美。这也应是你和我对待命运的态度。

附近居民楼里有一个上高中的姑娘自杀了，因为她有一门功课没有考好。仅仅一门，而且仅仅是头一回，并且并非不及格。然而她的心灵承受不住，因为她一贯在班上拔尖儿，从小学到中学，她考试成绩几乎永远第一。谁知“天有不测风云”，偏这回有一门考了个68分，她在追求完美而竟不能完美的现实面前，“宁为玉碎，不为瓦全”，溘然而逝。

这当然是一个极端的、近乎怪诞的例子。可是我们心灵中、行为中的这类“自杀行径”难道次数还少吗？本来我可以坚持把电视里的《跟我学》学到底，既不是因为实在没有时间，也并没有谁对我讽刺打击拉我后腿，只是由于一两次的耽搁使我有点跟不上，而且更由于感到比同时起步者落了后，不完美了，因而干脆放弃。

本来你不必把福克纳的《喧哗与骚动》从头读到尾，因为你并非搞文学研究的，也并非要借鉴这部作品以从事文学创作，只是因为你听到那么多朋友向你谈到福克纳如何了不起、这部小说又在文学史上如何有地位，因此你感到有一种心理压力，仿佛你不花工夫恭读这部著作，作为一个知识分子就不完美了，于是你硬着头皮一页页逐行逐字地读下去，终于读完，却无大收获，为此你还耽搁了几桩该抓紧做下去的事。

这当然又是一些太小的，似乎无足轻重的例子。大一些的例子我们可以在心中默默地检出，并默默地自省。我们有时总想同周围所有的人都搞好关系。有人说，中国儒家讲“仁”，“仁”就是二人，即中国的传统伦理观念就是搞好人与人之间的关系，人际关系协调了，便达到“仁”的境界了。其实西方人也讲人际关系。《圣经》里说，有人打你的右脸，你就把左脸也送过去。你看，也是“和为贵”，讲和平，重感化，这同中国的“仁”应是相通的。认为西方人就是绝对的独来独往，绝对的个人主义，绝对的尔虞我诈，不重视搞好人际关系，至少是夸张了。现代社会,个体已几乎无法隐居,跨国公司和集团化趋势使每一个人都无法遁逃于群体和社区之外,你到中国的外资企业或中外合资企业里试试看,我行我素吃不吃得开?随心所欲玩不玩得转?很可能并不是中方的头头而是西方的经理,头一个来炒你的鱿鱼。所以说,搞好人际关系是重要的。

然而,同周围所有的人都搞好关系,你和我,能够做到吗?不能说绝对不能。你看,有那个别的人,他或她,人家似乎就做到了。然而你和我都是凡人,我们实在做不到。做不到,自然不完美。不完美怎么办?该办的办,不该办的,办不到的,不办就是。我们当然应该并且也能够和比较多的人协调关系,我们同其中少数人甚或不算太少的人也许还能够建立起比较亲密比较牢固的关系,然而倘若有一些人同我们的关系淡淡的、浅浅的,有个别人我们不喜欢他或她而他或她也嫌厌我们,只要不足以妨碍公益和大局,那就随它去吧!为什么非得强求完美呢?

有一点缺陷有一点遗憾的人生,是有味道的人生。有一点怪异有一点风险的命运,是有意思的命运。读过契诃夫的《没意思的故事》吗?那里面的主人公,那位老教授,他一切都有了:真才实学、名誉地位、富裕生活、安宁环境……并且他所获得的这一切并不面临哪怕是小小的危机,然而他最深刻最痛切地感受到没意思,这“没意思”是完美造成的,太完美因而也就太凝固,太凝固因而也就太乏味,太乏味因而也就太寂寞,太寂寞因而也就有悲哀。这是一个达到完美的悲剧。

一个人有一个人的命运。

仔细想来,没有两个人的命运是完全相同的。可能相似,然而不会绝对雷同。

这真有意思。想想看吧,我们的“命”固然异于他人,我们的“运”即使在与群体与他人“共享”的前提下,仍有个人“小运”的多姿多彩、诡谲莫测的特异一面。我们的“命运”是自我独具的,它与历史上有过的那些人都不相同,与那些同我们共空间共时间的人们也都不尽相同,并且我们去世后,也不可能有哪一个个人的命运成为我们命运的复制品,我们,你,我,还有他和她,每一个人都是独特的啊!珍惜我们的“命”吧,因为它是独一无二的!

不要对我们的“运”过分怨叹吧,因为那也是别具一格的!

好好地把握我们的“命运”。

好好生活。

好好度过那属于我们自己独特的一生。“命中注定”这话是不对的。倘要表达“命”的非自我抉择的先天因素之不可更改,准确的用语应是“命中固有”。“注”有流动的含义,流动是“运”的特性,而“命”是未必能左右“运”的,“命”不能“注定”一个人的“运”。

有人以《红楼梦》中的人物为例,把人的命运分为以下几类:一、无命无运。如贾珠,此人"十四岁进学,不到二十岁就娶了妻生了子,一病死了"。《红楼梦》开篇后即已无此人出场。当然,有的比他更短寿,如秦钟。凡夭折型的人都属此类。二、有命无运。《红楼梦》开篇便写到,甄士隐抱着女儿英莲到街前看过会,遇上一个癞头和尚与一位跛足道士,那和尚一见士隐抱着英莲,便大哭起来,向士隐道:"施主,你把这有命无运、累及爹娘之物抱在怀内作甚?"那英莲后来果然被拐子拐走,卖给"呆霸王"薛蟠做妾,根据曹雪芹原来设计,最后的结局是被夏金桂折磨而死。凡能苟活颇久而饱受折磨的人都属此类。三、有运无命。例如贾元春,她虽然"才选凤藻宫",又衣锦荣归,"运气"真似鲜花着锦、烈火烹油,然而好景不长,没有多久就"虎兕相逢大梦归"了。凡虽能一时显赫荣耀但不能长寿久享者都属此类。四、有命有运。《红楼梦》中竟难找出最恰当的例子,探春勉强可以充数,她虽"生于末世运偏消",但到底运来消尽,总比众姐妹或情死或病逝或守寡或被盗或被蹂躏或遁入空门等悲惨的"运"要好一些,所以她的心境比较豁达:"自古穷通皆有定,离合岂无缘?"凡命较长运较好或虽有厄运向群体袭来而个体却能有所躲闪的都属此类。

这种分析或许不能入"红学"之正门,但颇有趣。不是吗?那么,你会问,贾宝玉算哪一种呢?真是的。搁在哪一种里都"不伦不类"。贾宝玉有"憎命"的一面。他对自己的性别不满意。他对自己生于富贵之家不仅不感到自豪反而感到自卑。他对自己“胎里带来”的那块“通灵宝玉”不以为然。他对自己所处的由“国贼禄蠹”所把持的社会反感。他对“仕途经济”的主流文化深恶痛绝。他与生他的父亲对立,与生他的母亲貌合神离。旁人或者会认为他“命好”乃至于艳羡、嫉妒,他却常常陷入深深的痛苦,他有时的心境恐怕万人都难理解,如第十五回写到,他和秦钟随凤姐坐车去铁槛寺,路经一个小村,见到一位穷苦的二丫头,宝玉竟舍不得这偶然邂逅的农村和村姑,以致“一时上车……只见二丫头怀里抱着她小兄弟……宝玉恨不得下车跟了她去”。贾宝玉对“运”却往往“随运而安”,说他有叛逆性格,似乎过奖,这里不去详论。贾宝玉的“命”如何“运”如何难以评说。他给我们的最深刻印象是:享受生活。他把生活当作一首诗,一首乐曲,一个画卷来细细品味,他是生活的审美者。

贾宝玉也许并没有教会我们叛逆,教会我们抗争,教会我们判断是非、辨别善恶,但贾宝玉启发了我们,即使在最污浊的地方也能找到纯洁的花朵,在最腥臭的角落也能寻到温馨的芬芳。他教会我们发现并把握生活中最实在最琐屑的美,并催赶我们细细品味、及时受用。

“使命”。“使命感”。这是两个很大的词语。

“命”虽属于我们自己,但我们又都不可能脱离群体。因此,群体的“命”也关联着我们的“命”。这样个体就得为群体承担义务，当然，在这承担中也应享有一定的权利。个体对群体承担义务，这就是“使命”吧。对“使命”的自觉意识，便是“使命感”吧。我们应当接受“使命”，应当有“使命感”。

当然，对同一时代、同一民族、同一阶段、同一现实中的“使命”，人们有时并不能形成共识，因而“使命感”便会形成分歧，酿成冲突。在那样一种情况下，个人对“使命”的抉择，个人“使命感”所产生的冲动，便可能构成个体生命史上最惊心动魄的一幕，个体的生命也就完全可能在那一刻落幕。

也许悲壮。也许悲哀。

也许流芳百世。也许遗臭万年。

人的生命意识完全由“使命感”所主宰，那也许会成为一个大政治家。然而，世上绝大多数人都很平凡，他们懂得“使命”，对群体对社会有一定的“使命感”，却并不由“使命感”主宰全部生命意识。他们有一份既为社会做出贡献也为自己挣到花销的正当工作，他们诚实劳动，他们安心休息，他们布置自己的私人空间，他们有个人的隐私，他们享有并不一定惊人的爱情和友情，他们或有天伦之乐，或有独身之好，他们把过分沉重深邃的思考让给哲学家，把过分突进奥妙的发明创造让给科学家和发明家，把过分伟大而神圣的公务让给政治家，他们对过分新潮的超前艺术绝不起绊脚石作用，却令大艺术家们失望地以一些凡庸的艺术品作为经常的精神食粮，他们构成着“芸芸众生”。你是超乎他们之上的，还是他们当中的一员？

忽然想到有一回去北京紫禁城参观，在饱览了那黄瓦红墙、汉白玉雕栏御道的宏伟建筑群后，出得景运门，朝箭亭往南漫步，不曾想有大片盛开的野花，从墙根、阶沿缝隙和露地上蹿长出来，一片淡紫，随风摇曳，清香缕缕，招蜂引蝶；俯身细看，呀，是二月兰！又称紫罗兰！那显然不是特意栽种的，倘皇帝仍居住宫内，想必是要指派粗使太监芟除掉的，就是今天开辟为“故宫博物院”后，它们也并非享有“生的权利”。我去问在那边打扫甬道的清洁工：“这些花，许我拔下来带走些吗?”她笑着说：“你都拔了去才好哩！我们是因为人手不够，光游客扔下的东西就打扫不尽，所以没能顾上拔掉它们!”我高兴极了，拔了好大一束，握在手中，凑拢鼻际，心里想：怎样的风，把最初的一批紫罗兰种子，吹落到这地方的啊！在这以雄伟瑰丽的砖木玉石建筑取胜的皇宫中，只允许刻意栽种的花草树木存在，本是没有它们开放的资格的，然而，它们却在这个早春，烂漫地开出了那么大的一片！

那紫罗兰在清洁工的眼中心中，只是应拔除的野草，而在我的眼中心中，却是难得邂逅的一派春机！

这也是一种命运。

我便谨以这一束思考，作为献给命运的紫罗兰。

# 生活赐予的白丁香

## ——关于生活的随想

生活。

生，意味着非死亡。活，意味着非死亡的个体在世界的时空中活动着——既在大自然的怀抱中，也在社会的网络中。

生活……

看到我写下以上几行，妻说："怎么，你又要像谈命运那样，一味地严肃，一路地沉重么?"

我停下笔，微笑了。

是的，我要微笑地看待生活。

我微笑地看待生活，于是，生活也对我呈现出一个微笑。

去年春天，宗璞大姐从北京大学燕南园打电话来，约我和妻去看丁香花。其实这邀请发出两三年了，但以往的春天，不知怎么搞的，心向往之，却总未成行。去年春天，我们去践约了。

宗璞大姐他们居住的"三松堂"外，临着后门后窗，就有好大几株白丁香。但宗璞大姐说先不忙赏近处的，她带着我们，闲闲漫步于未名湖畔，寻觅丁香花盛处。

宗璞大姐写过在燕园寻石、寻墓的散文，那天宗璞大姐领着我们寻丁香，却不是用笔，而是用她的一颗爱心，抒写着最优美的人生散文。

看过紫得耀目的大株丁香，嗅过淡紫浓香的小丛丁香，也赏过成片的白缎剪出绣出般的丁香，宗璞大姐引领我们来到一栋教学楼后，在松墙围起的一片隙地中，我们发现了一株生命力尤其旺健的紫丁香，不仅枝上的花穗繁密，而且，从它隐伏在地皮下的根系中，竟也蹿出了许多的嫩枝，有一根枝条，把我们的眼睛都照亮了，因为它蹿出地面后，不及一尺高，却径自举起了一串花穗，且爆裂般盛开着！我们的眼，把那一小株从地皮中拱出的丁香花，热烈地送进我们的心房，我们的心房因而倏地袭来一股勃勃暖流——啊！生命！啊！生活！

那天回到宗璞大姐家的书房，我们从那株径直蹿出地皮、径直烂漫开放的丁香花谈开去，谈得好亲切，好幽深，谈出好大一个橄榄，够我们在今后的人生途程中品味个够！

捧着一大把从宗璞大姐家窗外剪下的白丁香，同妻一起返回城中家里，立即取出家中最大的瓷瓶，灌上清水，将那一大捧丁香插了进去。那一夜，丁香的气息充溢着我们居室，也浸润着我们的灵魂。

热爱生命。热爱生活。

这应是一个命题的两种表述方式。

20世纪初，美国小说家杰克·伦敦那篇《热爱生命》，打动过多少人的心，连忙于组织社会革命的列宁，读了这篇小说后也深受感染，以至他的夫人克鲁普斯卡娅在晚年撰写的回忆录中，专门记下了这一桩事。冰天雪地中，一只饿狼固执地追赶着一个断粮断水、最后只好匍匐前进的淘金者，他只要松懈半分，那饿狼就会用最后一点力气扑上来，喝他的血，吃他的肉，从而结束一只兽追赶一个人的故事。然而那人凭着热爱生命、渴望继续生活的顽强信念和超人毅力，终于爬到海边，遇上了路过的海船，从而以兽的失败和人的胜利结束了那个紧张得令人喘不过气来的故事。

在兽的追逐中，且是对方略占优势的角逐中，人咬着牙奋斗过来了，保住了生命，因而从此又可以展开丰富多彩、蓬蓬勃勃的生活，这故事具有普遍的象征意义。相信这世界上有许多读者同列宁一样，喜欢这篇小说。

宗璞大姐带着我们在燕园寻觅丁香时，所见到的那株直接从地皮中蹿出，并径直开出一穗花朵的紫丁香，该也是一个能同《热爱生命》媲美的故事。那株丁香，喜欢自己这独特的生命，并自豪地开放出自己的花朵。也许，它太急了一点，太莽了一点，然而，那也是一种消耗生命的方式，也是一种拥抱生活的手段。

那株小小的丁香，在宗璞大姐和我们心中，永不凋零。在谈“命”说“运”的过程中，我谈来谈去，最后把落点放在了“享受生活”上。是的,要能够,并善于享受生活。

“什么？享受生活?”有人听了或许会耸起双眉。一种是由于误会。认为我主张人生不必奉献,只图一味享受。或者能够领会我意,但担心我会招致这样的訾议——你是不是主张一味追求吃、喝、玩、乐呢?

一种是由于不屑。生活的意义应即事业,而对事业的执着追求,常会导致牺牲生活,而这种牺牲是高尚的、辉煌的、伟大的,你提出享受生活,岂不太庸俗、太猥琐、太渺小?

我想,误会应当消除,鄙夷、不屑似也不必。人是个体,然而人不能单独存在,我们常说:“人不是在真空管里。”然也!人是社会动物,因而人必有社会义务,也必有社会责任。人须为社会、为世人做出贡献。不为社会、他人做出贡献的人,或是剥削者,或是凭借坐享遗产、倚仗权势、突发横财等等因素存活于世的角色,都不在我议及的范畴之内。当然,世上过去有过,现在亦不少,将来想必也仍会有那样一种百分之一百将自己奉献给社会,或百分之一百将自己奉献于事业(这事业或许暂被社会所不解不容)的人物,如谭嗣同式的革命家(他在“戊戌政变”失败后有充裕的时间和充分的条件逃走,然而他“我自横刀向天笑”,不惜坐等被捕和砍头,以自我的牺牲警醒同人);又如某些一生不恋爱、不结婚、粗茶淡饭、布衣素鞋,完全扑到研究课题上的科学家……他们的高尚、辉煌、伟大自不待言,然而对于他们那样的人物的生命和生活,应做专门的研究，我自知于那样伟大的人格只有崇敬而不能透视，所以，只来谈平凡的人物的平凡生活。

就凡人而言，我仍认为，一定要懂得并善于享受生活。

妻是一所印刷厂的装订工人。她技术娴熟，掌握全套精装书的工艺流程，经她手装订出的书，我想已足可绕地球赤道一周。妻生下我们唯一的爱子不到一年，便去参加当时“深挖洞”的“战备劳动”，结果身体受损，至今仍显瘦弱，但妻有一个特点，就是极少失眠，我因系“爬格子的动物”，又属“夜猫子”型，所以妻入睡后，我常仍在灯下伏案疾书，这时妻平稳的鼻息，便成为我心灵流注中的一种无形伴奏。

我很羡慕妻的不受失眠折磨，她说：“我一天为书累，为你和孩子累，上床的时候心里坦坦然，为什么要失眠？”我想这世上无数平凡的“上班族”，无数的普通劳动者，都同她一样，诚实劳动，默默奉献，他们带着一颗无愧的心上床，上帝也确实不该罚他们失眠。当然，这并不等于说失眠者便都是为上帝所罚，即如我，因选择了作家这一职业，又养成了昼夜不分随兴而动的习惯，所以夜间失眠是常有的事，但我自知并非做了什么亏心事，清夜扪心，于失眠还是很坦然的。在诚实劳动、竭诚奉献的前提下，自自然然地享受单属于自己的那一份生活，这启示还是来自妻的。

妻爱逛商店，穗、港人称之为“行公司”。我原来最惧怕的，便是妻要我陪她“行公司”，我常常惊异于她的兴致何以那么浓厚——比如对我们家根本不需要的货物，或以我们的消费水平根本不能问津的货物，她也能细细检阅、观览一番，似乎当中有许多的乐趣；倘若她决定购买某种物品，那么，好，售货员是必得接受“服务公约”上那“百问不烦，百拿不厌”的考验了，我就常在柜台外为售货员鸣不平，催她快下决心。直到很久之后，我才略能领会她那认真挑选中的乐趣——那是一种于女性特别有诱惑力的琐屑的人生乐趣，是的，琐屑，然而绝对无害甚至有益的人生乐趣——我现在懂得，妻那样认真地用纤纤十指装订了无数的书，奉献于社会，那么，她用纤纤十指细心地在社会设置的商品交换场所里挑选洗面奶或羊毛衫，并以为快乐，实在是顺理成章的事。

妻喜欢弄菜。在饭馆吃过某种菜，觉得味道不错，妻就常回家凭着印象试验起来，倒并不依仗《菜谱》。妻一方面常对我毫不留余地倾泻她的牢骚：“你就知道吃现成饭！你哪里知道从采购原料到洗刷碗盘这当中有多少辛苦！”这时候我觉得她就是“三闾大夫屈原”。另一方面她又常常一个人在那里琢磨：“这个星期天该弄点什么来吃呢？”我和儿子出自真心地向她表态：“简单点，能填饱肚子就行！”而她却常常令我们惊异地弄出一些似乎只有在饭馆里才能见到的汤菜来——除了中式的，也有西式的；当我和儿子舔唇咂嘴地赞好时，她得意地笑着，这时我又觉得她就是刚填完一阕好词的“易安居士李清照”。当然，太频密是受不了的，但隔两三个月请一些友人来我家,由她精心设计出一桌“中西合璧”的饭菜,享受平凡人的吃喝之乐,亦是她及我们全家的生活兴趣之一。我出差在外,人问我想家不想,我总坦率承认当然是想的,倘再问最想念的是什么,我总答曰:“家中开饭前,厨房里油锅热了,菜叶子猛倒进锅里所发出的那一片响声!”这当然更属琐屑到极点的人生乐趣,然而,如今我不但珍惜,并能比以往更深切地享受。写了几年小说,挣了一些稿费,因此家中买来了一架钢琴。客人见了总千篇一律地问:“给儿子买的吧?请的哪儿的老师教?”其实,倒并不是冲着儿子买的。妻虽是个平凡到极点的装订工,但爱美之心,人皆有之,她亦绝不例外。美的极致,有人认为一即音乐,一即高等数学。高等数学之美,少有人能领略,音乐之美,却相当普及。妻上小学时,家境不好,而邻居家里,就有钢琴。叮咚琴声,引她遐想,特别是一曲贺绿汀的《牧童短笛》,她在少女时代的梦中,就频有自己竟坐在钢琴前奏出旋律的幻境,因此当我们手头有了买下一架钢琴的钱币时,她一议及,我便呼应,两人兴冲冲地去买来了一架钢琴。钢琴抬进家门时,我俩都已年近四十,然而妻竟在工余饭后,只凭着邻居中一位并不精于琴艺的老合唱队队员的指点,练起了钢琴来,并且不待弹完整本“拜厄”,便尝试起《牧童短笛》。也许是精诚所至吧,一曲连专业钢琴手也认为是难以驾驭的《牧童短笛》,经过一年的努力,硬被她“啃”了下来,后来又练会了《致爱丽丝》《少女的祈祷》等曲目,自此以后,我家的生活乐趣，又大有增添；在妻的鼓励下，我以笨拙的双手，也练会了半阕《致爱丽丝》。当春风透入窗隙，或夏阳铺上键盘，或秋光泻入室中，或窗外雪片纷飞，我和妻抚琴自娱时，真如驾着自在之舟，驶入忘忧之境。我们的儿子反倒并不弹琴。

感谢生活，给了我们一架钢琴。感谢钢琴，使我们能更细腻地品味生活。

我们常常过分向往名川大山，而忘记了品味家门前的风景。

这些年来，我逛了不少名胜古迹，不仅有神州大地上的，也有东洋和西洋的。名胜古迹自然了不起，有的，虽仅去过一次，那印象确实是铭刻到了灵魂深处，恐怕要到“此生休矣”时，方可泯灭了。然而，逛名胜古迹，常常不能从容。走马观花的，倒居多数。有的名胜，去时正是旅游旺季，闭眼一回想，竟是密密的游客，遮掩着名胜的全貌，面对着经过特殊处理的“最佳景色”明信片，常常不禁自问：“我真的去过这个美丽的地方么?”有的古迹，离开了历史资料和内行解说，览之便无大意趣。所以，在人生的乐趣之中，游览名胜古迹之乐虽大可揄扬，却亦不必夸张。

有一回，我参加一次远郊的旅游，跑了好远的路，耗费了好大的精力，所见到的“新开辟风景点”却景色平平，特别是因缺乏必要的配套措施，小摊档杂乱，满处乱扔着空瓶纸张，令人大失所望；然而，当我渐近家门时，却忽然发现，在夕阳映照下，离家门不远的树丛中，几簇早红的秋叶，在晚风中优雅地摇曳，而树下并未经意栽种的草丛中，兔尾草的茸毛在逆光中格外生动，几只瘦骨伶仃的蜻蜓，飞舞在草丛之上，而几株金黄的多头菊，隐隐从树后显现，一些蒲公英的种子，悠悠地飘动在空中……我不禁大吃一惊，原来我家门前，便有可观之景！而我竟忽略不赏，非汲汲孜孜地跑到那么远去“凑热闹”，真好笑！那天，我在那家门前的“风景区”中，一个人静静地流连到暮色苍茫，这才款款走向家门。

据说法国雕塑大师罗丹说过，美其实是无处不在的，关键是你要有一双能发现美的眼睛。名胜古迹之美，是早由别人发现，让我们去享受现成的，游览、观赏名胜古迹自然是一种重要的人生乐趣，我丝毫没有贬低的意思，纵使要贬低也只能是“蚍蜉撼大树”。但这里我要强调的是，经过我们自己搜寻、发现的美，更能构成我们人生途程中的一种惊喜，而这种美，往往就在我们家门口！我们千万不要忽略了家门口的风景啊！家门口，也许连一株像样的树都没有，更没有花草，家门口也许确实无丝毫风景可言。家门里呢？有人说，难道布置得漂亮一点，也就算风景么？有人说，家内之美，不在家具摆设如何堂皇富丽，更不在值钱物品如何充盈，全在情调和氛围是否高雅脱俗上……我是一大凡人俗人，不敢妄论高雅，且各人口味不同，高雅的标准也各异，再说家门里是地道的私人空间，人家乐意那样，你作为客人见了腹诽为俗，既无意义也无必要。但我认为每个家庭仍都有着似乎相同的风景——那就是入夜以后，家家打开电灯，从家门外望过去，那一窗粲然的灯火！

“万家灯火”，常被我们用作描摹城市夜景的词汇。细想起来，其间有多少人生滋味！我每次外出回家，走近家门前，总不禁要驻步凝望自己家的那一窗灯火。

我与妻在那灯火下也曾争吵、怄气，我们两口子在那灯火下也曾为儿子的舛错着急、吵嚷，我们小小的家庭自有着小小的悲欢、凡庸的歌哭……然而在这茫茫人海，攘攘人世，那一窗灯火之下，究竟有着我的家，有着一个可供我周旋于社会后憩息泊靠的小小港湾。我爱那一窗灯火。

几次去拜望冰心老前辈，她在同我娓娓闲谈中都谈到：“灾难里，人不寻短见，很重要的，是还有一个家支撑着。”后来读到她女儿吴青的一篇文章，比较详细地讲述了“十年动乱”之中，她父母受冲击的状况，最严重的人格侮辱，是把从她家抄出来的旗袍、项链一类的物品，摆在一间屋子里开了个展览会，当然是批判“丑恶的资产阶级生活方式”，而每天展览室开放时，都要她母亲胸前挂一个大黑牌，在门口低头接受批判，这自然是令人难以忍受的肉体和灵魂的双重蹂躏，然而他们一家都从那最黑暗的状况中挺下来了，因为每晚他们毕竟仍能聚在一个屋顶下，仍有着一盏属于他们小小私人空间的灯火，在那屋顶下，在那灯火中，他们互相慰藉，相濡以沫。大动乱的狂浪中，他们就凭借“家”这艘没有破碎的小船，终于熬到了风平浪静、噩梦过去是清晨的一天。

所以，珍惜自己的家庭，享受家庭的天伦之乐，在属于自己一家的私人空间中，在同一屋顶下，在白天的同一束日光之中，在夜晚的同一盏或数盏灯火下，相互以慰藉，以激励，以启示，以挚爱，而构成个体生命的支撑力之一，我以为是必要的和重要的。

“家?”

一位年轻的朋友露出一个鄙夷的微笑，坦率地对我说：“你太保守了！我崇尚爱情，然而，家庭是爱情的坟墓，这是至理名言！我愿永在恋爱之中，而不愿将自己埋葬于家庭!”

我是否保守，可请为我做鉴定的人去反复斟酌考定，兹不讨论。这位年轻人的看法，我很尊重。因为像恋爱、婚姻这类事情，尽管都含有相当的社会性，然而大体而言，属于个体生命的私生活，当可允许在不触犯法律及不违背公德的前提下，各自保持种种独特的看法和做法。我个人的婚姻是稳定的，但我有若干极相好的朋友，相继发生了婚变，我以为我的稳定和他或她的变化，都是我们各自的私事，稳定的不好谥为“保守”，变化的更不能判定为“新潮”或“轻率”，我们互不干涉私生活，所以我们仍是朋友，有的离异的双方原来都是我们的朋友，他们离异后双方已不再来往，却都各自同我们保持来往，我们之间相处得都很好。

“家庭是爱情的坟墓”，相信是不少人的经验之谈，流传至今并有人笃信，也是自然之事。我想这种情况是一直存在的，但不能成为一条公理，否则，当我们望见城市的“万家灯火”时，岂不要毛骨悚然——难道那是万座坟墓在鬼火憧憧吗？我主张在人生中细品家庭的平凡琐屑之乐，丝毫也不想否认或抹煞另外的许多人生乐趣。

我就有一位极要好的朋友——不仅是我的朋友，也是我妻的朋友，并且我儿子长大后，他们也蛮有得可聊，所以是我们全家的挚友——他一直独身。以我对他的了解，我可以断言，他的独身，是自愿的，并是幸福的。在这千姿百态的世界和人生中，他所品尝的人生之果，便是独处的乐趣。

因为我自己是早就结婚并一直过着小家庭的生活，所以我不敢盲目描述和抒发像他那样的独身者的独特乐趣。但即使以我们的小小家庭而言，再怎么奢言我们的和谐安乐，也不能掩盖我们各自都是一个独立的个体这一铁的事实，既然我们三人毕竟各是各，我们就不可能没有相互排拒、相互回避的一面，也就不可能没有一种想在某一段时间里默然独处的强烈欲望。

默然独处，也是一种人生享受。

妻公然对我和儿子总结说：“这几年里过春节，我最快乐的一天，就是去年初二那天。那天我让你们去姑妈家拜年，自己一个人留在了家中，而且掐断了电铃的导线，紧关房门；我也没躺下睡觉，也没守着电视机，也没翻书看报，也没嗑瓜子吃零食；我就一个人坐在沙发椅上，让阳光射进来，铺满我全身，我把全身关节放松，把心思也放松，就那么优哉游哉地一个人待着……我当然想到了很多很多，但既非国家大事，也非家庭小事；既不怨恨谁，也不想念谁；既不为什么而自豪，也不因什么而惭愧。我想到许多许多美丽有趣的事情，例如上初中时，我们跳'荷花舞'的情景，还有小时候，邻居王姨跟我讲《红楼梦》的那些个语气表情，还有一回买到过又便宜又香甜的红香蕉苹果，以及有一年夏天，在颐和园看到过的一朵白得特别耀眼的荷花……哎呀，真是舒服极了！快乐极了！最后我想，你们都走了，多好呀！一个人也不来，多好呀！一个人这么待一阵，多好呀！”

人之独处，需要有一个“私人空间”。

这类的话我们听得太多了：人不要总是关在屋子里，人一定要经常走出屋门，即便一时去不了田原、山川，就在街巷的行道树下散散步，在楼区的绿地中舒展舒展腰肢，也是于身心两利的；倘能进一步领会到大自然的雄奇瑰丽，能自觉地投身于大自然的怀抱，并以一片赤诚之心拥抱大自然，直至达于融会无间的程度，则人生的幸福、心灵的领悟，便都尽含其中了！……这类的劝诫不消说都是至理名言，我也持有相同的看法。但是，以我粗浅的人生体验，我却觉得，在目前的中国，又尤其在目前中国的大城市中，许许多多凡人的苦恼，倒还不是风景名胜的不够繁多，公众娱乐场所的缺少，每人所平均享受的绿地数量如何微小，以及在享受大自然方面还如何地不方便……那排在第一位的苦恼，大半以上是对私人空间的渴求悬而未获，如一大家子人，老少几辈仍合住在一处湫隘的房屋中；已婚颇久的夫妇，仍未能得到独立的住房；独身的青年男女，长期只能在两人以上的多人合住的宿舍栖身；虽已有一处住房，但夫妻各自并无独有的空间，兄弟或姐妹仍需合住一室，乃至大儿大女仍需将就一处……这似乎就扯到住房问题上去了，我写过这类题材的小说，如中篇《立体交叉桥》，就细腻展现和深入剖析了住房狭窄所派生出的人性扭曲、心灵碰撞，这里且撇下居住空间和心灵空间的交互作用这一角度，单说说作为个体生命的一种几乎无可避免的“洞穴需求”。人是从动物进化而来的，或更坦率地说，人是从兽进化而来，因而，人性中的兽性问题，就是一颇重要的研究课题，而在这一复杂的问题中，人的心灵中所潴留的兽类生活习惯的积淀，如在自择的封闭空间中能增加安全感，便是很值得抬出来探究的一种心理，我们姑且戏称为“洞穴需求”——亦即一种潜在的对“私人空间”的最低限度的需求。幼童在听了鬼故事或因其他原因产生恐怖感后，常在夜晚用被子严严地蒙住头；孩子在挨了老师训斥或家长的挞伐后，常愿躲进暗暗的角落，乃至柴火堆中、橱柜里面，蜷缩着暂避一时；成人在遭了侮辱或经受刺激后,也常愿一个人单独待在一间紧闭屋门(从里面锁紧)、严遮窗帘(忌讳他人窥探)的屋子里;即或仅仅是因为疲惫,人们也常常发出恳求:“请让我一个人待一会儿……”人就是这样常常需要一个哪怕是小小的、简陋的“洞穴”,在现代社会中,便是需要一个六面体——属于个人的“盒子”,即一处可由个人自由支配的房间。现代人到生命结束之后,也仍需要一只“盒子”,实行土葬的用棺材,实行火葬的用骨灰盒,有的民族有的宗教徒不用“盒子”,但所挖的葬尸穴也便是一只无形的“盒子”。当代西方社会,以及一些国民生产总值人均数目颇高的国家和地区,在住房的“大盒子”和死后所需的棺木“小盒子”之间,还有一种装着轱辘的“中等盒子”即私人轿车是必不可少的。所以,在谈了许多关于人如何应到大自然中去尽情享受宇宙精华之后,我们也不妨来谈谈人如何应争取到一个私人空间,来合情合理地享受自己的那一份暂与大自然隔离开并且也暂与喧嚣的社会生活隔离开的宁静与快乐。

这就必然要说到隐私。人作为个体,当然有私的一面,而隐私,则几乎无人没有。凡不伤及他人和社会的隐私,他人及社会都务须加以尊重。人除了服务于社会、造福于他人,退到私人空间中时,当可安享处理隐私之乐。即以夫妻之间而言,我以为最和美的夫妻,如司马相如与卓文君,梁鸿与孟光,恐怕也都各自有着自己的隐私,有时就需要避开对方,独处一室中加以处理。在现今欧美等经济比较发达的国家,夫妻除了合用的起居室、卧房等，一般都各自仍有一间自己的“书房”，说是“书房”，其实不一定是用来看书和写作，那即是享受隐私处理权的个人“洞穴”，丈夫进入妻子的或妻子进入丈夫的“洞穴”前，一般都要先敲门，经允许后方可入内。在我国目前的情况下，这样的条件一般都不具备，但虽同居一室，夫妻各有自己的箱笼，以及各有自己的专门抽屉，存放一点“私房钱”或少男少女时期的纪念品，乃至婚前收到的非现配偶的情书、相片，等等，应已均非罕事。除了夫唱妇随或妇唱夫随的琴瑟相和之乐外，夫妻各人独处时，清点一下自己的“私房”，重温一下少时旧梦，咀嚼品味一番只属于自己的人生曲调，当也是重要的人生乐趣之一。

人在社会热闹场中感到满足或疲惫了，便渴望有享受独处之乐的时空。人又不能总是独处，独处之乐达于充盈后，人便又愿投向社会，倘这种愿望遭到冷淡乃至排拒，则又会产生孤独感。

最近读到一位小我十多岁的学者的文章，讲到他当年在东北农村插队时，为寻找一位理想的谈伴，有时不得不步行十几华里，往返于苍莽田原之中，那寻求的艰辛，那交谈的快乐，非笔墨所能形容。

我深有同感。即如去年冬天一个晚上我忽然觉得有满肚子的话语，不便向“弱妻憨子”倾诉，而满楼邻居中，虽不乏对我充满好意之人，竟也无一可作为那时我心灵交流的理想对象，于是我毅然下楼，冒着凛冽的寒风，骑车奔向几公里外的一座楼中，敲开了一扇门——我欣喜他在家，而他也很欣喜我的突然造访。他家居住条件比我家差许多，一间居室夫妇共用，一间居室老母幼女合住又兼作饭堂客厅，门厅很小，只能放下冰箱和洗衣机。我俩聊天，必妨碍他的家人，但他让家人安歇后，便把我引到厨房中，关上门，一人一只小凳，一人一杯热茶，中间一盘炒葵花子，陪着我畅快地聊了一夜，直聊到窗外由黑转灰，由灰转明……

他是我最好的朋友。

人在孤独感袭来时，所渴求的，往往并不是妻儿老小、情人骚客，排在第一位的，是朋友。

关于朋友，关于友谊或友情，世上有过那么多的描绘与论述，我也一度笃信过若干样板和定论。然而，细想起来，“陌路相逢，肥马轻裘敝之而无憾”，绝非朋友和友情，应属义士和义举；“路见不平，拔刀相助”，则只是侠客与豪行；“有福同享，有难同当”，也很可能只是一个“一荣俱荣、一损俱损”的社会利益集团；解囊相助，相濡以沫，也只不过是困厄中的难友；不断提供新鲜信息和诚挚忠告，又很可能只仿佛师长；即使遭受威胁利诱，乃至严刑拷打，仍绝不出卖吐口，则当称革命同志……

以上种种，似都全非或不全合于朋友和友情的界定。

依我的个人体验，朋友是那样一种人，当你感到孤独而欲倾诉交流时,他或她能够乐于承受你的倾诉和交流,反之亦然。而友情的体现,也并非一定是提供忠告,给予慰藉,更并非一定是给予切实帮助(有的事是实在爱莫能助的),最真切的友情,是当你倾吐出最难为情的处境和最尴尬的心绪时,他或她绝不误解更绝不鄙夷,他或她对你已达成永远的理解与谅解,反之亦然;总起来说,可以不设防而对之一吐为快的人,即是你的朋友。

我想那位当年奔波于东北黑土地上的插队知青,他寻求谈伴的标准,可能比我上述界定的朋友要高,他的前提,是对方一定要有与他等同或超过他的智力水平与知识积累,并在相互交谈中,要撞击出思想的火花,生发出创造性思维的快乐。有那样的朋友当然更好。我所说的那位冬夜中与我在厨房中倾谈的朋友,时常也能达到那样的水平。但以我一颗易于满足的心而言,纵使他只是承受我的倾吐,而并未主动迎击上来碰撞出思想的火花,予我以哲理的启迪、以诗情般的慰藉、以彻底解脱的痛快,我也其乐融融了。

那是怎样一个冷寂的冬夜啊,北风在窗外磨盘转动般地呼啸着,居室中又不时传来他老母和妻子的鼾声,我们对坐着交谈,嗑出一地的瓜子皮……

既然落生在世,茫茫人海中,应觅到知音。享受友谊吧,相互不设防地倾诉和倾听,该是多么金贵的人生乐趣!

我爱我的儿子。

儿子从小戴着眼镜，初次到我家做客的人见了总不免要问："近视眼吗？多少度？"

总做出如下的回答："不是近视，是远视，很难矫正哩！"

其实，更准确地说，应是左眼有内斜的毛病，因内斜而远视，由于久经矫正而收效甚微，现在已成弱视。一直说实在矫正不过来就去同仁医院动手术，但那只有美容的意义，左眼可不再略显偏斜，却无法改变弱视，甚至还会导致近盲，所以，至今也就还没有去动手术。儿子的左眼为何内斜？是先天的还是后天的？若说先天的，他两岁以前，我们只觉得他一对黝黑的瞳仁葡萄珠般美丽，从未感到左眼略向内偏；若说后天的，可回忆出两岁多刚会唤人时，被邻居中一位鲁莽的小伙子抱到他家去玩耍，后忽然听得我儿大哭，随即他抱着我儿来我家连连道歉——在他没抱稳的情况下，我儿一下子摔向了他家饭桌，正好磕着了眉骨，且幸没有伤着眼珠，当时心中大为不快，但人家绝非故意，而看去也确乎只是左眉红肿一块，眼珠依然黑白分明，只觉得是"不幸中之万幸"，便敷上一些药膏，渐渐也就平复，但后来又过了不知多久，忽觉我儿左眼球内斜起来！那绝无恶意的邻居莽小伙儿，怕就是导致我儿左眼出现问题的祸首吧？不过后来医院里医生细细检查之后，却又说很难断定是后天摔碰所致，有的先天缺憾，是要到孩子渐大以后，才由隐而显的——于是，后来我就对妻说："你也这样想好了，都是我那精子里潜伏的遗传密码，导致了这一后果。”她颇不以为然，我却从这一自我定性中，获得了很大的心理满足。

我满足于：儿子毕竟是我这一个体生命的延续，我愿我生命中的种种优势遗传给他，我也承认我必有显性或隐性的弱点乃至劣势，延续到了他的个体生命之中。我坦然地承担我对他先天素质的全部责任，同时，我相信就如同我从不怨责我的父母给我遗传着某些弊病似的，我儿将来也不会怨责我没有把他生成得更完美、更具有在这人世上的生存竞争优势。

我从没觉得我儿如何超常地可爱，超群地聪明，然而不管怎么样，他是我的——我的亲子，因而我有浓酽的父爱。我常常亲吻和抚摸我的儿子。十几年以后，我儿长成一个大小伙子了，当年邻居中他的一位同龄人，也长成一个大小伙子了，那小伙子有一天到我家新住处来玩时，对我这样说：“刘叔叔，我真羡慕他——”他说着指着我儿，“您从小就总抚摸着他，我小时候可没人抚摸过我，稍大点以后，我渐渐懂事了，看见您把他揽在怀里，轻轻抚摸，心里就痒痒；到后来，再看见这种情形，我就浑身的皮肤，全都麻躁起来！……”啊，他所说的，即“皮肤饥渴症”，他生母早逝，生父娶了后妻之后，两人都对他非常不好，尤其是后母又生下个弟弟后，他简直就成了“多余的角色”，从未给予他轻抚柔摩的父爱和母爱，却是令他成人后回忆起来，再加对比时，铭心刻骨地感到哀痛的！天下欠缺父母爱抚而患有过“皮肤饥渴症”的人们，同来一哭！

爱自己的子女，特别是做父亲的，也如母亲般地乐于抱着他或她，把他或她拥在怀中，亲吻他或她的脸蛋，抚摸他或她裸露的皮肤和头发，挠他或她的胳肢窝而逗他或她欢笑……是非常、非常重要的人生责任和人生乐趣啊！从某种意义上来说，使子女温饱，教他们知识，予他们训诫，驱他们读书劳作……都还不足以体现出父母对他们的亲子之爱，轻轻地抚摸他们吧，给他们以温柔的摩挲吧，这应是他们童年乃至少年时代最重要的身心滋补剂，这也应是初为人父人母的你我所能享受到的最大快乐之一！爱幼子，同爱一切新生的幼小的生命、事物的心态，是相通的。

即使是狮虎狼豹那样的猛兽，其幼兽也只令我们觉得活泼生动，绝不会产生恐惧之感。即使是犀牛河马那样的丑兽，只要一缩小为稚嫩的小兽，乃至缩小为仿制的玩偶，我们也就消除了丑感而生出欣赏之心。甚至小鳄鱼也有种娇媚之态，刚从破裂的蛋壳里爬出来的小蛇也有种令人怜惜的憨相。更不用说幼小的孩子，无论黑、白、黄哪种肤色的，也无论他们的眉眼如何，只要显现着一派稚嫩的情态，我们就忍不住心生爱意，想去摸摸他们的头发，拉拉他们的小手，乃至吻吻他们的脸蛋……

从地皮中蹿出的一针春草，竹林中刚刚拱出的带绒毛的新笋，花枝上刚刚鼓起的花蕾，缀着露珠还没有成熟的青涩果子，老松树枝丫上的嫩绿的新松针，池塘中刚出水还不及展开的一片荷叶一朵莲苞……也都具有相同的魅力——让他们成长！让他们开放！让他们渐渐成熟！原谅他们的幼稚纤弱，喜爱他们的勃勃生机，祝福他们的辉煌前程……

不能爱好幼小的生命，起码是一种病态的心理。生命的历程有其两端，我们中华民族传统一贯崇尚尊老，这其中有着值得永远发扬的精华，然而我们的文化传统中确也有过流传甚广的《二十四孝》，有过褒扬“郭巨埋儿”那种古怪做法的文字。生命的两端本来都值得格外重视，爱幼与尊老本应成为相辅相成的旺健民族生命力的驱动轴，然而“郭巨埋儿”那样的故事偏把新生命与老生命人为地对立起来，对立的结果，是肯定了老生命的无比崇高的价值，而主张以鲜活的新生命的彻底牺牲，来成全老生命的有限延缓——早在半个多世纪以前，先贤鲁迅先生提及此“孝行”时，便愤懑地发誓，要用世界上最黑最黑的咒语来诅咒“郭巨埋儿”一类的文化心态，那真是传统文化中地地道道的糟粕！

珍惜幼小的生命，挚爱鲜活的个体，千方百计让该长大的长大，该成熟的成熟，应成为我们中华民族新的美德！

如今侨寓美国的小说家钟阿城在一篇纪念其父钟惦棐的文章中回忆说，他 18 岁那年，父亲坐到他对面，郑重地对他说：“阿城，我们从此是朋友了！”我不记得我父亲是从哪一天里哪一句话开始把我当作平辈朋友的，但“成年父子如兄弟”的人生感受，在我也如钟阿城一般浓酽。记得在“文革”最混乱的岁月里,父亲任教的那所军事院校武斗炽烈,他只好带着母亲弃家逃到我姐姐姐夫家暂住,我那时尚未成家,只是不时地从单位里跑去看望父母,有一天只我和父亲独处时,父亲就同我谈起了他朦胧的初恋,那种绵绵倾吐和絮絮交谈,完全是成人式的,如兄弟,更似朋友。几十年前,父亲还是个翩翩少年郎时,上学放学总要从湖畔走过,临湖的一座房屋,有着一扇矮窗,白天,罩在窗外的遮板向上撑起,晚上,遮板放下,密密掩住全窗;经过得多了,便发现白天那扇玻璃不能推移的窗内,有一娟秀的少女,紧抿着嘴唇,默默地朝外张望;父亲自同她对过一次眼后,便总感觉她是在忧郁地朝他投去渴慕的目光,后来父亲每次走过那扇窗前时,便放慢脚步,而窗内的少女,也便几乎把脸贴到玻璃之上;渐渐地,父亲发现,那少女每看到他时,脸上便现出一个淡淡的然而蜜酿般的微笑,有一回,更把一件刺绣出的东西,向父亲得意地展示……后来呢?父亲没有再详细向我讲述,只交代:后来听说那家的那位少女患有"女儿痨",并且不久后便去世了。那扇临湖的窗呢?据父亲的印象,是永远罩上了木遮板,连白天也不再撑起——我怀疑那是父亲心灵上的一种回避,而非真实,也许,父亲从此便不再从那窗前走过,而改换了别的行路取向……

对父亲朦胧的初恋,我做儿子的怎能加以评说!然而我很感念父亲,在那"文攻武卫"闹得乱麻麻的世道中,觅一个小小的空隙,向我倾吐这隐秘的情愫,以平衡他那受惊后偏斜的灵魂!

也许，就从那天起，我同父亲成为了挚友。

如今父亲已仙逝十多年，我自己的儿子也已考入大学，当我同儿子对坐时，我和他都感到我们的关系已进入一个新的阶段——他不再需求我的物理性爱抚，我也不再需求他的童稚气嬉闹，我们开始娓娓谈心……

这是更高层次的人生享受。

生活的乐趣真是无尽无穷，犹如永不重复图案的万花筒。“八小时以外”的常见乐趣，可以举出多少来哇：读书、写字、作画、摄影、对弈、听音乐、侃大山、跳交谊舞、跳迪斯科、登台演戏、参观展览、远足登山、湖中泛舟、跑步打球、游泳溜冰、豢养宠物、饲鸟喂鱼、栽花种树、练拳舞剑、自制摆设、自烹美食、自创时装、自我美容、去卡拉 OK、泡咖啡厅。收藏不仅可以集邮、集火花、集藏书票，亦可搜聚最冷门的物品；交流不仅可以请客、做客、写长信、“煲电话粥”，也可以暂且密密记下心声待瓜熟蒂落时再献出……消极一些的是堆放自己于沙发中，看电视看录像直至画消带尽，或早早地钻进雪白的被窝，把身体回复为母亲子宫中的姿势，甜甜地睡上一觉……

一个萧索的秋日，我去离家不远的公园散步，人稀鸟静，灰缎一般的湖水毫无生气，我缓缓地沿湖行进，忽然，我发现前面不远处有位老先生，个子矮小，衣帽素朴，他似乎正弯腰在湖水中涮着一个拖把……再细细看去，他将那“拖把”从湖中提了出来，端头却并非丛聚的布条布丝，而是捆裹成卵球形的人造海绵——他意欲何为？似颇怪异！又细观察，才发现他是用那东西作笔，蘸水在湖岸边镶砌的水泥护岸上书写着斗大的字，那水泥护岸恰好用浅沟分割为一块块的长方形，犹如一张张铺好的灰纸——我尾随着他，一格格跟踪读去，看见他书写的是古诗："生年不满百，常怀千岁忧。昼短苦夜长，何不秉烛游……"写完这一首，又接着写："青青园中葵，朝露待日晞。阳春布德泽，万物生光辉。常恐秋节至，焜黄华叶衰……"还有："采葵莫伤根，伤根葵不生。结交莫羞贫，羞贫交不成……"忽然又是："两叶能蔽目，双豆能塞聪。理身不知道，将为天地聋……"不知不觉，我已随他走了小半个湖畔，他似并未注意到我的追踪观察，依然悠悠然地俯身蘸水、书写，我回首一望，公园里仿佛除我两人而外，竟杳无人迹，而他写过的诗句，前头的已蒸发得不见踪影，剩下的亦缺笔少画，若非我细心随读，谁也不知道那些水迹意味着什么……

那是北京秋日常有的一种雾蒙蒙的非阴非晴的天气，一切景物的色泽似乎都褪得趋向于灰调子，而且缺乏明暗对比，显得平板呆滞，可是那用大水"笔"书写着古诗的老先生，却使我眼中心中充溢着一种明亮的温馨的色彩。那老先生多么会享受生活啊！最高的享受境界，便是这种得大自在的超然与洒脱！

我本想过去招呼那老先生，同他交谈，后来我抑制住了自己，我意识到，人在自得其乐时，别人是不能去打扰的，他自己也是不需要同别人分享那快乐的。每当我怨责生活单调无聊，每当我想从事一桩乐事却计较于“没有物质基础”时，我便想起了湖边的这一幕，想起了那位老先生“清风朗月不用一钱买”的巧妙自娱，于是我便忠告自己：生活的乐趣如满山遍野的烂漫野花，只怕你视而不见！享受生活的乐趣不一定非得有多么丰厚的物质基础，只怕你心夯脑笨！

扑向生活的山野，采撷芬芳的花朵吧！……那回从宗璞大姐家出来，手握一大捧馨馥的白丁香，与妻同搭公共汽车回家。公共汽车上非常拥挤，我站在售票台一侧，挺直脊柱，抗拒逼我前移的力量，死死地护住那一大捧丁香；妻在我身旁，不时与我对视，亦不时朝白丁香望去，似在提供我支撑住的力量……终于下了公共汽车，步行一段便可到家了，我和妻在苍茫的夜色中，于路灯下细看那一捧白丁香——由于我们的精心护卫，毫无损伤！我们都欣慰而得意地笑了。

我们享受了生活，也护卫住了生活赐予我们的美。

生活如溪水，仍在汩汩地流淌，我们将继续在那也许是平淡无奇、也许忽然跌落翻腾的流程中，相依相偎地品尝生活之美；插入瓷瓶的白丁香怒放几天后，终于凋谢，然而世上仍有丁香树，仍有春风春雨，仍有丁香盛开的花期，仍有丁香般雅洁的友人，仍有如丁香花般芬芳的温馨人情，因而，从这个意义上说，我们将永可享受不会凋谢的人生之乐！

# 第二部分　世界，不仅仅走过

在巴黎，
我们各付各的钱，各喝各的酒，
这是典型的欧美人的交友方式。
在中国，人们这样相处是要脸红的。

# 巴黎街头咖啡座

秋天的巴黎，迷人的巴黎。

来巴黎已然一周。再到何处去领略巴黎的佳妙？

悠悠塞纳河。你那三十九座长桥，座座都值得徜徉复徜徉，听说第四十座桥正在修建中，它将映入河面的，应是哪种风格的身姿？巍巍卢浮宫。你那举世闻名的画廊里，陈列着多少动人心魄的精品。再一次去端详蒙娜丽莎的神秘微笑？或许，去到那常被人忽略的角落里，细品那相对不那么知名的雕塑？

圣母院的钟声，从塞纳河的城岛上飘来。圣母院啊，你那高大的穹窿，以彩色镶嵌的玻璃，把阳光筛成空灵幽暗的光束，配合着管风琴的轰鸣，把人们的情思，执拗地引向何处？

高耸入云的埃菲尔铁塔，仿佛一个顶天立地的汉字："人"。庄严肃穆的凯旋门，你那右侧的《马赛曲》浮雕，和你那门洞中日夜不熄的"阵亡将士纪念灯"，给瞻仰过你的人们，留下了难以磨灭的印象。协和广场上的方尖碑呢？那上面所镌刻的楔形文字，默默地注视着白云苍狗般的世态，已有多少岁月？巴士底广场啊，你那高耸的纪念塔上，展翅上跃的女神，象征着什么？而卢森堡公园里，潺潺不息的喷泉，又在絮絮地说着什么？还有那圆顶的先贤祠和伤残军人纪念院，那三角形屋顶的马德兰大教堂和高踞于蒙马特尔高地上的圣心大教堂，至今作为建筑艺术中的代表作，也值得重游吧？更何况还可以再去巴黎公社纪念墙，缅怀那红旗指引下的殊死战斗；也无妨再去那城郊的凡尔赛宫和枫丹白露宫，摭拾历史的教训；又怎能忽略巴黎那崭新的一面呢？蒙帕纳斯大厦、蓬皮杜文化中心、现代派艺术的展览馆……

巴黎，你包含着那么丰富的美，真不知该如何将你一而再、再而三地细细品味！然而，我今天却“任凭弱水三千，只取一瓢饮”。我只漫步在你的街头，欣赏你那举世尽知的街头咖啡座，并将择其雅静者坐享之。街头咖啡座，在几乎所有的欧美国家中，早已是一种最普遍的社会相。不过，法国似乎是首创此风，而巴黎的街头咖啡座，至今似乎仍最具有代表性。

来法国之前，我曾想过，巴黎的街头咖啡座之所以那么普遍，大概由其人行道宽阔所决定。到法国后，漫步在巴黎街头，才知并不尽然。香榭丽舍那样的街道，人行道诚然宽阔整洁，并有高高的梧桐树绣出浓稠的绿荫，街头咖啡座自然是多的，且桌椅、伞篷、餐具乃至侍者的衣饰，都是华丽而讲究的；但就是相当狭窄的小街，就是很一般的门面外，也有街头的咖啡座，而那座上客的雅兴，似乎也并不亚于香榭丽舍大街上那些红男绿女。

瞧,我前面便出现了一处街头咖啡座,它正处于一条中等街道与一条小街的拐角。人行道并不宽阔,时值秋日,那街道树上只剩少量残叶,看去更觉简陋粗拙。那十几张小小的圆桌,直径不过半米而已,桌腿是塑料的,桌面上铺着粗麻布桌布,估计那桌体也无非是廉价塑料制品,而且很可能还是同桌腿一次模压成型的。有的桌旁已有顾客,有的空着,而在店铺大玻璃橱窗下,叠放着一堆塑料椅;显然,想找张桌子坐下,可以自取一张塑料椅过去。那些塑料椅我根据形态称它为"屁兜椅",椅座恰可将人的臀部兜住,椅背恰可将人的脊背中部托住,一点多余的面积也没有,既省料也省工,看去也是一次模压成型,而且还可互叠在一起,不用时节余下大量的空间。我走过去,拿下一只"屁兜椅",放到一张圆桌前,刚落座,便有一位侍者走到我面前,彬彬有礼地问我要用什么,我自然回答说:"一杯咖啡。"

说是街头咖啡座,其实除咖啡外,也供应各种甜酒,以至威士忌、白兰地,有时还兼卖几种快餐食品和冷饮。规模大些的街头咖啡座,无异于街头餐馆,可以叫从沙拉到牛排的菜肴。不过,真正的大菜和正式的宴会,自然绝少在这种街头咖啡座出现。说到底,坐到这街头桌边的,还是喝咖啡的居多。

一杯热腾腾的咖啡,给我端上来了。杯子是有耳矮腰杯,下有托盘,杯中有小勺,托盘中有四块包在纸里的方糖。大一些的街头咖啡座,桌上有糖罐和牛奶壶,可以随意取用方糖和往咖啡中添加牛奶。这一家没有。我把方糖丢进杯中,用小勺徐徐搅动着,朝四面张望。

街头咖啡座,好在哪里呢?好在廉价?那为何一位穿戴得颇为讲究的绅士,也坐在那圆桌边,一边呷咖啡,一边读着一份《费加罗报》?他身边还卧着一条毛色纯正、模样俊俏的大耳狗。也许是“天凉好个秋”的缘故吧,那狗还穿着一件料子极佳、缝制极精的坎肩。

巴黎有无数的咖啡厅。一般在街头咖啡座靠里的门面内,便是餐馆、酒吧或咖啡厅,我也都进去领略过,很少有满座的情况,可见街头咖啡座的出现,并非是因为里面爆满所致;那么,为什么似乎有更多的人在更多的时候,不愿待在屋顶下喝咖啡,而宁愿坐在街头,头顶青天,慢悠悠地啜一杯又黑又苦的咖啡呢?

其中显然自有奥妙。

我能意会,却不能言传。

那位只有一边耳垂上坠着耳坠的中年妇女,任咖啡杯中的热气旋着淡黄的圈儿散去不饮,只是一手托腮,一手用食指在桌布上画着什么。自然,她只有在这里,才能求得内心某种激荡着的感情的平息。相信即使是飘来浓雾,洒下细雨,降下夜幕,仅剩星光,她也会如此这般地坐在这里,久久不去……

另一位,看去还在妙龄,一头金而近白的长发,自自然然地披在肩上,上身只穿一件银灰色的宽松毛线衣,没有耳饰,没有项链，并且手上也没有戒指，倚在“屁兜椅”上，也并不去喝桌上的那一杯咖啡，只是拿着一本封面素雅的平装书，读着，读着……显然，她沉浸在某种奇妙的境界里。她读的是谁的手笔？罗伯·格里耶？玛格丽特·杜拉斯？抑或是一册译为法文的老子的《道德经》？

还有一个孤独的老人，一个瘦弱的老头儿，戴着一顶样式显然过时的帽子，竖起大衣的领子，双手捧住那无私地给予他温暖的咖啡杯，认认真真地，一小口、一小口地啜着。他那双已经开始浑浊的眼睛，出神地望着对面。显然，他那视线的焦距并未对准什么具体的事物，他也许堕入了关于青春、爱情、一度成功的事业、已然消逝的友谊……的回忆。人们在天空下，比在屋顶下，更能享受那带苦涩味的“往事牌”醇酒，不是吗？

还有一个男人和一个女人，面对面坐在圆桌两边，把身子俯向一处，絮絮地低语着。是夫妻？是情夫和情妇？是不涉及情欲的异性友人？是兄妹？姐弟？同僚同事？合作者？律师与求助者？……难以确定。但他们显然都很满意这街头咖啡座给他们提供的环境和气氛，看样子，他们的交谈短时间内绝不会结束……

巴黎啊巴黎。巴黎有街头咖啡座。有街头咖啡座的巴黎，你真有韵味，真让人留恋……那边坐着一位令我双眼一热的顾客。为何双眼一热？他黄皮肤、黑头发……那颧骨，那鼻头，那嘴唇，那表情……不消说，是同种。我们先用眼睛打了个招呼，接着相对微微一笑。

我想了想，便站起来，走了过去，同他坐在同一张圆桌旁。

为什么要想一想？因为在法国，在巴黎，你是不好轻易去同一位不认识的人讲话的——当然，问路除外。

他先用英文问我："日本人吗？"

不知为什么，在巴黎，我常被人这样询问。人们总是先问我："日本人吗？"及至我摇头后，才会问："中国人？"

我也用英文问他："日本人？"

我们两个都笑了。

"中国人。"

"中国人。"

乡音入耳，两个人都有点"惊呼热中肠"的味道。

侍者走了过来："先生，要点什么？"

他先说："一杯'柯涅克'，不要加冰块。"

显然，他已经并非地道的中国人。地道的中国人在这种场合，是不会只为自己一个人要酒的。

我便说："一杯香槟，加冰块。"

我们各付各的钱，各喝各的酒，典型的欧美人交友方式。在中国，人们这样相处是要脸红的。但他很坦然，我便也坦然。

"从北京来？"他问我。

我点头。“你呢?”我问他。

他淡淡地一笑:“我在此地定居。从国籍上说,我是法国人。”

原来如此。

我本有好多话要说,他这么一宣布,都挤在喉咙口,出不来了。法国人!对一位已经相识的法国人,你尚且不能向他打听他的历史、他的行踪、他经济状况和家庭状况,更何况是这样一位刚刚开始与之交谈的法国人。

我们沐着秋阳,各啜各的酒,沉默了一阵。

毕竟我们同种,我觉得问一问也无妨:“你过得好吗?”

“很好。”他毫不迟疑地回答。接着问我:“你对法国印象如何?”

“很好。”我告诉他,“尤其是巴黎,太美了,而且是一种充满文化气氛的艺术美。”

他忽然笑了。他告诉我:“我前几天刚看到一篇小说,中国刊物上的小说。我常到大学图书馆去借看中国时下的刊物,包括文学刊物。那篇小说写的是两个我这样的人,跑到西方来,结果堕落了——女的沦落为娼,男的参加了贩毒集团。真是妙不可言!”

我不知他那“妙不可言”究竟是褒还是贬。

“是有这类的小说,”我说,“我好像也看到过。”

“那其实算不得小说,”他终于表露出他的好恶,“因为那不真实,也完全谈不上浪漫,那只是为了宣传一个干瘪的概念:西方不好。西方的确有说不尽的阴暗面,但是西方不是那位作家讲给读者的那么回事。别那么写东西,那对中国的读者没有好处。”

我只喝酒。我盼他再说。

他果然接着说了下去:“比如法国。一个中国妇女跑到巴黎,要当妓女,你以为容易吗?这里的妓女没有点办法的人是当不上的。你去过‘红灯街’吗?你得知道,妓院都有法律管着,不许随便开业的,妓女……别的且不去说它,光身体检查,就严格得很,一点不合格,就要吊销资格的……而且在许多法国人眼里,当妓女同当公司职员、超级市场售货员、出租车司机……一样,无非是一种职业,而且是一种收入相当高的职业,并非就是堕落,能那么容易就让你一个新来乍到的外国妇女当上吗?好笑!……”

我仍旧沉默,姑妄听之。

“……至于贩毒,那就更不是一个新来乍到的外国男子所能荣幸承担得了的!就是一般的法国男子,想‘堕落’到那集团中去,也谈何容易!人家会要我吗?——就算我想加入!那是一桩很大的事业,当然,是黑社会的事业,政府是禁止的,警察天天在跟他们斗法……不过,那位作家真该搞清楚,他笔下那个中国男青年,此地的黑社会是绝对不需要的……”

我啜香槟。我觉得他很滑稽。他似乎有一种优越感。他凭什么感到优越呢？就因为他成了法国人？

“啊，对不起，”他喝了一口“柯涅克”，耸耸肩膀说，“我说得太刺激了吧？”

我笑笑说：“你批评了一篇小说，这篇小说我没读过，我无从判断。”

“是的是的，”他忽然又兴奋起来，引出新的话题说，“你坐过此地的地铁吧？”

我告诉他：“自然。这几天我净坐地铁，到巴黎各处去游览。”

他便说：“你对巴黎地铁印象如何？我以为美国诗人埃兹拉·庞德的那两句诗，最能体现出巴黎地铁的韵味：‘人群中这些面孔幽灵一般显现，湿漉漉的黑色枝条上的许多花瓣。’你我便都曾是那花瓣之一，而且我恐怕还要一再地从那湿漉的黑色枝条上抖落下来……”

我不能共鸣。我说：“我可毫无那样的感觉。我不是幽灵。我眼中的地铁车辆也引不出湿漉漉黑色枝条这类的联想来。”

他苦笑了一下。为什么苦笑，不知道。

“我过得很好。”他玩弄着手中的高脚酒杯，沉吟地说。

“很好吗？”我审视地望着他。

他眼睛朝着街那边，似乎是在凝望一个巨大的灯箱广告，那广告正宣传着某种化妆品。“是的。我会法语。我英语也不错。我能干。我有固定的职业。我收入颇丰。我有比中国副部长更好的住宅,有私人汽车。花店一周给我送两次鲜花。我订的是郁金香,真正荷兰种的郁金香。夏天我去西班牙巴塞罗那海滩度假,冬天我去北非。我有妻子,也有情妇。我习惯这里的生活方式。我既去罗丹博物馆看高雅的雕塑,也去'红磨坊'和'丽多'那样的夜总会看袒胸舞、脱衣舞。我爱喝这'柯涅克'白兰地,但我一般并不加冰块喝。我有怪癖,爱听砸玻璃的声音。我这种癖好在这里能够得到充分的满足……"说着,他似乎便要把手中的玻璃杯朝地上掷去,但终于还是没有掷,只是把杯中的残酒泼掉了。

我不理解他。他是怎么跑到这个地方,当了外国人的?他要不说,我也不便问。他接着往下说:"别那么样地看着我。用你们习惯的语言说——我不是坏人。我是根据中国的政策,合理合法地到这里来的。我当过十五年的华侨。我出席每一次华侨总会组织的活动。我和你一样爱国,爱中国。可是在这里当华侨是很难的,除非很有钱,否则,就是入法国籍。因为不入法国籍,当侨民,要受许多限制,有的职业你就谋不上。当然入法国籍也不容易。好多北非人、阿尔及利亚人,就那么个悲惨处境,当侨民,人家讨厌,入法国籍,人家不要。有一种舆论,要把他们遣返回去,就是轰回去。有的华侨,穷的,处境也有点尴尬。我不尴尬。我成了法国人了,更不尴尬。我是'身在曹营心在汉'。不信吗?每一次中国的球队来此间比赛,我总是买票去捧场;每一个中国的艺术团体来此间演出,我总去看,还往后台送花篮……”我不得不问他了:“你跟我说这些干什么呢? 我并没有怀疑你,认为你不爱中国……”

他又要了一杯“柯涅克”边喝边说:“我们还是来谈小说。像那位作家,他如果想写得深刻他就该来了解我,写我……”

“你不是在此地生活得很好吗?”我问他,“人家是要揭露这里的问题,唤起中国读者的爱国之心;写你,说你在这里生活得很好,怎么能完成他的主题呢?”

“能,”他肯定地说,“能够的。”

我有点吃惊,他是什么意思呢?

“是的,我在这里生活得很好,但是我很苦闷。”

“为什么呢? 法国人歧视你吗? ——当然,你现在也是法国人,我的意思——”

“你不用解释,你的意思我明白。你是问这里金发碧眼的白种人歧不歧视我? 法国很少有种族歧视。我没遇到过因为我的种族、肤色、长相歧视我的事情。这里的知识分子歧视没有文化教养的人,一般市民歧视没有钱的穷人,而我呢,应当说文化教养和金钱地位都不欠缺,因此也没遭过这样的白眼……”

“那么,你苦闷,是纯属私生活当中的因素了?”

“不,我的私生活大体上也不错,挺有滋味。”

“那么,我弄不懂了……”

“你们永远弄不懂，除非你亲自来试一试！”

“试一试？”

“对，来体验体验这种滋味。没有堕落，既没有当妓女，也没有当黑手党。没有对不起祖国的言论和行为，因此当然也没有相应的心理负担。没有受歧视，也没有贫困和沦落。总之，一切都挺好……”

“挺好，干吗还苦闷呢？”

“这种苦闷是无法排遣的。说起来也很简单，就是像我这样的一个人，无论如何是不能彻底溶解到这个世界里来的。人家并不一定歧视我，可是我抬眼望去，满眼是不同种的人。你是来访问，你只觉得有趣。可你倒试试看——在这里生活10年，15年，25年，一辈子！你穿得跟人家一样，你话讲得跟人家一样，你派头也跟人家一样，人家对你也挺好，可你还是你那个种。一个人生活在不同种的人的包围里，再怎么也是苦闷的。不信你试试！试试！”

我望着他。我可怜他。

“这还只是表面的一层。你抬脚走来走去，凯旋门，很雄伟，很美，但跟凯旋门相联系的一切，比如，那个赫赫有名的拿破仑，是人家那个种族的……你来参观，来游览，你当然兴致勃勃，异国风光嘛！可是我是法国人，我在此地定居，而我脚下的地面，这地面上的一切，却是人家那个种族长久享用的创造的，巴黎圣母院的钟声，凡尔赛宫的喷泉，塞纳河的桨声灯影……对我来说永远只是一种血肉之外的东西。我现在所享受的一切,不是我自己的祖先创造的,它的历史与我的存在无关!这里再好,人们对我再客气,我也总还是一个异物,一个异类!啊,你要是能理解我的话就好了!……”

我理解。不过,我也不理解——我问他:“既然如此,你为什么不回咱们中国去呢?”

他沉默了。隔了一阵,他干了杯,用一方手帕仔细地揩了嘴,所答非所问地说:“我并不是后悔。凡我做过的事,我从不后悔。”

他看了看表,立刻站起来,把小费掷到桌上,有绅士风度地向我告别说:“谢谢你同我交谈。我走了。”

我便也笑着说:“也谢谢你同我交谈。我还要略坐一坐。”

他走后,我略坐了一坐,也便离去。我顺着那条街往下走,一路上都是街头咖啡座。巴黎真美。街头咖啡座真妙。我一点也不苦闷。我知道这一切美的事物都是法兰西民族创造的。我是他们的客人。我愿常来做客。

可是我这次的访问就要结束了。我依依不舍,但又归心似箭。我长长地舒出一口气来,朝香榭丽舍的民航办事处走去。我要去办 OK 手续。我脑海中不知为什么浮现出了北京故宫的筒子河,以及紫禁城的那锯齿形城堞,还有城堞拐角处的角楼。

我幸福地微笑着。

1984 年夏写于北京劲松中街

## 透明的哥本哈根

从瑞典的马尔默乘渡船越过厄勒海峡抵达丹麦哥本哈根时，恰好雾气散尽，眼前活现出已从安徒生童话里熟悉的一组组古色古香的建筑。细细观察，发现那风格同我已访问过的挪威奥斯陆与瑞典的斯德哥尔摩都不相同。奥斯陆的城市天际轮廓线比较平缓舒展，楼房大都显得敦实厚重，顶部装饰曲线不那么突兀，外墙的色彩也比较清淡；斯德哥尔摩则有众多的尖拱顶教堂，那些哥特式尖顶大都修造得十分纤秀灵妙，有的更将内部镂空，望去仙气盎然。哥本哈根呢？当我独自悠闲地徜徉在暖冬晴阳下的这座古城时，我发现它的大量古典建筑都显得比上述两个城市陈旧：外墙面以赭色为基调的居多，而且许多建筑的尖拱顶都显得比斯德哥尔摩的粗壮，线条不那么锐利而趋于圆润，尖顶上一般还盘绕着许多厚实的花饰，并且不知为什么总爱涂上一层奶绿的颜色——那颜色大都已失去光泽，还显现出一些脱落，但正如一只古鼎带着锈斑，反比打磨成崭新模样更招人喜爱。哥本哈根那些古建筑群仿佛散发出一阵阵诱人幻想的香气，我左观右望，流连之中，不禁心生彩翼。

哥本哈根的商业步行街比奥斯陆和斯德哥尔摩都多，而且连成一大片，我去时正巧是圣诞节期间，大片街区都是挂着松枝装饰的彩链，上面或缀着红心，或缀着大铃铛，两旁的商店橱窗里除了平时应市的商品陈列外，也都增添了许多的节日装饰，有姿态各异的圣诞老人，还有麦秸扎成的弯角羊，以及装有节日糖果的大皮靴等。虽说整个西方世界的经济不景气也波及了北欧，但哥本哈根节日期间的商业步行街上仍然人流如过江之鲫，只见采购年货的人们大包小包地拎着，出入于各商店之间。那天我在步行街上漫游，偶然走进了当地一家最大的百货商店。那家百货店正面是古典式建筑，前门外面是皇家剧院和一个装点得优雅有致的小广场；背面却是现代派风格，后门通向步行街区。我从后门进到里面，只觉得银光闪烁，原来那百货商店的第一层采用的是银白和粉红这两种色调，显示出一种高雅而洁净的气氛。我坐滚梯先到达地下层，那里有一个大理石的喷泉池，周遭设有若干咖啡座，还点缀着若干大盆的绿色植物，有的认得出是凤尾葵，有的叫不出名字……这时我忽然发现有些顾客的神情比较异常，似乎在侧耳聆听放音器里传出的广播声。有的本安坐在咖啡座的便起身，从一旁存衣架上取下衣物离去；有的刚坐滚梯下来，也没逛逛就又换乘上行滚梯返回……我也没大在意，因为仍有一些顾客自如地坐在那里呷咖啡，那些在长达二三十米的点心柜前买点心的顾客，也大都仍兴致勃勃地在向服务员指要草莓派或巧克力酥饼。我在底层逛了逛又返回一楼，正往通向二楼的滚梯上踏，耳畔又传来了广播声，这回用的不是丹麦语而是英语，我听不大明白，但模模糊糊听出是在请顾客暂且退出商店，仔细一观望，也确有为数不少的顾客并不慌张而坚定不移地朝大厅外走去……这是怎么一回事呢？我无比纳闷。我在百货商店二楼巧遇一位哥本哈根大学东亚系学汉语的大学生，他因为头天听过我在该系做的题为《90年代中国新小说》的演讲，所以认出了我，我忙问他广播里在说些什么，他说在告诉顾客们："本店五楼发生了一起骚扰事件，正紧急妥善处理中；特告知各位顾客，如顾客感到不便，请暂且离店，欢迎过些时再返回购物；我们将尽力保障每一位顾客的安全和利益；离店时顾客请勿慌张；我们为发生了这样不愉快的事，谨向全体顾客致歉……"其中重复得最多的是头两句。我感到非常惊奇。

我和那大学生没有离店，我们又同往地下层，坐在喷泉边喝咖啡。我问他百货店何以要进行这样的广播。他说这是他们丹麦的一种社会公德，凡涉及私人以外的公共事务，必须具有透明度，人们应享有无可争议的知情权，所以百货商店五楼发生的骚扰事件，尽管范围不大，不一定波及其他的顾客，却必须及时向全体顾客报告，并建议他们做出暂时离开的抉择，以利安全，但顾客知情后也可自主做出并不离开的决定……

我感到自己的思维定式，与他们丹麦人很不相同。比如我就觉得,至少应考虑到百货商店里有例如我这样的“外宾”,明明是一桩事关“国格”的骚扰事件,涉及范围又并不大,并已及时处理,为什么要把丑事张扬出来,使我这样的“外宾”也知道了,提供给我一个向外宣传“丹麦首都百货商店有丑闻”的机会呢?这事本应保密才对,至多事后出份“内参”,绝不应采取此种办法公开。

我们还没喝光一杯咖啡,广播又响起来,这回是宣布五楼的事件已全部妥处,希望顾客们安心购物,并感谢留下的和返回的顾客们对他们商店的合作与信任……

后来我同那大学生漫步到哥本哈根市议会前面的广场,广场周遭全是古典式建筑,广场中竖起了一株高及三层楼的大圣诞树,缀满彩灯;市议会大厦有一座高耸的塔楼,塔楼下马路当心有一座两个天使共吹一把双头号的铜雕,那雕像也漆成奶绿色。不知为什么丹麦人自古以来就那么喜欢赭石和奶绿这两种颜色,这两种颜色其实最不具有透明感。

北欧的冬日,下午四点钟天便黑了,到处闪烁着霓虹灯和烛焰的光芒。大学生带我去参观市议会,他说可惜已然休会,否则可以旁听辩论,而且每一个丹麦公民都可要求调阅除国防机密以外的所有政府卷宗,从最低一级至国家政府一级的行政机构都不能拒绝。我听了颇感困惑,便不由得问道:“你们的政府就真那么透明么?”他接口便答:“哪里!”他举出一个例子,说丹麦移民法规定得很清楚,已移到丹麦的成年人在一定年限后可接自己的子女到丹麦团聚,但他们的首相,就将一批泰米尔移民的子女要前来丹麦同父母团聚的事压了下来,且不告诉丹麦国民……议及此事,他竟满脸溅朱,一副愤愤然的模样,我心里头不禁更加吃惊:眼下你们丹麦不是经济也不那么景气么?一些年轻人不是对移民来多了抢了他们的饭碗耿耿于怀么?怎么为几个泰米尔人小孩子来丹麦的事,你就能对自己国家堂堂的首相如此不恭不敬、不依不饶?

说实话我闹不清他们丹麦人的许多事儿。比如他们举行公民投票,竟以多数否定了关乎欧洲统一的马斯特里赫特条约,问那大学生,他说他倒投的是赞成票,但他理解投反对票的人的想法,反对者主要是怕大欧洲的形成会扼杀丹麦自己固有的民族特征,比如丹麦语,那时不仅外国人绝不会再来学,就是丹麦人自己,年轻的一代不也要渐渐生疏起来么?可这种想法又怎么同接纳泰米尔移民的子女来丹麦定居协调起来,殊不可解。但不管怎么说,我喜欢没有雾气笼罩的哥本哈根。在市政厅广场一侧,马路边上有一个比公共大巴士高大的自行车模型,原来那是出租自行车的地方,无人管理,租用者自己往投币箱里交费,推起一辆骑到城市任何一方,不用送回原处,只要搁放到那一方的租用点上便行了。这里确给人一种童话世界的感觉,尽管有魔鬼捣乱,但仍让人坚信美丽的公主终会与追求她的乡村小伙子结婚。

回到北京不久,便看到我们报上刊出消息:丹麦首相已因

“移民丑闻”引咎辞职了。不管怎么说,这透明度不招人讨厌。我不禁回忆起在哥本哈根漫步的那些时日,啊,那些高耸的奶绿色尖拱顶!啊,那些浮游在湖水中的白天鹅!啊,那海滨永恒撑坐着的美人鱼铜像……

哥本哈根,留给我一个透明的梦。

1993 年 2 月 13 日

# 绿色纪念碑

——巴黎书简

亲爱的朋友,我已从南特回到巴黎。

十多天以前,当你在北京天竺机场送我来法国时,你曾叮嘱我:“一定要把对南特的印象,详细地告诉我们。”

好奇心是一种健康的心理。越是以往知道得少的,就越容易好奇。当我得知我有机会访问法国南特市时,赶忙把法国地图找来查看,坦白地说,足足用手指头在地图上摸索了两分钟,我才终于认清了它的位置——在法国西部布列塔尼半岛的下端,卢瓦尔河下游,濒临大西洋。

从北京起飞,途经阿拉伯联合酋长国的沙加、德意志联邦共和国的法兰克福,终于到达巴黎的戴高乐机场。以后,一见到我国大使馆的同志,我便问他们:“南特是怎样的一座城市?”使馆一共来了三位同志,竟有三种说法。一位说它是法国几大名城之一;一位说它不过是只有一条大街的小城;另一位用慎重的口吻估计说:“大约是一座没有什么特色的中等城市。”这也不奇怪。使馆很多年都没有人去过那里,头年文化处一位同志去了一下,但只待了一天,所获印象不深,也就没有把信息输送给大家。就是华侨，南特也不多，据说把大人小孩全都算上，持有我国护照的，不过四十来人。近几年倒是陆续去了十来个留学生、研究生和进修人员，但几乎都是搞理工的，南特究竟如何，恐怕他们即使回了国，也没有兴致来向大家形容。

中国作家去南特，我大概是头一个吧。亲爱的朋友，我尽量把对它的印象如实地告诉你们，不过，我输送给你们的这些信息，究竟能不能使你们多多少少加深一点对法国社会的理解，我实在是没有把握。

试一试吧。

凡事总愿试一试，该不是缺点吧？好奇心加试一试，也许会导致犯错误，但故意搞破坏和在探索中失误，实不能混为一谈。前者是我们“四化”成功之阻，后者是我们“四化”成功之母。从巴黎乘四小时火车，抵达了南特。把行李撂在了旅馆以后，我立即走向街头。

南特，你究竟是怎样的一座城市？从旅馆服务台拿到一张南特地图，附有若干“典型场景”的彩色照片，并有文字说明。据那文字说明，南特市内有二十五万六千多人，以我国的观念而论，自然不过小城而已，但在法国，它的人口却排在各城的第六位，所以似乎也不能小觑。

主要的大街确实只有那么一条，但中等街道和小街却蛛网般交错，向四面八方伸延颇远。有点像缩小的巴黎，也有带铜雕和喷泉的广场，也有带尖顶的天主教堂，也有酷似巴黎歌剧院的剧院，甚至那座现代派摩天楼“布列塔尼大厦”，也仿佛是巴黎“蒙帕那斯大厦”的投影——只不过都按同一比例加以缩小了。满眼的建筑物大都是五十至一百年前所造，楼层不高，最高的一层墙体与屋顶呈弧面相连，使楼窗凸现出来，窗边充满卷涡、藤叶一类的浮雕，据说是“路易十五式风格”，但显然内部都改装成现代化的了，底层的商店更一反古典式的繁琐与沉稳，门面几乎一律采用钢化玻璃结构，不但尽量突出摩登的橱窗，也以能从门外透视店内景象为时髦。

在中国，商店的霓虹灯要入夜才亮，而且几乎一律采取玻璃管弯成的形式，颜色则大红大绿居多。南特同巴黎一样，白天商店内外的光电设备也往往不息地闪亮，玻璃管弯成的形式已存留不多，有的以透光不透明的玻璃匣构成，底色多乳白、橙黄；有的以“扫描”方式不断重现店名、图案及宣传字句；“正色”很少而中间过渡色颇多，总体的印象是没有桃红柳绿式的俗艳而趋于银辉冰莹般的雅奢。

法国近来经济的萧条，在南特也是一目了然。超级市场固然顾客不少，但那是为“过日子”而进行的匆促购买；凡有独立门面、一类商品的商号，进内购物的顾客寥寥无几。透过亮闪闪的橱窗和门扇，往往只见确实华美精致的商品中间，呆立着无所事事的店员；偶尔瞥视一下橱窗中陈列品的价码，也就不难理解何以无人问津——一只超薄型的打火机可以标价一千法郎;一条式样新颖点的腰带标价三百法郎,还不一定是牛皮制品;好不容易在一个微笑的木制 Madame(太太)身上发现了仅为一百法郎的货签——难道“她”那件剪裁特殊、缝制精巧的上衣竟那么便宜吗?啊,再一看,看清了,原来一百法郎所指的不过是“她”肩上的那条未见多么出色的披巾……路上的行人们步履匆匆,几乎没有一位有我们这种“遛大街”的雅兴,他们从以金银色为主、水晶感十足的灯具店橱窗前走过,从陈列着几十种香水并带有诱惑性广告的化妆品商店门前走过……他们穿过城中著名的“商业走廊”:上有浮雕装饰的穹窿,下有圆雕点缀的大理石台阶,旁边众多的商店似乎都在以闪亮的门面和斑斓的样品向他们召唤,然而只听他们的鞋跟一路咯咯作响,绝大多数甚至连瞥一下那些店铺样品的兴致都没有,只径直向着他们生活中的下一个环节冷然而去。购销两方面都明显地表现出呆滞。不过,说实话,完全没有贫困的景象。巴黎给我的感觉,是宏大中不免有杂乱之感,而且繁华处与陈旧处对比度颇大,地铁中弹奏电吉他的卖唱者、街角裹着阿拉伯式长袍的北非流浪汉、夏洛宫广场上追着游人兜售塑料飞鸟的黑人……这类明摆着的“阴暗面”,在南特我都没有遇见过。

后来,有一天,我与同行的陶玉珍在城中散步时,半认真半开玩笑地约定:我们要找到南特的贫民窟。我们见到比较狭隘、比较僻静的街巷便往里钻。结果,很遗憾,我们未能找到那种足以满足我们特定心理的景观,并且后来我们才知道,越是那种“小街小巷”,越居住着地地道道的富人。敢情那些爬满藤萝的古旧小楼远比门面光洁的新楼高级。要去接近南特市的低收入者,我们反倒应向那相对来说是热闹和宽阔的地方去找。后来我们经留学生帮助也终于找到了,在一所类似北京东风市场那么大的超级市场旁边,有几块巨大的草坪,虽已入冬,那颜色还鲜绿鲜绿的,草坪后是一栋栋灰白色的居民楼,楼窗是铝合金的,依稀可见窗内的纱帘和盆花,据说那便是所谓的“低租金成套出租的单元住宅”,是市政府专为低收入者建造的。望着那呈现在我们眼前的景象,我们只能承认,要透过现象去剖析本质,看来套用现成的、简单化的公式确实不灵。南特的居民们对他们的城市满意吗?当然,有各种各样的居民,因而也有各种各样的情绪。在我接触到的南特人中,有的就对南特的现状非常不满。

一位“白领女士”愤愤地对我说(当然是通过翻译):“南特从来没有像现在这么不景气——失业的人越来越多,商品一个劲地涨价,听说连大学生的伙食费也要从八个法郎一餐再涨到十个法郎一餐,真丢脸!”大学生食堂的饭票涨价,这确实是一桩丢脸的事。对于法国人来说,自从启蒙运动之后,两百多年来他们引以为豪的事情之一就是对国民教育的高度重视。法兰西高等师范学院是牌子最硬的高等学府。罗曼·罗兰等文学巨擘都以持有它的毕业证书而倍增荣耀。中小学教育早实行免费，大学的注册费一贯极低，而且大学生的伙食概由国家补贴。在南特我有意随进修生去南特理工学院的大学生食堂吃过一餐，进食时可自选一盘凉菜（如生菜色拉或火腿色拉）、一盘热菜（如意大利奶油通心粉加猪排，或炸土豆条加茄汁煎鱼）、一钵热汤、一杯酸奶或一份果冻，面包片随便拿。这样一份食品，一般大学生（包括外国留学生）收八法郎一张的饭票，进修生和助教以上的职工收十六法郎一张的饭票。同街上饭馆的价格比较，实在便宜之极，因为即使到街上的快餐馆去，一份“热狗”也要七个法郎，一份“美国三明治”（切开的圆面包夹生菜和肉饼）便要十六个法郎。但人们的不满也有道理：去年大学生一餐的饭票还仅仅是五点八法郎，随着法郎步步贬值，今年年初便升到了八法郎，而这竟仍不是极限，看样子确实不久便会涨到十法郎。难怪在我们步出大学生食堂时，在自由揭贴的告示牌上便有一幅不小的漫画，漫画边写的是呼吁大学生们为抗议饭票涨价而上街游行的口号。亲爱的朋友，你知道我和同代的一些作家的共同缺点，是太容易偏颇和太爱轻易下结论。在临行前我们的一次促膝长谈中，你曾叮嘱我对赴法后的所见所闻所感一定要多消化消化再下断语。我觉得你的意见非常中肯，而且，我在南特种种经历本身，也容不得我以一种简单化的方式对事物做出轻率的判断。即如那位愤愤然的“白领女士”，因为她毫不留情地抨击了南特以至法国的现实，按一种我们习惯了的简单化逻辑，很容易在心目中把她封为“进步人士”，但通过已在南特居留了四年的留学生的进一步了解，原来她不过是一位典型的资产阶级议员。她的观点，主要是怪现在法国当权的“左翼力量”，即密特朗政府，把法国的经济搞成了一团糟。对于法国的政治、经济详情，我至今仍然缺乏明晰的了解。法国经济上目前出现的问题，是否能一概归咎于本届政府，显然不能听信她的一面之词。不过在南特，“白领女士”这派力量已占了上风，新近的市政府改选中，他们已获胜利，新任的市长，便是他们一派在当地的首领。在南特市政府举行的一次酒会上，新任市长在众多来宾中首先把我们三位来自中国文化界的人士请到前面，并赠我们每人一枚古色古香的铜铸南特市城徽。举杯欢谈中，他极表对人民中国的友好之情。也就是在这次酒会上，一位当地的学者对我说：“在法国，南特是以保守而著称的。”他说这话时并无任何愧疚之意，反倒透露出几分自豪。法国人就是这样，他们认为“保守”或“激进”都不失为一种值得尊重的姿态，你自诩“保守”或“激进”听便。

在南特，我禁不住常把眼前的景象同在巴黎的感受相比，我觉得南特也确乎是一座以中资产阶级为主的富裕而保守的城市。在巴黎，当我在协和广场和巴士底广场上行走时，心情确实非常激动。想到两百多年前，法兰西人民敢于把路易十六和他的王后，在现协和广场那里送上断头台，并且能把象征封建皇权威严的巴士底狱——一座巨大的坚固的城堡，拆得连一块砖头都不剩，并在那夷平的广场上，建起顶端立有展翅奋飞的自由女神铜像的高高石柱，真不禁钦佩法兰西人民那种彻底的反封建精神！然而，在南特，那市中心喷泉辉映的广场，却依旧叫作“皇家广场”。这还不算，有一天我们散步到另一广场，格局与巴黎巴士底广场颇为相像，广场中的高高石柱上也耸立着一尊铜像。仔细望去，绝非展翅欲飞的自由女神，而是一位细瘦的古人——一问，扫兴之至，竟是路易十六的铜像。据说是1789年资产阶级大革命后，法国城市广场中唯一保留的一尊这位断头皇帝的铸像，而那广场的名称，也至今仍保持着“路易十六广场”这样一个“保皇”的称谓。亲爱的朋友，说来更让你败兴——我们下榻的那座双星级旅馆，设备、服务都颇佳而且宿费不算昂贵，但名称却叫“柯洛尼兹”，意译的话，便是“殖民地旅馆”——你看，在法属殖民地已所剩无几的今天，特别是在人人闻“殖民地”而厌恶的世界潮流面前，南特的这家旅馆竟然还在心平气和地沿用前名。我问过侍者领班，他说他们老板并非主张殖民主义，之所以不改旧名，不过是习惯而已。

习惯、习惯，习以为常，惯而不改，这便是保守。南特市的这股执拗的保守劲头，你说我能喜欢吗？话又说回来，所谓南特的保守，只是就它的社会心理所构成的平均值相比于法国别的地区而言，其实南特也有许多并不保守的人士。在一次招待会上，我就见到一位个子矮小、皮肤偏黑、衣着朴素、上唇上汗毛颇重的女士，她是该市一个剧团的成员——看来她既是经理也是导演又兼演员，她听说我头天刚同新任市长干过杯，不禁冷笑道：“啊，那个老顽固，糟糕透了，一上台就迫害我们！”

面前是一位遭受“老顽固”迫害的人士，而且从她那朴素的衣衫和短发素面的外貌上看，很可能是我们概念中的“下层民间艺人”。我不禁肃然起敬，忙通过充当临时翻译的留学生问她：“市长怎么迫害你们呢？”

“他一上台就削减市政府对我们的补助，让我们没法维持，这等于对我们实行禁演！当然他找了个借口，说我们新排的一出戏败坏道德——说穿了吧，他玩的其实是政治把戏，他怀疑我们剧团被共产党所控制！”那女士激昂得满脸通红。

这回果真遇上了一位左派人士，即便那位市长对她的怀疑毫无根据，她的“左”倾可是一目了然。我都有点为头天跟那位市长碰杯而脸红了，对眼前这位遭受保守势力打击的左派艺术家给予道义上的支持，难道还该有所迟疑吗？

但毕竟还是再打听清楚一点为好。我问那出等于遭到禁演的戏叫什么名字，是什么内容。她立即说出了戏名，留学生翻译给我听，那出戏叫《肚脐眼以下》。她还在那里讲述戏的内容，我却愣住了。

幸好我还没有向她表示道义上的支持。《肚脐眼以下》！乖乖！但她和当翻译的留学生都没有觉察出我的心理变化。

她讲完了，留学生译给我听："那个老顽固，其实他连我们的戏看也没看，光听了听个名字就给我们定罪！我们的戏其实再严肃不过，是把一系列著名文学艺术家的作品片段，联在一起演出，其中包括莫扎特、波特莱尔、米琪尔、贝盖特、维廉·博洛斯、布科夫斯基等人的作品……"

那女士扬着下巴，等待着我的反应。

亲爱的朋友，你说我该跟她说什么呢？我只觉得法国的事情太复杂。对于我们无从辨析的是非，自然不好轻率表态，于是我只好微微一笑，转换话题，同她扯些别的。我深感自己所掌握的信息还是太少，而自己所应当深入了解和理解的东西真是太多。这似乎也并不是我一个人的问题。

我当然不会改变我的基本立场和观察、分析问题的基本方法，但我学会了慎重。

有一天我们去电影院看电影，拐过街角，迎面楼墙上突然显现出一条标语——他们写标语不用排笔，而是用喷漆的喷筒那类东西往外喷颜料——墨蓝的字母很不规整地排列在一起。经问翻译，我才知道那标语是"法国人滚出南特！"乍一听简直怀疑自己的耳朵，难道南特不在法国，南特人不是法国人吗？但后来找了解情况的留学生一问，才知道几十年来南特一带一直有地方民族主义者在活动。他们自认是"布列塔尼人"，认为布列塔尼半岛一带包括南特市都应当独立成为一国，而"法兰西人"则应"滚出"这个地区。持这类观点的人虽然极少,但他们有时会生出令人叵测的事端,这也构成了南特表面平静生活中的一种潜在的威胁。鉴于此,我们同行的几人又一次互相叮嘱随处都要小心。

我们从国内出发前,已有近期曾去过法国的同志告诫我们,在公共场所活动时可得提高警惕。他给我们举了这么个例子:一位刚到巴黎的同志,搁下行装刚走出旅馆,正立在旅馆门前的台阶上考虑该怎么就近观览一下市容,忽然迎面走来了一位看报的妙龄女郎。说时迟,那时快,妙龄女郎陡然把手中的报纸往他脸上一捂,另外三位潜伏一旁的同伙立即上前,两位从左右掀开他的西服外套,一位伸手从他里兜麻利地抓走了他的全部法郎,这“迅雷不及掩耳”的一击使他懵然不知所措。待反应过来,只见四位窃贼已朝四个方向跑开,倏尔不见踪影——他后来从头回忆了一遍被劫过程,最令他寒心的是四位巴黎窃贼全是豆蔻年华的婀娜少女,四散奔逃时全都飘扬着一头金色的秀发!

我们飞抵巴黎,在戴高乐机场办理入境手续时,就见到机场的墙体上粘着用法、英、德、日几种文字写着的“小心扒手”的招贴,大概是为了让不懂那几种文字的旅客也能明白吧,还画着一只手伸进一只旅行袋的图样,旁边是一个大大的惊叹号,连巴黎警察局也在告诫我们外国来客小心,你说我们敢松懈警惕吗?后来又听说因为其他来客大都只携旅行支票和信用卡,窃去不易使用,唯独中国人携的是现金,扒去便可立即花掉，所以诸巴黎窃贼们最乐意光顾中国来客云云，把我们搞得相当紧张。初到巴黎时，街上一有人边看报边迎面走来，我便本能地“气运丹田”，准备必要时显示一下我们中华气功的神威。但后来并没有遇到过什么险情。在南特就更觉得安全。不唯没有遇到扒窃一类的事，说实话，无论在街头行走还是乘坐公共汽车，没遇上过吵嘴、斗殴的场面，就是在商场或电影院中，也没有遇上过喧嚷叫闹。汽车不响喇叭，人们也不高声说话，什么哇啦哇啦大声播放“迪斯科”舞曲招徕顾客的商店，一家也没有，任何音响似乎都只局限在它的自愿享用者的空间之内，而以妨碍他人为耻。在这样一种宁静平和的气氛中，有时我又不免纳闷：难道这些法国人在日常生活之中，果真不存在剧烈的冲突吗？

我们那天在南特看到的法国影片《为了我们的爱》，在一定程度上回答了我心中的这个问题。看一场新上映的电影，票价是二十六法郎，不算便宜，但那天我们都觉得票钱花得不冤。这是一部最新的片子，据说我们看时它才拍成不到两个月，该片从风格上来说属于法国“新浪潮”电影的余波，反映的是法国最当前的现实生活。影片里没有一般商业影片不可阙如的色情与暴力，没有豪华场面与悬念巧合。故事发生在巴黎，但绝不把埃菲尔铁塔、巴黎圣母院、凯旋门、卢浮宫一类名胜古迹点缀其中，当然更没有什么配之以甜腻腻的空镜头和以电子琴伴奏、以“气声”演唱的插曲，就是朴朴素素地展示普通法国人的日常生活，而在这展示之中，用一把无情的解剖刀，把遮蔽于外的优雅、宁静的生活面纱划破，一层层、一丝丝地将巴黎普通住宅中那些普通人的感情的、心理的、理智的冲突剥示、爬剔出来，而达到一种惊心动魄的程度。因为不懂法语，只凭留学生在一旁临场翻译，所以我对所获得信息的理解可能不那么准确，但我得承认，影片本身的“无技巧”感紧紧地抓住了我，事后冷静地一想，那恰是一种很高的现实主义的艺术技巧。影片主要是展示两代人的冲突——女主角，据说是导演从理发馆找来的一位理发员扮演的，相貌极其平凡，在镜头前也绝不寻找所谓“美”的感觉，而是近乎拙朴地塑造出了一个在道德观念、价值观念、生活目标等方面都与上一辈发生冲突，充满了憧憬也充满了苦恼的少女形象。她的父母开着一爿保留大量手工劳动的小小皮货作坊，自认为是最诚实最正派的巴黎市民，他们爱女儿，但又看不惯她的“放荡”和“任性”，他们认为是女儿滑出了生活的正轨，为了挽救她，他们甚至于激动地抓住她的头发，把她的头往墙上撞，而女儿虽然直到最后也还爱着双亲，却始终拒绝他们的教诲和管束，认定自己的抉择并不是“脱轨翻车”，而是另铺新轨，另觅新地。她在激动时也干出了掴自己父母耳光的蠢事。影片编导者对这场冲突的是非并没有明确地表态，银幕上的每一个形象似乎都立足于证明他（她）是有道理的，所以谁也无所谓正面人物或反面人物，也无所谓“中间人物”。这种美学观念和艺术趣味同我们评论界所提倡的当然大相径庭。这且不去说它，但它至少可以使我们明白，法国的普通人，不论哪一代，都有他们的烦忧和痛苦，在那表面的礼让、谦恭和文雅、宁静的社会外貌后面，人与人的关系不但非常紧张，还经常爆发出剧烈的形于外的尖锐冲突。同时它至少也可以使我们明白，在纯商业性的东西之外，他们的一些文学艺术工作者也在力图反映现实生活中的矛盾冲突，塑造真实可信而复杂多味的艺术形象，并力图促使读者、观众对社会生活做一些严肃、深入的思考。这部影片卖座上当然敌不过《一把椅子俩人坐》《第一次欲望》《间谍007》等纯商业性的片子，但看的人也还不少，评论界和观众的反应都很强烈。

看完这部电影，我们在霏霏冬雨中，散步于南特街头，情不自禁地交换着观感。再望见被殷红的爬山虎叶片所包围的那些窗户，望见那窗内依稀可辨的白纱窗帘和葱绿的盆栽植物，我便不再只是想象到一双纤手抚弄着钢琴键盘，一只浇满巧克力汁的奶油蛋糕上插着点燃的小蜡烛……我深信那里也许正有人争吵、有人哭泣、有人正恨不得把自己的指甲咬断……

忽然，陪同我们的留学生小嵇惊呼："呀，我的雨帽哪儿去了？"他穿着从当地超级市场买来的一件墨绿色羽绒衣，台湾产的，那上头原用子母扣连着一顶风雨帽，因为小雨时停时下，他也就时戴时揭，不知何时竟将那风雨帽丢失了。他决定折回去沿路找找。我们都觉得希望不大。然而我们还没走完一条街,他就返回追上了我们。他手里拿着那顶风雨帽,激动地告诉我们:“是在卖明信片的小店门口弄掉的,一个老太太在店外的停车自动计时器边上,手里拿着我这顶雨帽,已经等了二十分钟——她说她估计到丢帽子的人会回去找的……”

我们都很感动。这位南特老太太的行为,冲淡了那四位“巴黎女贼”在我们心中落下的阴影。然而这些事例毕竟都还是浮在社会表层的东西,要真正把握和理解法国社会和法国各阶层人士的真谛,我们必须知道得更多、辨析得更深……

话说那天我们在冬雨中继续前行,在一座停车楼的墙面上,我们看到了此行中所见字母最大的一条标语,是用黑颜料喷出的,小嵇翻译给我们听,写的是:“我恨世界!”

毕竟到法国已经很多天了,对南特的历史、现状也有了一定的了解,所以我没有大惊小怪。初到资本主义国家,我们往往会在一目了然的物质文明和社会表面呈现出的清洁、礼貌等普遍的文明习惯面前感到困惑,从而对一切带有否定、反抗当地现实色彩的事物轻率地表示同情与支持。这种幼稚病必须克服。

倘是初到南特,见到这“我恨世界”的大标语,我或许会感到解气——在一种令人窒息的中产阶级情调的安适和沉闷之中,总算有人发出了愤懑的怒吼!然而那天我却已能冷静地分析、思考。也许，喷出这条标语的是一位对现实极度不满的失业工人，他对给他带来痛苦的资本主义制度充满仇恨，这固然可以理解，但他喊出的这个口号却肯定是错误的。为什么要恨整个世界呢？就是法国，就是南特，世世代代的法国劳动者创造出了那么多美好的东西，值得我们全世界人民永久地珍惜，为什么要统统加以仇恨呢？也许，喷出这条标语的是一位虚无主义者、无政府主义者，乃至新法西斯主义分子。法国有这种人，南特据说也有，他们仇恨现存的一切，从共产党到英国女皇，从天安门到凡尔赛宫；说他们“极右”或“极左”都行，因为“极右”或“极左”都必然表现为强权和暴力，表现为对人类文明和进步人类的蔑视和践踏，本质是一样的。

我们议论着那条标语，不知不觉地来到了南特那条最宽最长的大街上，几天里我们横穿过它好几次，但一直没有注意它的名称。我偶然问起它的名称，小嵇告诉我们：“这是‘五十人质大街’。”五十人质大街？这名称一定有不寻常的来历！

果然如此。小嵇把那典故讲给了我们：“1941 年 10 月 22 日，德国法西斯驻南特的城防司令被抵抗运动的游击队暗杀了，恼羞成怒的法西斯在城内进行了大搜捕，抓了五十个市民当人质，要游击队出来自首，但那五十个市民都自称本人就是暗杀者，结果被集体枪杀在这条大街上。南特光复以后，市民们为感念他们，由市政府将这条大街命名为‘五十人质大街’，并在街的尽头建造了一座‘五十人质纪念碑’。”

听了这段故事，我们都很感动，便一齐朝那“五十人质纪念碑”走去。

啊，到了。这条大街的尽头是卢瓦尔河支流爱德河的一个小小港湾。在港湾前面的广场上，矗立着一座绿色的铜铸纪念碑，那便是“五十人质纪念碑”。在法国，我已经见到了许多的纪念碑，其中包括举世闻名的巴黎协和广场的方尖碑，但至今留给我最深印象的，却是南特的这座绿色纪念碑。

伫立在这座庄严的纪念碑前，进入法国后一直横亘在心头的那种隔膜感，一下子消除殆尽。中国和法国的差异虽大，但有一种最基本的东西把我们联系到了一起，那就是对霸权主义、法西斯主义的痛恨与抵制。这纪念碑设计得朴素有力。中间的碑体浇铸得厚重挺拔，上面镌刻着当年捐躯的五十位市民的名字。两旁是两位妇女的雕像，造型简洁而凝重，一边的妇女护卫着一支巨大的麦穗，另一边的妇女手持一把出鞘的利剑——还用解说吗？除了占人类比例极少的一小撮法西斯分子，最大多数的人，从法国的所谓“右翼”“保卫共和联盟”，到法国的“左翼”社会党以及共产党人士，从南特的新任市长到那位对他极其不满的剧院经理，从号召为饭票涨价上街游行的大学生到我们这万里外而来的外国客人……面对着这绿色纪念碑，都可以找到相互之间的“最大公约数”。

那绿色纪念碑的圆形碑座下，摆放着当天人们奉献的鲜花。微雨把花束润得更其鲜洁，最大的一束上系着嵌金线的黑缎带，上面写着“绝不允许重演！”题款说明，这花束是曾在同一个德国法西斯集中营中蒙难的十几个幸存者敬献的。据说不管是春夏秋冬，还是阴晴雨雪，这碑下总少不了市民们奉献的鲜花。来这里奠祭“五十人质”的既有工人、店员、学生、教授、艺术家，也有资本家、高级职员、市府议员和流浪汉；既有白发苍然的老叟老妪，也有红颜似花的少女少男。因为他们全都清楚，那五十个被德国法西斯枪杀的人质，就既有老板也有工人，既有饱学之士也有文盲，既有孱弱的老人也有妙龄的少女，既有天主教徒也有共产党人……以“保守”而著称的南特啊，我怎能忽略你这清醒而正义的一面？

亲爱的朋友，如果我告诉你那天我在霏霏的细雨中，在那绿色纪念碑附近徘徊了很久，并且最后便坐到街旁小公园的长椅上，任湿漉漉的梧桐叶飘落肩头而不拂去，沉思，沉思……你该不会见怪吧？我想到我们这个世界仍然存在着法西斯毒菌。就是在中国，“四人帮”的一度肆虐也说明我们并不能松懈防疫——当然，法西斯毒菌的温床毕竟还在资本主义世界中，帝国主义、霸权主义、种族歧视、恐怖活动……每日每时都在孳生着这种毒菌；制止它蔓延，同它进行斗争，最终把它像天花、霍乱那样彻底扑灭，不正是整个进步人类的神圣职责吗？

亲爱的朋友，我很高兴地告诉你，从南特回到巴黎的第三天，我们便看到了令人振奋的景象。那天中午几位法国朋友请我们在波列瓦尔德大街的一家餐馆吃饭,吃完饭出来,我们发现整条街道上满涌着游行示威的队伍。他们打着横幅、标语,有的示威者更把口号写在臂章上和帽子上。其中不少人显得风尘仆仆,疲惫中显露出一种青铜般的坚毅。我们立即去了解情况,原来这是一次声势浩大的反对种族歧视的示威游行。它的导火线是一个半月之前在法国南部马赛发生的一件事:几个法国青年打死了一名阿尔及利亚青年。表面上看,是一桩酒吧中间时而总要出现的寻常刑事案。究其心理上的冲突,是由于近年来北非和中非原法属殖民地有大量劳动力涌入了法国,法国一些资本家看出这些来自穷国的劳动力又肯干活又甘愿接受低工资,便解雇法国工人而改雇他们,从而使一些法国工人嫌厌、鄙弃他们。但这仍然不是最本质的原因。深究下去,资本家之所以给北非人、黑人、亚洲人低工资,以及那几个白人青年之所以视阿尔及利亚青年命贱,敢于下手将其打死,盖出于种族歧视。这件事首先激怒了流落在马赛的阿尔及利亚人。四位阿尔及利亚青年率先指出,种族歧视才是这件事的总根子,而种族歧视是法西斯主义的最大温床,他们便发起了从马赛徒步游行示威到巴黎的运动,促使法国广大民众觉醒,掀起一个扑灭种族歧视和法西斯毒菌的高潮。他们的义举不仅感动了许多深有同感的北非阿拉伯人、中非黑人和亚洲黄种人,也得到了沿途广大法国民众的踊跃呼应,许许多多富于正义感的法国人停下工作(等于罢工),加入到这支徒步跋涉八百公里的示威队伍中，终于在11月3日那天冒着严寒进入了巴黎市区。一贯以公布过《人权宣言》而引以为豪的巴黎市民，在马赛的血腥事件面前感到愧疚和激愤，因为早从报纸和电视中得知这支游行队伍的到来，不少人一早就纷纷走到街头翘望。待队伍入城时，便纷纷涌入其中。我们所见到的，恰是最壮观的一幕——游行者高唱着反对种族歧视的歌曲，浩浩荡荡地向法国总统办公所在地爱丽舍宫而去。据说密特朗总统早已表示完全支持这次游行示威活动，并将接见他们的代表。

游行队伍虽像潮水般密集，而且并无整齐划一的行列，但给人的感觉却是井然有序的，昂奋的情绪使我们也受到了感染，不禁走上马路，随他们前行了一段。

突然，从一条斜街冲出了一辆卡车，显然那是一种有意的破坏，因为它故意呈S形前进以搅乱队伍。被激怒的示威者纷纷高声抗议，有的便挺身向前要将其拦截。那卡车见势不妙，便仓皇取道逃窜了。我注意到几位示威者找到站立路旁的警察，敦促他们采取必要的行动……

亲爱的朋友，那天我们因为还有一个重要的活动必须参加，所以很快便乘车离去，但在街头所目睹的这一幕，使我永难忘怀。我既看到了反对种族歧视的洪流，也看到了坚持种族歧视、敌视进步人类的反动分子的猖獗，不知为什么，此刻我眼前又浮现出了南特的那座“五十人质纪念碑”，并且仿佛眼前是一个变焦距的电影镜头，从绿色纪念碑的整体推成碑下花束的特写。那花束所系缎带上的一行字火辣辣地烙在我的心上："绝不允许重演！"我的灵魂在剧烈地颤动，我比任何时候都更强烈地意识到，作为一个社会主义大国的文学工作者，我们应当具有怎样的眼界和胸怀，我们在国际文化交流中应当而且可以发挥怎样的作用……

窗外是巴黎那彩色的夜。这里离祖国是多么遥远啊，而且这是一个多么不同、多么难以一下子认识清楚的社会！亲爱的朋友，真想你们，不仅想念亲人朋友，也想念那些并不知名姓的同胞，那些往日在街上摩肩接踵、在公共汽车上挤成一团的北京人。不过，我不像刚到法国时那么觉得陌生和神秘了，因为我毕竟发现了"最大公约数"，它可以使两个远离的东西缩短它们之间的差距。今晚，几个法国文化界的朋友在一家餐馆为我饯行，他们一致举杯对我说："欢迎你再到法国来！"我感谢他们的盛情。倘若我能重到南特，我一定不再空手去那绿色纪念碑前，我将带去一束盛开的金菊。亲爱的朋友，你说对吗？

1983 年 12 月 3 日草于巴黎

12 月 19 日整理于北京

# 大圆桌

尽管一再有人跟我说“到了唐人街，就像回到国内一样”，我在纽约、旧金山的唐人街上徜徉时，却觉得除了招牌广告上的中文字，那景观其实也还是洋味儿的，就是一些饰有亭子顶、雕龙檐、红漆柱、龙凤图案的建筑物，也很像是西洋人穿着中国丝绸衣物站在那里，究竟还是让我意识到身在异邦。但是，走进中国餐馆，感受就不一样了。多数的中国餐馆，都摆列着典型的中国圆桌，其特点便是直径非常可观，一般总在一米至一米五以上。待到同招待我的主人及陪客围着大圆桌坐定，我的确产生了一种回到国内的感觉。记得第一次到西方国家，很惊异于他们十分高级的餐馆中，餐桌一般都很小。能供四人以上用餐的餐桌在一个厅中往往居少数，多数是两三个人或恰好四人合用的餐桌，而且，餐桌的面积相当小，倘是圆的，直径竟都在五十厘米左右。头一回同外国朋友在那样的圆桌前坐定时，潜意识里很为饭菜端上来后如何摆得下犯愁。开始用餐了，才懂得他们原来是一道道汤菜循序端上并循序撤走的，食客面前，能放下一只圆盘及一份刀叉，即可从容就餐；两三人如围坐于一只直径五十厘米的圆桌旁，桌面不仅够容食物,还可设一雅致的花瓶及增添情调的蜡烛盅。如到快餐店,餐桌面积往往更小。在洛杉矶的一家“麦当劳”快餐店中,我曾倚着类似邮局公用书写处那样的一长溜窄桌面,坐在高脚小圆凳上,与十多位顾客一起大嚼炸薯条与汉堡包。还有一回美国朋友驱车带我游览,半途经过“麦当劳”,干脆不下车,而是摇下车窗,朝店外的一个传音器点出要买的品种,然后车子转到另一面,该店打开的窗口中便递出了所要的食品,朋友则将钱递过去。然后朋友将车子开到一个允许停车的僻静处,便带头将餐巾纸铺在膝上,从“麦当劳”的纸袋中取出热狗,津津有味地吃了起来,而一手则举着也从纸袋取出的封口带吸管的可口可乐,不时嘬上几口。我虽也学着他的样子果腹,但心里总觉得以膝代桌未免过于寒酸。后来知道,有的百万富翁,也就这么享用午餐。

也曾参加过洋人举行的正式宴会。用的都是长条餐桌。倘坐在餐桌一侧靠尽头处,那便与同一侧的另一翼简直两不相干,与对面一侧的另一翼也无从对话,到头来只能与左右及对面的一两个人碰杯或交谈,一餐用完,有时连共餐者的面孔都无印象,真是懵懵然。这时就觉得到底还是中国式的大圆桌好,大家围坐以后,不管以前是生的熟的,半生不熟的,互相都照了面,正对面的人虽然隔得最远,眼光却最易交接,举杯欢饮时,所有酒杯都可碰到,不亦乐乎!

在国外的中国餐馆,围坐于大圆桌时,心中总升出一种亲切感,尤其是当这些围坐者中既有从大陆来的,也有从台湾来的,还有“ABC”(在美国出生的中国血统人),以及从香港或其他地方来的流着同一种血的朋友。倘大家不是围着个大圆桌聚餐,气氛就很难那么热烈而融洽。

然而,大圆桌也常常令我不快。

在国内,有时同一两位朋友到餐馆用餐,很难找到合适的座位,设车厢座及有小餐桌的餐馆不多,大多数都是一律的大圆桌,桌面直径有近两米的。供宴会用的雅间里摆大圆桌,可以理解,零点厅里也摆大餐桌,其用意就令人费解了。我有时就不得不同两三位朋友,勉为其难地与另两三位甚而另两组顾客合用一张大圆桌就餐。大家本非一回事,点的菜又不一样,进餐节奏也不一样,互相碍眼碍事。他们说的,我们往往不想听也灌进了耳里,我们谈的,不消说他们也能听见一些,结果谈也谈不畅快,饭菜往往还算可口,乐趣却简直谈不上。这时候,就很怀念在巴黎、波恩、纽约一类地方的小餐桌。餐桌笼罩在柔和的罩蔽光中,上间吊着一盆仅有绿叶的植物,形成一个小小的然而舒适的独立的空间,朋友间浅斟慢饮,细嚼慢咽,娓娓谈心,实在是人生一乐。

我曾很诚恳地给一些餐馆提过建议。国营餐馆置若罔闻,是意料中事。对于个体餐馆,我以为我的建议绝对是于他们有利的:撤去那些折叠大圆桌,充分利用店堂的空间,定制一些不同形状的两人桌、三人桌、四人桌,既可增添每一轮的总人数,又可每一组顾客各得其所,岂不妙哉!但接受我建议的,至今竟没有一个。我问一位比较相熟的个体餐馆经理:“究竟你为什么非得在这么狭小的空间里也摆大圆桌?”他挠挠头皮说:“吃饭嘛,不使这圆桌使什么?”

我多次跟妻子、跟友人,提出要请客吃饭就采用自助餐的形式。做好的菜就放在橱柜乃至茶几上,每人用一只盘子自取食物,座位可以分散开,既方便又有趣,对于居住空间狭窄的我们尤有利于身心两畅,但到头来总还是被“吃饭嘛,哪有不摆大桌子的呢”这一钢浇铁铸的逻辑所支配。尽管一边必得借助于床铺,另一边紧逼大立柜或电冰箱,坐在靠里边的难以走出来,脚下又常碰到半空的啤酒瓶,人还是成了大圆桌的俘获物。既围着大圆桌就餐,就免不了先要分清正座次座,推搡礼让一番;又免不了要频频举杯祝酒,布菜添杯。在大圆桌边仅仅是两人构成一组窃窃私语,会被认为是不雅之举,所以必得面面俱到地应酬,以致没话找话,而嗓音也必得放大。你不能过早吃完,也不能过晚收场……唉,大圆桌哟!

方形八仙桌流行的时代,大体上已经过去了,现在家具市场上数量最大的,还是镀铬折叠腿、紫红木纹塑料贴面的大圆桌。不过已经有不少年轻人开始追求西洋式的配六把高背椅的长餐桌。究竟中国人的餐桌会怎样变化下去,实在值得潜心观察。

1988 年夏

# 巴黎鳞爪

悠悠塞纳河，巍巍卢浮宫……

巴黎，在匆匆相会中，你给我留下了深刻的印象。然而那印象很不好概括，譬如在晨雾中见到一位妇人，从这边望去，她面貌娇俏、步履轻盈；从那边望去，她却人老珠黄、步态蹒跚……

巴黎呵，我要把你映在我脑中的斑斓印象，撷取出若干或明或暗的色块，在这里放大、显现……

## 第一印象

我们从西德法兰克福乘法航班机飞往巴黎。

飞机进入法国境内后，我把两眼紧贴舷窗，希望能鸟瞰一下法兰西风光。

然而飞机下面只有云、云、云……那连绵不断的云，近处白，远处灰，最远处呈青黛色，你可以把它想象成海洋、雪原或童话里的仙境……可就是无法透过它窥见法兰西的面容。

“空中小姐”敦促旅客们系妥安全带。飞机要降落了。我把两眼睁得更大，为的是充分享受从空中鸟瞰巴黎的乐趣。

“云平线”陡地倾斜起来，又渐渐放平，飞机拐了一个弯，明显地在下降；飞机钻进云里去了，舷窗外一片乳白，乳白色渐渐稀薄，别眨眼，抓紧看——然而当能见度达到可辨析出景物时，我看到的已是机场的跑道！

这是一次惊险的“二类盲降”，云层离地面仅仅三十多米，降落时全赖飞机仪表和机场指挥系统的精确无误，倘稍有纰漏，便会造成一次“空难”。巴黎，我未能先鸟瞰你的全貌，再进入你的细部；我只能从你的一个窗口——戴高乐机场——获得对你的第一印象。相当现代化。整个机场既气魄宏大又经济实用。入境厅呈一巨大的正圆形，当中是漏斗形的天井，天井中有若干交错、倾斜的自动通道相勾连，这些圆筒状的自动通道都以透明的有机玻璃为构件，通道中旅客的流量可一目了然。入境厅有 36 个出口，整个机场虽然每一分钟即有一架飞机起落（一昼夜的起落量为 1400 多班次），但入境旅客疏散得很快，不会出现滞塞。

使馆来接我们的车未到，正好在机场中多做些观察。

未识巴黎人，先惊巴黎狗。绅士、太太们牵着各种各样的狗。有的大如豹，有的小如猫；有的似乎光皮无毛，有的只见蓬蓬松松一团毛，而不知脚爪何在；有的令人望而生畏，有的显得楚楚可怜。各式各样的套索，各式各样的衣衫——因时届冬令，最流行的是鸭绒“登山服”。我们望着那些绅士、太太牵着狗在漂亮的机场大厅中匆匆来去，甚至径入咖啡室、售货部，总忍不住想喊一声："喂，请勿——"可后来也就明白，只有穷人进不去的地方，没有狗进不去的地方——有钱人养狗，比待子女还好，真舍得大把地花钱；你肯给钱，我便肯服务，因此不但有专卖各种精致狗食、华丽狗服的商店，连美容院、夜总会，乃至飞机舱中都备有狗的专席。后来更听说，那部在香港和东南亚都创最高票房纪录的电影《少林寺》，法国电影发行商也曾兴致勃勃地要去试看，打算买下拷贝在法国发行，但一看到其中吃狗肉的情节，便傻眼了——他们断定这样的情节会败掉爱狗成风的法国观众的兴致，便没有买它。所以我们乍到巴黎见狗生诧，真可谓"少见多怪"了。

面前是一个花花绿绿的售货部，无妨弯进去看一看。它所占面积不大，所设货位却颇多。我们中国北京的天竺机场建造得也相当不错，但不知为什么在空间的使用上却很奢侈，售品部占地很大，货位相对来说却宽松稀拉；还有大块不知为何而设的空间，就那么旷在那里。这戴高乐机场总面积显然比天竺机场要大许多，但它在空间的使用上却精打细算到近乎吝啬的地步……当然啦，对于他们来说，不仅时间就是金钱，空间更是金钱。

这售货部一半的货位上是些包装华美而未必实惠的商品——从印着裸体美人像的圆珠笔到做成圣诞老人模样的巧克力糖，发散着一股小市民的俗荡气。另一半呢？啊，是些五颜六色的杂志。一大半是消闲、消遣性的。在日本东京访问时，我也曾见到过一些日本出版的这类杂志，当时就觉得实在黄得可以。但日本的法律是不准直接显现性器官的，而法国这里根本不以为然——放杂志的货架上充满了以性感招徕作封面的最新期刊，有一种杂志的封面上爽性印着——巴黎啊，我不愿这样开始我们的见面……我匆匆走出售货部，迎面遇到了来接我们的使馆同志，我把我的感受告诉他，他苦笑一下说："这里摆着卖的还远不算是下流的，这些叫作'艾罗蒂克'，有一种叫'波诺'的只在所谓'生商店'出售，那就更不像样子了。"我想，这也许就是所谓的"性解放"吧。公开怂恿纵欲——一直怂恿到刚刚入境的旅客，这种"解放"是巴黎之荣，还是巴黎之耻呢？

## 半城雕塑半城泉

巴黎毕竟是美丽的。

美就美在那样一种浓郁的文化气息。

虽然到处都有我在机场中见到的那类东西，散见于报刊摊亭、广告招贴、店铺橱窗……乃至于某些直截了当用闪烁的霓虹灯标明"SEX"（性）的场所，那当然也可以算作是一种广义上的"文化"，但实质上只是些玷污着巴黎的秽物。幸好巴黎远未被那些秽物遮蔽、淹没。

显现在我们面前的巴黎，它的基调还是由欧洲文艺复兴运动所奠定。文艺复兴在历史上是一次应当给予充分肯定的思想解放运动和文化运动。它的性质固然是资产阶级的，然而它那彻底的反封建精神，直到今天仍值得我们无产阶级认真地借鉴。

据到过伦敦的同志讲，英国资产阶级革命的不彻底——它至今仍称“大不列颠及北爱尔兰联合王国”，是一个君主立宪的国家——甚至也反映到伦敦的整个市容气氛上，相比于巴黎，它显得拘谨古板、保守沉闷。又据到过美国的同志讲，美国的那些大城市尽管充满了巴黎并不多见的摩天楼，其繁华程度甚至远在巴黎之上，然而处处暴露出其历史短暂所造成的文化上的浅薄。我到过日本的东京，东京倒是一座传统文化与现代文明杂陈的都市，然而恕我直言——它的那种文化气息缺乏巴黎这样的魅力，它的那种暴富景象也难比巴黎长期繁荣所沉淀出的优雅。登到 1889 年建成的埃菲尔铁塔顶层，可以从容地转着圈观赏整个巴黎的市容。你会发现，构成巴黎城的那些主要建筑，大都是一百多年前的略显陈旧的楼房，它们的特点是极讲究外部的造型，无论门窗、柱壁还是屋顶，都精心地配置以繁复、纤巧的浮雕与圆雕。据说巴黎市政府早对每一幢这样的楼房进行了详密的考察、登记，无论公产还是私产，都不许擅自拆毁改建。因而所谓现代化的高楼大厦，大都修建在城边或城外，城内比较显眼的也就是塞纳河右岸的一片以及左岸突兀而起的“蒙巴纳斯大厦”——说实在的，从铁塔顶上望去，无论高耸着钟楼和尖塔的巴黎圣母院，还是处在蒙马特尔高地上的以雪白的圆顶夺人眼目的圣心教堂，都让人觉得十分和谐美丽，唯有那些呈立、圆柱状拔地而起的现代化新楼，让人瞧着很不顺眼。漫步在巴黎街头，最令人心醉的是什么？是那比比皆是的雕像与喷泉。

在星形广场上，巍然屹立着赫赫有名的凯旋门。无论是那建筑物本身，还是它所企图褒扬的拿破仑的战功，都不值得我们为之动容。然而仰望着镌刻在它正、反两面门洞边的巨型雕塑——又尤其是仰望着正面右侧的《马赛曲》雕塑时，你绝不可能无动于衷。那雕塑凝聚着、迸射着多么强烈的力与美啊！上半部是一位长着双翼的自由女神，她一手持着出鞘的利剑，奋力平指着前进的方向，一手高高地挥动在上方。她面容严肃而激昂，张开的嘴中仿佛发出了我们能听见的呼唤："为保卫革命，前进！"下半部是一组浑然构成一体的人像，有赤裸着块块肌肉紧绷的胸臂、手持剑盾的士，有弯腰整理强弓和回身吹响号角的士兵，有拈须思考着战术的智者……而处于正中的，是一对父子，父亲一手重重地拍在儿子的肩臂上，一手激动地摘下帽子用力挥舞；儿子用坚定的目光回答着父亲的属望，一手紧握拳头，一手紧贴在剧烈跳动的胸膛前……

那雕塑所表现的虽是1792年的情景：激昂的马赛军民奔向巴黎，誓为保卫受奥地利侵略军威胁的大革命献身……然而它的艺术魅力已经冲出了它所表现的具体内容，无产阶级、共产主义者，从中也能得到一种激励、一种启示，焕发出一种为了真理和正义而赴汤蹈火、义无反顾的战斗激情。为了最充分地体现出那雕像正中的马赛少年的献身精神，雕塑家吕德有意把他的造型处理为全裸体（但头上戴有帽子、脚上穿着靴子、身上斜挎着武器），这种处理方式和自由女神背后的巨大翅膀一样，洋溢着浓郁的积极浪漫主义气息——那少年的身体愈显得稚嫩康健，就愈使人感到他将自己花朵般的青春献给革命有多么高尚。在《马赛曲》的雕塑前，我体会到了人体美的魅力。透过人体美来表现一种精神上的境界和理想的力量，的的确确是健康而高雅的艺术趣味。这同我在戴高乐机场所看到的那些杂志封面上的东西，是很容易加以区分的：前者的直观效果是性欲的挑逗与撩拨，后者的直观效果却是精神的升华与飞扬。

巴黎城几乎无处没有雕塑，绝大多数又都是人物雕像，人物雕像中绝大多数又是半裸或全裸的——从顽皮的幼儿到沉思的老翁，从《圣经》人物到古希腊神话中的诸神，从体现明确主题的到纯装饰性的……实事求是地说，大都给人一种类似地面的珍珠雨的感觉……

## 地铁琴音

在巴黎活动，乘坐地铁不仅节省时间和金钱，而且有一种特殊的乐趣。

巴黎地铁的最大特点是四通八达而乘坐方便。一个初到巴黎、不谙法语的单身外国人，只要他事先搞清了巴黎地铁的乘坐方法，便可以放心地乘坐地铁去游览、办事。乘地铁最好买十张一本的“本票”，因为单买一张要比“本票”中的一张贵许多。随着经济萧条，地铁票也涨价了。1980 年一本票售价为十七法郎五十生丁，目前已涨到了二十八法郎。即便如此，乘地铁还是比乘出租汽车要便宜几十倍。

巴黎地铁所有的检票口都设有自动验票机，你把票塞进去经过自动打戳，票便从一米外的地方跳出来，这时你便应当赶紧推动入口处的转挡，走进去；倘若你不塞票或乱塞废票、假票，那转挡便如“泰山石敢当”，使你无法入内。我几乎乘坐过巴黎地铁一半以上的线路，经过了近百个车站，发现除了卢浮宫等极少数车站装修得比较华美和另具特色外，几乎所有的车站都并不求外观美丽而只求方便实用。车站顶棚都是砖砌的无梁穹窿，朴朴素素地漆着乳白色和橘黄色。两侧的墙壁上排列着间距、大小都均等的广告栏，每一个时期上面刷出的广告也总是那么几种——我们在巴黎滞留那阵，几乎天天、站站所看到的都是电影《同谋者》《我与丈夫一边高》《一个少女的最后夏天之梦》……以及关于一种干制蔬菜、一种老牌美酒、一家皮货商号……的画面相同的广告。广告下的墙边固定着一溜溜橘红色的塑料座椅，以备乘客候车时歇息。有的车站还设有小小的商亭，大多是非洲人和亚洲人经营，卖一点香烟糖果和埃菲尔铁塔模型一类的小工艺品。每一个车站都张贴着全巴黎的地铁、公共汽车和地区高速铁路的路线图。我在巴黎乘地铁，全赖这些路线图指迷。

不谙法文，甚至读不出那些地名的音来，都不要紧，只要能认字母就行（法文字母写法同英文完全一样）。先从图上找出你要去的地方，然后看它在地铁哪条线路上，如果你所在的站台不在那条线上，那么到图上去找你这条线和那条线相交的站，然后就可以乘车到那里转换了；为不坐错方向，要先看一下站台上吊下的灯牌，那上头写着这条线这个方向的终点，如果反了，可从一个有橘黄标志的地方转到反方向的站台上去；到了转换站，要转哪条线路，也有若干橘黄标志指着，顺着走去即可。在到达目的地前无论转换多少次，都不用出站，因此也不用另用一张车票。到达目的地车站后，可从有自动启闭门的出口处走出，那门只能从里面走出而不能从外面走进，因此绝不会被入站的乘客误认作入口。

巴黎地铁中浓缩着普通巴黎市民的生活图景。这里面的快速节奏与其说是体现在频频穿梭的地铁列车上，不如说是体现在从面容、体态、步伐各方面都透着紧张劲头的乘客身上。一位身上裹着皮大衣，小腿却近乎裸露的女士，足蹬一双跟细如笔的高跟鞋，刚从停稳的列车上跨到月台，便微扬着下巴咯咯咯地朝出口处急促走去；一位穿着花格呢外套，颈上很随便地围着一条猩红大围脖的先生，刚落座在车厢里的座椅上，便打开一本书读了起来；一个穿着皮夹克的黑人青年，上车后便紧挨车门站着，仿佛急不可耐地要去往什么地方，到了某站，车还没停稳，他便急躁地揿动门上的把手，待门一开，他便子弹般射了出去；一位头上裹着厚重的头巾、身躯佝偻的老妇，上车一落座便抓紧时间打瞌睡，但双手紧紧抓住自己那黑色的皮包……这所有面影都让你不禁想到：啊，人们到处生活，这里人们的生活该有多么紧张……巴黎的地下比巴黎的地上要显得人多、显得拥挤，然而却并不热闹、并不欢娱，人们在这里更显得是偶然相聚，各自的生活轨迹混乱地搅在了一起，但互不相关，各奔前程……

冷。冷淡。冷漠。乃至于冷酷。

是的。恰恰是在地铁中，我发现了巴黎人冷酷的一面。在一个站台上，我看到了一个醉汉。他不算太老，但也总有五十岁以上。他穿着一件显得过分宽松的旧呢子大衣，头上戴着一顶旧呢子礼帽。他的皮鞋和呢子裤裤腿上溅满了半干半湿的泥点，他的围脖不知道哪里去了，露出敞开的衣领、赤红的脖颈。他的胡须至少有三天没有刮过，两眼发直，脸颊铁青。他失神落魄地在站台上踉跄地来回走动，嘴里还絮絮地叨念着什么……从他整个身体都散发出一股难闻的酒气。

在北京，我曾为一些市民过分热衷于围观而叹息——无论是两个人拌嘴还是民警在训诫违章的司机，总有一些人不惜浪费宝贵的时间，伸长脖子、张开下颚在那里围观。然而，在这巴黎地铁的站台上，我痛心地发现，不但没有任何一个人去帮助或管束那醉汉，也没有任何一个人去注视或回避那醉汉，人们只是匆匆地走自己的路，甚至也并不特意在那醉汉身边绕出一个弧形，而是径直地从他两肩侧面快速走过……当时我甚至希望出现一点有人询问、有人围观的景象，然而没有，没有！看，又走来一个穿着如今巴黎最流行的女式上装的窈窕女郎，她那上装好比把一块正方形的料子在当中剪一个洞，套进头部后，使它前后呈三角状，然后两边用细绳稍加连结构成两袖；那上装是猩红色滚黑边的。她两耳上挂着中国折扇式的大耳坠：耳坠是金色为底银色为花的。她的眼神、面容、步履显示出至少在目前她很幸福，对于她来说，仅仅在一瞥中给予那不幸的醉汉些许的同情，该是件极容易做到的事，然而当她走至那脸色发青的醉汉身边时，虽然也有一瞥，那一瞥却是冷而又冷，她似乎无论厌恶、蔑视还是同情、怜悯都懒得趁便给予。她有她的事，她不能耽搁哪怕是半秒钟，她继续走她的路……

我深深地感到痛心。

至少在巴黎地铁里，“红叟绿女”两不知！

人理解人该有多么困难啊。而没有理解也就没有真正的谅解、同情和互助，这也是我在法国期间看到的一些法国影片的主题。显然不少法国的文学艺术家都敏锐地洞察出了西方社会中的这个痼疾——尽管那里是人文主义、人道主义的发源地，最早发出了所谓尊重人、爱护人的呼唤，然而在存在着人剥削人、人压迫人的制度这一前提下，又怎能真正培植起普遍的互相尊重、互相爱护的风气呢？那些影片的编导者极其严肃、极其痛苦地提出了问题、发出了呼号，但他们不可能给予观众明确的答案，也不可能使广大的观众从根本上改变他们的生活态度。

就在遇到醉汉的那一天，我往地铁出口走去时，又一次听到了弹奏电吉他的声音——那是地铁中的卖艺者在献艺。转过一个弯，我看见了那位卖艺者，是一个个子很高、脑袋显得过小的青年。他手里抱着一个电吉他，电吉他上有一根线通到搁放在地上的音响中，他的手在轻轻拨动。那音响中发出洪亮的乐声。他在脚下摊平了那电吉他的黑布琴套，琴套上已经有一些人们施舍的硬币。他是我在地铁通道中所见到的第五个卖艺者。另外四个中三个也是弹奏电吉他，一个是吹奏萨克斯管，回忆对比一下，似乎那四个所得的施舍，都不及他多。

人们从弹琴者身边匆匆来去，大多都如同从那醉汉身边匆匆来去一样，但是，我看到几个人朝那琴套上扔了硬币——其中有一个分明是刚刚告别少年时代的小青年，他不但认认真真地掏出两枚十法郎的硬币扔到了那琴套上，还满含同情地朝那弹琴者现出一个稚气的微笑。啊，巴黎人，我因那醉汉之被冷落，对你们的评论失之于苛刻了，从这巴黎青年的微笑中，我看到了你们灵魂深处的闪光！

琴声如诉，勉强支撑的欢快旋律中，散发出阵阵深沉的忧郁，又渗透着不倦的期望……

啊，巴黎地铁那淙淙的琴音，你使我永难忘怀。

## 在巴黎宠物公墓读诗

索菲对我说，你先去远处转转，不要回头看我。我就背对她往巴黎宠物公墓深处走去。公墓位于巴黎北郊的塞纳河畔，不闻市声，只有鸟鸣。徘徊在排列大体整齐的墓位间，观看着墓碑上那些宠物的照片或雕像，还有扫墓者留下的鲜花与祭物，心中不免与此前参观过的埋人的拉雪兹、蒙玛特、蒙巴那斯等墓地景象相比，觉得除了墓体较小外，整个儿的氛围是完全一样的，那就是亲情流溢，生者与死者在这里可以对话，继续心灵间的沟通。

那天是典型的巴黎天气，时而云开光泄，时而细雨霏霏。那时墓园里除了我和索菲，只有一对老夫妇，我依稀看见他们在那边一个墓边弯腰摆放盆花，本想用望远镜头拍张情景照，想到老友索菲为她的狗扫墓都不愿我干扰，怎能去惊动那对陌生的夫妇呢？我把镜头对准了身边的一座猫、狗合葬墓，猫名琵琪，逝于1992年，活了12年，狗名尼可拉，逝于1997，享年15岁，可知主人事先就买下了足能葬下它们的穴位，顶部呈波浪形的黑大理石碑体上，两位的玉照都是被女主人拥在怀中拍下的。

流连间，索菲走了过来，眼角的泪痕尚未拭净。她主动为我翻译那些墓碑或座石上的题词。“十二年里/我们共同度过/那些好的和坏的日子/刻在我心上的记忆/岁月也不能剥蚀”，这是为一只名为茜贝的猫；“你/我们的狗/比人更有人情味/有的人会在某个时刻背弃/而你始终如一/甚至在我们倒霉的时候/我们心灵深处/你排名第一”，后面有一家人的签名；“一颗真诚的心/用毛包裹/六公斤是纯粹的爱/你给予我们的欢乐/无法用言辞表达”，六公斤的猫咪爱米丽，逝后获得如此厚重的谥语，天堂有知，该怎样幸福地微笑？

索菲告诉我，这座占地数顷的公墓，是1899年由马尔格利特·杜朗侯爵夫人捐建的。当时她死去一匹爱马，就葬在了公墓一进门的地方。进门那座很高的大狗雕像下，则是墓园里的第二位入葬者，是杜朗夫人家乡阿涅尔市的市政府来公葬的。那里是个滑雪胜地，那一年发生雪崩，这条名为巴帕利的义犬一连救出了四十个遇难者，却在去救第四十一个时，被那心慌意乱的家伙开枪打死了。

我们在参观中发现了几个鸟墓，一个猴墓，其余几乎全是猫、狗的墓葬。

西洋人的墓地重艺术装饰，重氛围的营造。巴黎那些葬人的墓地里，有更多的题词、题诗，但是，人对人，有时就不能免除虚伪，绮丽动人的诗句，也许是违心敷衍的产物，这宠物墓地里的题词、题诗就绝不可能含虚伪的成分。据说这是目前世界上唯一正式经营的宠物墓地。墓位基本上已满，新申请者要等到购买期满的旧墓过了法定等待续款期以后，才能启用那墓位，而且费用不菲。若不是心中真有挚爱，谁会为死去的动物图虚荣写虚伪的词句呢？

索菲说有两个最好的题诗我一定要听她翻译，说着带我到那两个墓前，一首短的："我的欢愉我的悲愁/都能从你眼里看到/这是双重思想的光芒/你逝去了/可你的眼光还在我眸子里"，一首长的："这里安葬着狄克/我生命中唯一的朋友/内疚刺痛我的心/我曾那样粗暴地将他训斥/想起那时他脆弱的样子/惊异于我怎么没及时中止？/现在我多么孤凄/想对他说我再也不会粗暴/期待着梦中相会时的原谅/狄克的主人真心实意地深爱过他/正是因为相信他懂得这爱/我心里才不再一阵阵疼痛"。写下这些句子的都不是诗人，可谁能说这不是诗？

不过墓园里更多的墓上只有一句"我们生活中的挚爱""永生难忘"之类的简短题词。又转到索菲爱犬咪噜的墓前，素净的花岗石墓体上只有名字和生卒年，像这样的处理方式也为数不少。我望了索菲一眼，她眼角又有泪光。我知道，咪噜是在她生活最艰难的时刻来到她家的，却在她生活得到提升时溘然而逝，那共度的岁月里有许多诡谲的遭际、幽深的心曲，她那眼角的泪光，不也就是为咪噜吟出的诗句么？

# 日本剪影

## 京都的新门脸儿

我要从北海道首府札幌乘飞机前往京都，人家告诉我京都不设飞机场，飞京都需先落靠填海建造的关西机场，然后再换 JR 公司的电气列车，经由大阪，方可抵达该市。京都不设机场的头条理由，是保持古都的自然与人文生态。京都号称日本的“千年古都”，“第二次世界大战”中盟军有意未对其轰炸，现存佛寺神社一千八百余处，真是“街街有文物，巷巷藏名胜”，难怪京都人多以此自豪。其环保意识，特别是人文景观的维护意识，不仅强烈，甚或可称强悍。20 世纪 60 年代，电视勃兴，各个城市纷纷建起电视塔，京都难以例外，也拟修建，嗬，在别的城市不成问题的事儿，却在京都掀起了轩然大波，因为众多京都人认为，京都固有的天际轮廓线，大体而言是横向舒缓地衍进，这一轮廓线是断难容忍突兀锥立的电视塔来“戳破”的！怎么办呢？后来几经纷议争论，多次改动设计方案，才终于在 1964 年建成了现仍使用的电视塔，它不仅被限高，而且被刻意造成了佛寺香案上烛盅中一支燃蜡的形态，总算使京都人在看电视节目时不至于为城市的传统人文景观遭到破坏而气闷心堵。70年代以降，美国快餐文化大举侵蚀日本，麦当劳连锁店自然不能放过旅游胜地京都，跨国资本财大气粗，它要全球的连锁机构都使用完全统一的符码，麦当劳的符码是鲜红的底子上凸现奶黄的M，这在日本别的城市都畅行无阻，却在京都被群起抵制，因为众多的京都人讨厌麦当劳符码那刺目的红色，他们认为这种颜色与京都传统的典雅色调相悖，于是酿成一场纠纷，京都市民请愿示威，京都传媒同仇敌忾，对麦当劳发出通牒：要么改变符码颜色，要么滚蛋！麦当劳舍不得滚蛋，于是乖乖地将其符码上的鲜红色改为了暗棕色，成为其全球连锁店中的一处孤例。进入90年代，旅游业的发展带动了全球性的大饭店营建热，京都市中心出现了一座京都饭店，谁知甫建成接客，京都各寺院便联合行动，在山门外设置永久性告示："本处拒绝入住京都饭店者入内参观！"其实这座于1994年开业的饭店仅高45米，比起我们北京的众多大饭店来真是十足地"倭"，而且造型上循规蹈矩，绝不像北京中国大饭店那么样"飞扬跋扈"，可是，许多京都人还是为它的高度遮蔽了城北比睿山的秀丽剪影而恨恨不平。我到京都之前，已听到上述种种事例，预定旅店时自然率先排除了京都饭店，而选择了一家离京都车站最近，据说是古风盎然的皇家饭店。我如期从札幌飞到关西机场，及时赶上了一趟"遥

32”的电气列车，奔赴令人肃然起敬的京都古城。

在列车上打了个盹，倏忽已然到站。下得车来，拖着小拉箱寻找出口，我不禁目瞪口呆！这里真是京都么？京都应当是清静的、悠然的、古色古香的、典雅含蓄的……可，眼前耳畔，这可是怎么一回事儿啊？

我置身在京都刚建成启用不久的新车站里，这建筑的功能性相当好，它应当好，这一点不足为奇，奇的是，它的整体风格，竟与京都的传统文化毫不搭界，甚或是，不仅绝不去与京都的传统人文景观求得协调，竟还很有点处处唱反调的意味！京都在日本绝非人口最繁密的城市，而且京都的人文传统，是人群的合理分流，因此才有近两千个佛寺神社及风俗小庙，以消融芸芸众生于清寂悠然之中；可是，那天我在新京都车站，竟被那里繁密的人流吓了一大跳！怎么竟比我在东京银座遇上的还多！

京都新车站的设计，竟然把公众共享空间的配置，搞成了这么个模样：它不仅把上下车和中转的旅客引进其中，而且，这车站里所设的旅店、餐馆和大型的百货公司，其人流也被有意地输注其中，尽管高大的穹顶，开阔无柱的内庭，各在其位的通道与滚梯，还有缓冲人流的边际休憩所，使得每一位进入其中的个体都能适得其便，然而，那人为驱造出的万头攒动所构成的人文新景，不是刻意地在与京都传统的分流旧观，进行挑战么？

我还没有走出京都车站，关于京都人团结一致地强悍地维护其文化传统的神话便破灭了。京都显然有另一面，有另一种力量，并且愈见活跃，那便是力图超越传统，挑战传统，营造崭新的京都文化，那样的一种值得我们重视的存在，并且是发展中的存在！

一个城市的人文语言，主要是建筑语言。像京都这样的古城，其传统的建筑语言已然发展到了极致，美则美矣，然而，生活在新时代的新一代，总是臣服于这规范化的美，到头来会产生出心理障碍，这障碍便是：前人已把美做绝，那么，我们还能做什么？为超越这障碍，便有了反叛心理，一旦外部条件允许，便又将心意化为了行动，行动便是按照自己独创的文法来营造建筑。一些这样的建筑师近二十几年很在京都捣了些“乱”。1974 年山下正和搞了个“人脸住宅”，1983 年高松森搞了个活像巨大的机器零件的 ARK 牙科医院，1991 年若林广幸竟在京都传统文化的“制高点”祇园区建造了“怪诞大楼”……这些反传统的行为自然引出了激烈的批评，90 年代初京都传媒几乎全都卷进了有关的论争。离开传统语法的建筑师们竭力为自己辩护，比如若林广幸这样回应人们指责他“搞乱了京都风景”：“只有在自然发生的混乱风景中，才能唤醒都市富有生命力的存在。”他预言今时的“混乱”会在下一代结晶出新的京都文化。这些建筑师都强调他们要“讲述自己的故事”，有的一再解释，他们并不是一定要反叛传统，而是要与传统“对话”,对话如不能实现,则可“互视”,大有“面面相觑”而在所不惜的气概。

两种,甚或更多种的城市美学观,在京都相激相荡。各个寺庙对京都饭店住客的严拒告示,标志着传统审美意识的尊严,当然同时也体现着无奈:因为在实际操作中,寺院的售票处是无从判定哪位游客是来自京都饭店的,除非该游客蠢头蠢脑地“自报家门”;对传统审美法规的维护更多地趋向于吁请或勒令市民与游客“自律”,求助于不太好抓挠的“良知”。然而具有超越乃至叛离色彩的美学观念却在一步步地得到落实与发展。京都新车站的建成投用是这一潮流的辉煌成果。至少是有相当一部分京都市民对这一京都的新门脸儿采取了“处变不惊”的实用主义态度,而一些年轻人更视这多功能的车站为自己密约与欢聚的乐园。这状态是否令人痛心疾首?应否呐喊“抵抗投降”?

90 年代初,京都新车站招标,七位世界知名的建筑师参加,各自拿出了自己精心炮制的方案,有的力图将电气时代的气派与日本古典罗生门的韵味相结合;有的拟在车站广场中遍植樱花,以氤氲出日本文化的芬芳;有的耸起七座独立的高塔,以使人联想起历史上丰臣秀吉京都改造计划中的七座城门……然而,这些力图与京都传统审美意识相谐或至少是妥协的方案竟统统落选,中标的,是原广司的设计。这个设计,从建成的效果而言,在我这个游客的感受中,只觉得它的建筑语汇不但乖离了京都的人文传统,而且,与欧美流行过的现代派或后现代派的经典作,也几无共同之处。它选用的“字词”偏僻生冷,造出的“句子”佶屈聱牙,然而它的“章法”气势恢宏,它的刺激性与震撼力强烈而持久,当我步出车站,穿过马路,并且走出一段,回望它的外观时,它那“胡乱”地凸现于门廊之上,又与上部的玻璃幕墙结构勾连为一体的大型装饰性部件令我吃惊,同时又引出我的深思:是什么样的原创性冲动,勃动于原广司胸臆,使他不如此不快?又是怎样的一种加减乘除所构成的合力,使他的方案竟变成了京都新门脸儿,生猛无比地屹立在了京都旧城与新城的分界线上?天罚京都乎?天奖京都乎?

是夜,我在皇家饭店的客房中久不能寐。我想到了北京。关于北京城市发展,特别是新建筑的设计追求,我们已经有了很不老少要求其与古都风貌相配相谐的吁求,然而我们还很少听到建立在认真的美学取向上的创新之声。我们的古都风貌维护者尚缺乏日本京都僧侣那样的顽强斗志,我们的前卫建筑师尚缺少容忍其一展美学野心的空间。我们多的似乎只是长官意志,还有一般市民的麻木不仁。京都的状况并不足为训,然而京都新门脸儿这块他山石,却足以强化我们的攻玉之思。

1997 年 10 月 6 日绿叶居

## 带指南针的孩子

绿树丛中，高耸起方形厚檐的古塔；粉白红紫的杜鹃花，倒映在微波荡漾的池塘中；山路上、竹林边，安置着出售可口可乐和橘子汁的自动售货机；寺庙前，停放着大大小小、五颜六色的轿车……离开日本奈良北郊风景区快一个月了，那里的种种景象，还时时浮现在我的脑海里。

奈良是日本的古都。一千两百多年前，当时日本的天皇非常羡慕中国唐朝的发达强盛，就处处模仿唐朝，奈良城便是依照唐朝京城长安建造的。当然，日本民族毕竟有他们自身的特点，他们把盛唐的文明学习过去，加上自己的特点，创造了自己的文化。这些文化遗迹保存下来，让我们中国人看了，往往会产生一种又亲切又新鲜的感觉。比如我们参观奈良的东大寺，一走进去，那威严雄壮的金堂，便让我们眼睛一亮。那种庑殿式的屋顶、木结构的斗拱，特别是屋脊上的金甍使我们恍若回到了中国的古庙，感到非常亲切；但是再一细看，就会觉得它毕竟又有若干不同于中国古庙建筑的地方：如第二层层檐正中，另挑起了一个马鞍形的拱檐，拱檐下有两扇巨大的木窗，木窗倘若打开，恰好能露出金殿中卢舍那佛铜像一丈六尺长的大头，这不是很新奇吗？还有屋顶的厚度、殿高与檐长的比例，等等，也都与中国一般古建筑不尽相同，使人觉得别有风味。

奈良值得观赏的地方实在太多，除了大大小小的佛教寺庙，还有大大小小的日本神社，而最惹人留恋的，则是奈良公园和万叶植物园一带的鹿群。那些温驯美丽的公鹿、母鹿、小鹿，三三两两地在草坪树丛中悠游休憩。它们不但不惧怕、躲避游人，往往还主动走近游客讨取食物。而附近的食品店和卖物摊，则专门出售一种喂鹿的饼干。游客们都乐于买下几扎这样的饼干，走来走去地喂这些可爱的小鹿。奈良也有现代化的游乐园。那里面人工布置了“过去之国”“冒险之国”“幻想之国”“未来之国”等等场景，使游人们仿佛置身于童话世界……不过，给我印象最深刻的，还不是这些名胜风光，而是我在奈良所遇到的许许多多的日本中小学生。

我们中国作家代表团去日本访问的时候，正赶上日本的中小学放假。他们的中小学实行一年三学期的学制。五月初正是他们放头一次假的时候，各个学校纷纷组织学生们外出游览。特别是小学六年级和中学五年级，作为毕业班，照例要组织一次毕业旅行。奈良是日本风光秀丽、名胜集中的地方之一，全国各地来这儿游览的学生非常之多。难怪我现在闭眼一想奈良风景，无论是塔下殿旁，还是树荫花丛，总不免要点缀上三三两两的日本少男少女，也仿佛听到他们活泼的喧笑声。

日本的中小学生，外出旅行时都穿着制服。各个学校的制服不尽相同，各个班级之间，也有一定的区别。我见到一群小学生，他们的制服大体上一样，但头上戴的旅行帽颜色不同。参观完毕集合时，戴相同颜色帽子的孩子往一块排队，老师很方便地就能清点出数目。对于失散没有归队的孩子，只要登到高处一望，也很容易从人丛中找出他来，召唤他归队。看他们集合，犹如看散乱的花朵按颜色聚集成花坛，十分有趣。日本的中小学生比较守纪律，有礼貌。一队一队地跟着举三角旗的导游小姐前进。有的佛殿进去要脱鞋，他们便很爽利地脱下鞋子。进去以后安静地盘腿坐下，听导游小姐讲解，有的还用小本子做些记录。

我们在奈良市区和近郊参观完以后，便坐车到北郊的岩船寺和净琉璃寺参观。我们的小轿车不时超过坐满中小学生的旅行大轿车，因为日本的公路交通非常发达，而且有许多高速公路供大城市间快速来往，所以许多附近城市的中小学，大都包租旅行大轿车来奈良旅行。离得远的城市，则组织学生乘坐新干线高速电气火车来奈良。那火车每小时行驶达两百多公里，所以也很方便。

游览完岩船寺，我们沿着竹林蓊郁的山路，步行到净琉璃寺去。山路两侧，有许多山农设置的无人售货摊，摊上挂着、摆着一份份的用塑料袋装着的鲜山货：竹笋、蘑菇、木笔、青蕨、野芹……游人要买，往摊上木盘中投入一百日元（约合人民币七角），自取一份就是。我注意到，经过这些小摊的中小学生，他们只是好奇地张望着摊上的山货，没有人买，更没有人伸手乱拿山货和钱币。山间小路渐渐开阔起来,出现了一条很简陋的小街。小街上有几家小小的店铺,店铺旁的林丛边安置着一排自动售货机。和刚才见到的小摊不同,那是伸手便能取下货物的,这自动售货机却是一身钢壳,你不按规定投入硬币,它里面的东西是绝对拿不到手的。我见到不少中小学生,到售货机前投入硬币,购取可口可乐、橘汁、矿泉水、冷咖啡、西红柿汁一类的冷饮,喝完以后,便自觉地将空罐头盒、空纸杯扔进售货机旁的废物桶中。

在一家卖零食的小商店前,我同五个穿戴得挺特殊的日本小朋友迎面相遇了。我同他们通过翻译交谈了起来,并合影留念。这是我游览奈良全过程中最有意思的一件事。这五个小学生不是同一年级的,他们也不是随学校、老师外出旅行的,因而他们穿的,也不是学校的制服,而是一种特别的远足服。上衣口袋很大,以便装更多有用的东西,下身穿短裤和长袜,脚上都穿着轻便的球鞋,为的是登攀方便。他们颈上系的,不是中国式的领巾,而是一种蔚蓝色的领结,下垂部分,一律拧成螺丝转状,既是一种装饰品,也可以临时应急,当作绳子用。他们身后,都背着鼓鼓囊囊的旅行袋,还斜挎着很大的扁圆水壶。我注意到他们的皮带上,仿佛挂着钥匙链。没等我问,他们当中明显是个领头的孩子,便取下那东西递给我看。啊,原来是一个精致的指南针。

我问他们:“你们从哪里来,到哪里去呀?”领头的那个长得最结实的孩子,很有礼貌地回答我说:“我们从京都走着来的,在这里游完了,还要走着到神户去,参观那里的填海人工港,然后再从神户走回京都。”说着,用手指头画出一个三角形,表示他们这次旅行的全程。我很佩服他们这种自己结组旅行的精神。

我又注意到,他们身上穿的虽然相同,头上戴的帽子却并不一样,便问这是怎么回事。他们都笑了,抢着告诉我,除了最小的一位小朋友戴的是与这身浅棕色远足服配套的深棕色远足帽外,他们戴的,都是各自最喜爱的棒球队的队帽。我回想起每天晚上在饭店房间里看电视,八个频道的节目中起码有两个频道经常转播棒球赛实况,可见日本不论男女老少,差不多都是棒球迷,这几个小朋友也不例外。他们手里还拿着拍纸簿,记录沿途看到的风光。他们很热情地请我在各自的拍纸簿上签了名。然后,为首的两个年纪较大的小朋友,还在自己的拍纸簿上端端正正地写下了自己的名字,撕下来递给我:一个叫郡一正,一个叫松田善树,真是两个可爱的“孩子头”!

分手的时候,他们都深深地向我们鞠躬,并且大声地说“沙约拿拉(再见)!”然后大大方方、亲亲热热地并排继续他们的旅行去了。

这几个带指南针的孩子,可以说把日本少年儿童求知欲强、纪律性好、懂礼貌讲文明、爱清洁好运动……这些美好的品质,集中展现在了我的眼前,使我永远难忘。从奈良经过高速公路返回京都我们下榻的饭店途中,我注意到公路边的农舍旁,有用大竹竿高挑起的鲤鱼帜,在风中飘荡着。那是刚过去不久的5月5日男孩节的一种标志:每年这一天,凡有儿子的家庭,都在门前挂起用绸子或塑料制成的鲤鱼形状的袋状旗帜,长达一两米甚至三四米。这些高高挂起的“鲤鱼”,经风一吹,气流穿过口袋,“鲤鱼”身子鼓了起来,彩绘的身躯在空中一摆一摆,非常有趣。这使我感到,日本的社会和家长,也确实给孩子们提供了许多成长条件。

但是,回到饭店吃过晚餐,到了房间里打开电视机,却使我白天获得的美好印象,罩上了一层浓郁的阴影。一个频道正播出本地新闻节目,播音员忧心忡忡地评述着最近出现的学校内暴力事件和家庭内暴力事件。原来在日本社会繁荣平静的表面现象下,有着许许多多令人伤脑筋的难以平息的社会问题。因为升学困难,有些家长生怕自己的孩子将来找不到待遇优厚的职业,便硬逼自己的孩子在上学以外,另外学习各种各样的谋生本领,如学习两种至三种外文,学弹钢琴、拉小提琴,学舞蹈、武术。有的孩子智力和体力上都无法承受这样的负担,加上目睹大人们为谋取一个钱多的职业所进行的种种倾轧,便会受刺激而致神经错乱。

现在我回到了自己的祖国,但还时时回想起在净琉璃寺前的小路上所遇见的那五个日本小朋友。他们身上带着指南针,能够帮助他们在这次童年时代的旅行中不会迷路,而顺利地返回家园。可是,他们逐渐长大以后,在那个充满着色情、暴力诱惑,充满着陷阱和危机的社会中,不可避免地得卷入冷酷的生存竞争,他们未来的命运,会是怎样的呢?那时候,在人生的道路上,他们能找到另一种可靠的指南针,来指引自己沿着正确的方向前进吗?我将永远怀念他们。

1981年6月3日

## 宫岛勺子

面对着用整株栎木制成的巨勺,我不禁惊叹:它能舀起多少白云啊!

这是在濑户内海的宫岛上。宫岛是著名的“日本三景”之一。另两景为仙台的松岛与宫津的天桥立。宫岛上名胜古迹很多,而天然状态的森林仍蓊郁洇润,其间麋鹿成群,有些麋鹿流窜到寺庙内外,甚至于跑到渡船码头的休息厅里,大摇大摆地向游人讨食。不过宫岛最令游客们眼开的还是用竹木制成的勺子。宫岛处处摆放着古旧的或簇新的勺子,有的,如我在商品街一隅看到的巨勺,是非卖品,意在凸现其特产之意趣,更多的大大小小、琳琅满目的勺子,则是向游客兜售的旅游纪念品。宫岛的这种勺子,在我们中国人眼中,严格而论,似称为竹木铲子更为恰当。其中分两大类,一类是有实用价值的,勺柄扁阔,勺体呈铲形而其内略有凹槽,这种勺子看来无法舀汤水,然而是舀饭的利器,此种竹木饭勺(或称饭铲、饭撮)现在中国也很流行,宫岛的此类产品或许做工更加讲究,多半还装在精美的透明匣子里,配之以用同样竹木制成,并绘有“和式图案”的短小而下端尖锐的日本筷子,吸引游客们买回自用或馈赠亲朋。另一类勺子则不是拿来用,而是拿来供的,供的方式是或以勺柄着力竖立于厅堂桌案,或将勺柄吊起,贴壁也行,如风铃般悬挂也行。实用性的勺子通体素净,也没有太大的,这种充当吉祥物供起的勺子,上面却一定会有图案与文字,并且大可大至竖能及梁,小可小至挂在钥匙链上。

宫岛吉祥勺上,一般都以橘红色笔触勾勒出神社门坊的形象,这种形态类似中文“开”字的神社门坊,日本人叫作“大鸟居”,宫岛上的严岛神社的大鸟居建在海中,高达十六米,用的是珍贵的楠木,这“大鸟居”的图案,在作为吉祥物的勺子上成为一种专有的徽号,并且多半还用同样的橘红色写出“宫岛、祈愿”的小字。但这些橘红色的图案与文字只是衬底。每一个吉祥勺上的祈愿词,则都是浓黑的墨笔字。有各种不同的祈愿词,其中相当一部分是不用日文里的平假名、片假名的,显示着汉字,令我们中国人望去很是亲切,比如“家内安全”“商卖繁盛”“学业成就”“必胜”等等。但是也有的看了似懂非懂,不敢率揣其意,如“根气”,这是在祈求什么?请教日本朋友,才知道是类似我们所说的“元气”“底气”“精、气、神”或“加油”的意思,日本虽然经济高度发达,就日常过日子而言,大多数人都能达于小康,然而要想过得再稍微好一点,那

“再上层楼”的生存竞争可是要掏尽你全副精力的，因此买上一柄写有“根气”的宫岛勺子供奉家中，庶几可鼓励自己在人生的战场上不至成为被强食的弱肉。还有一种吉祥勺上写着“合格”两字，居然极其畅销，我很纳闷，“合格”算得多高的祈愿？为何不买写着“优秀”的勺子？似乎也并无写着“优秀”字样的勺子在发售，这是怎么回事儿？日本朋友告诉我，这种勺子，应考的学生最喜欢买，日本虽然实行百分之百的九年制义务教育，百分之九十七的初中毕业生可升入高中，但学校考试制度严格，尤其是中学毕业后考大学，只有百分之二十二左右能考取，而要考取有奖学金的公立大学或名牌的私立大学，那就更不是光凭努力就能如愿的了，总之，他们认为运气也很要紧，所以要争买写有“合格”字样的勺子，求神灵保佑。我问：现在不是考试季节，怎么日本游客们也还在踊跃购买？他说，如今日本经济萧条，失业者不少，保已有饭碗不易，而且就是在经济突进时期，求职也是一桩难以如愿的事，因此即使是成年人，也有个心愿，便是企盼自己在机构的考核中，或在求职时，能够“合格”。他笑说，“优秀”没多大的意义，因为在这个社会中，往往是很优秀的人才，反不能在求职中获取“合格”！离开宫岛时，我还满脑子是勺子。勺子在流逝的时光中舀走了我们的喜怒哀乐，我们用勺子尝尽了人间滋味！

1997年10月9日绿叶居

## 枫叶馒头

一踏上濑户内海宫岛的码头，便看到很大的广告牌，推销馒头。日文里“馒头”这两个字与汉文一模一样，但经验告诉我，不能望文生义，比如日文里的“手纸”，就万不能误解为卫生间里的厕纸，而是书信的意思；再说即使同为中国人，上海人嘴中笔下的“生煎馒头”，就并非“山东馒首”那样的纯面粉蒸食，而是有馅的小包子。

果然，到宫岛上一逛，发现到处有馒头卖，而那馒头也是有馅的，并且多为枫叶形状；有的店家，还特意把其制作过程，在大玻璃隔间里展现出来。原来号称“日本三景”之一的宫岛，除了景色秀丽、古迹密集，还有两大特产著名。一种是勺子，最大的用整株树剜成，陈列在街巷中，夸示着该地勺子的威名，这当然是不卖的，然而出售的，最大的也足有戳地式电风扇那么高，然后有逐步缩小的勺子，其中大多数属于祈福避邪的吉祥物，上头有日本神社的橘红色图案，并用黑墨书写着“开运”“必胜”“家内安全”“商卖繁盛”等字样，人们买去后供奉家中。当然也有很不少无字的实用勺，大的可用来盛饭，小的一直微至耳挖勺，都是用岛上的竹子与杉木制成的。馒头则是岛上的另一特产。秋季既盛行枫叶形状，想必春季该是樱花的造型。我在一家馒头铺的大玻窗外仔细观察，看到是用自动化机械在批量生产，管机器的师傅只需从一头输入原料，便能从另一头取出热烘烘的成排馒头，显然已非传统的制作方式；而馒头的馅儿，除传统的豆沙馅以外，又时兴起巧克力馅儿，这让我想起了中国的中秋月饼，不是也有了什么可可馅、芒果馅么？传统、传统，其实是传而难统，随着时代的演进，任何民族的传统总是要发生变异的。

人们在名胜地，总要买些传统工艺品留作纪念，也总要品尝一下当地的传统食品，我不能也不想免俗，在宫岛买了把写有“家内安全”字样的勺子，也买了枫叶馒头就着碧绿的日本煎茶细细咀嚼。我买的枫叶馒头是豆沙馅的，柔软淡甜，不过实非美味，小巧而已；品尝名胜地的特产，其快感全在储存一份记忆，并不一定体现在味蕾之上。除了自己吃，买下一些回去馈赠亲友，也是一大乐事。我因在日本还要访问若干地方，枫叶馒头难以长久保存，所以现买现吃后没有再提走一些。但是日本本国的游客们，几乎人人离开宫岛时，都提着鼓鼓的一包，甚或两包枫叶馒头，兴冲冲地归去。

暮色将至，畅游后赶到码头，等候下一班渡船，好回广岛市的旅店。这时正有一大群日本中学生，在几位老师的带领下，也在等渡船。我一路都遇到秋游的日本师生。这一大群秋游待归的中学生，个个丰衣足食的模样，有的甚至显得营养过剩，胖得憨憨的。他们的手里无一例外，都提着装枫叶馒头的纸兜，显然他们的家长，都嘱咐过他们，既到宫岛一游，一定要给家里人带回有名的枫叶馒头，他们当然也乐得提回满兜的名特产，给家人带去一屋的欢声笑语。

我坐在长椅上等船，那些中学生在老师指挥下整队，这样，他们手里提着的馒头兜，便在我眼前晃来晃去。他们几乎都买的是岛上最有名的那家“鸟之屋”的枫叶馒头，该商家的纸兜质地厚实，外面印着淡雅而温馨的图案徽识，那种跟书包一样大的纸兜，起码能装进五扁盒枫叶馒头，而枫叶馒头售价不菲，“鸟之屋”的馒头作为名店名品，价格更其昂贵，但这些中学生的购买力竟都很高，个个似乎都是“只求快乐，遑论价格”的气派。

可是，忽然有一个与众不同的装馒头袋子，映入了我的眼中。原来学生们排好队后，恰有一个男孩子，侧立在我身前，那袋子便是他手中所提。那不是“鸟之屋”的大纸兜，是个小塑料袋，袋子里只有一盒枫叶馒头。我注意观察，提这小塑料袋的男孩前后的同学，有的似在跟他开玩笑，有的更用自身那堂皇的大纸兜，去碰撞他那寒酸的小塑料袋，确实，他是买得太少了，而且，还很可能是限于购买力，买的只是非名店的产品。

眼前的这个细节，使我意识到日本社会仍存在着贫富差异，这个男孩的家境，想必还相当地艰难，他的家长只能给他这样一份钱，来买回这一小盒枫叶馒头。我再仔细端详，这男孩个头不算太矮，却相当地瘦，当然并不是羸弱，他挺直腰板，显得倒还精壮；对于同窗们的揶揄，他似乎毫无回应，然而他的下巴微撅着，嘴唇抿成一条缝，而离我眼睛最近的那提塑料袋的手，筋脉凸起，仿佛所负重的并不是一盒馒头，而是一份尊严，一种暗誓……

我心中忽然奔涌出一种感动。这情愫超出了宫岛和它的馒头，也超出了日本和它的风情，我品到了普世人生中的一些复杂况味，悟出了普遍人性中的一些底蕴，也增添了为人在世的一份自尊自爱，以及自强自立的原动力……宫岛之旅，枫叶馒头的忆念，最后竟胶着在了一个只买了一盒馒头提回家的男孩剪影上，这真是意外的缘分。枫叶馒头的味道会慢慢忘却的吧，而从那男孩勾连出的思绪，却可能历久弥深。

1997 年 10 月 8 日绿叶居

# “泛东方”想象

一般的西方人，也就是说，除去高层政治家、东方学研究者、汉学家，以及因为商业或其他原因来过中国或特别关心中国的人士，那些西方世界里的芸芸众生，他们对中国往往是极其无知的。虽无知，却也不乏猎奇的兴趣。茶余（或饮咖啡之余）饭后（或吃冰激凌之后），有时也将包括中国在内的“东方奇闻”作为谈资。在某些上层社会的沙龙里，特别能“侃东方”的巧舌如簧者，还很可能成为沙龙的明星。这种情形起码存在好几百年了。如今随着世界新格局的形成，虽或有所改变，但三尺之冰，也非一时可以溶化得了的。

1980 年在法国首版并于 1986 年出修订版的《环球百科全书》，郑重其事地告诉读者，欲了解台湾的情况，可参考乔治·撒玛纳札（George Psalmanaazaar）所著的《FORMOSA》（这是简称，原书名是《FORMOSA 史地纪实》）一书。这《环球百科全书》可是由素享盛名的法国索尔邦大学的学究们指导编纂的。撒玛纳札何许人也？《FORMOSA》何书？这位撒玛纳札，其实是个隐瞒了真实身份，一辈子根本没有走出过欧洲的大骗子。据考，他约生于 1679 年，出生地应为法国南部的朗格多克（Languedoc），读过神学，当过家庭教师，被开除后一路乞讨，经过了德国、荷兰、比利时等地，后又投入荷兰陆军；他一再使用假护照，变换假身份，是个十足的无赖、混混。他生活的转机开始于随荷军驻扎于史莱色(Sluvs)时。他向人们宣称，他是个随耶稣会教师辗转来到欧洲的东方人，他在台湾出生、长大，他把台湾称作“Formosa”，称他极不满耶稣会，而愿皈依英国圣公会。于是被一位英国圣公会牧师带往了英国，到处讲述他“故土”的故事，成为不少沙龙听众的宠儿。他于是在1704年用拉丁文写下了《FORMOSA》一书，译成英文刊行后竟惊动了欧洲上流社会，1705年再印行了英文修订版，旋即又出了法语、荷兰语和德语译本，再后又一版再版。这本写于中国清康熙四十三年(1704)的讲述中国台湾事情的书，劈头便告诉读者，台湾乃是日本的属国，是由一个叫莫里安大奴的日本国王设巧计征服的，其巧计的要点是佯称要给台湾国王送祭品，但由大象所驮的“祭品笼”里，藏的都是全副武装的军人。仅此一点，便可知这本书是胡说八道。中国台湾实际上直到光绪二十一年(1895)“马关条约”后才被日本占据。西方有见地的东方学家，在20世纪初已彻底揭穿了撒玛纳札的骗子行径。1926年伦敦一家出版社编辑出版了“骗子丛书”，将他的这本胡诌八咧的书收为其中一种。但令人遗憾的是，至今仍有不少西方人受其影响，将台湾称为“福尔摩沙”，并且如上所述，“严肃”的法国《环球百科全书》，十年前仍极不严肃地将大骗子的行骗之书，列为了解台湾的一本“必读参考书”。这位自称撒玛纳札的大骗子死于1763年，可谓高寿。其实他在遗嘱中已供认了《FORMOSA》一书“全部或大部为余罔顾事实之凭空想象”，并有所忏悔，但他的行骗之书在西方社会所造成的影响极大，而他晚年的自供与忏悔却鲜为人知。

此书去年在台湾有了中译本，译者与出版社故意将书名译为《福尔摩啥》，“啥”字在封面上还特意放大，显然不仅仅是幽默。现在我们无妨研究一下，为什么明明是胡说八道，却不仅在三百来年以前轰动、畅销于西方，而且即使到了今天，这类的“东方奇闻”仍有市场？我以为，这里面蕴涵着一种为数不能算太少的西方人的“泛东方”想象的心理趋向。因为在近代史以前，东方和西方基本上是各自在自己的地盘上发展，除了个别的人士和小群体，由于这样那样的原因，游弋到彼方或竟定居于、融入到其中，以及通过比如说“丝绸之路”有了“线性”的交流与渗透，但对于绝大多数普通人来说，彼方实在还是极其“异质”乃至“异端”的一种存在。于是对彼方的狂放想象，便往往替代了真情实况。撒玛纳札的这本《FORMOSA》固然是他个人凭空想象的产物，但他也实在是“看人下菜碟”，他知道对于那些具有猎奇心理的西方听众与读者，编造些什么东西方能满足他们的“食欲”。

首先，撒玛纳札满足了不少西方人视东方为“神秘之地”的想象。“神秘”是“泛东方”想象的第一主题。“神秘”的极致便是“不可解”，所谓“匪夷所思”“居然如此”。据撒玛纳札称，“福尔摩沙多雷击、地震、暴风雨、冰雹，天灾时常导致严重损失……除冬季以外甚少降雨，雨季仅三个月……因夏季炎热，岛民必须移居地穴……”这些惯于“穴居”的岛民却又在山上建造了三座造型怪异的祭坛，一为太阳祭坛，一为月亮祭坛，一为星辰祭坛；“在山上拜祭日月星辰时，人们屈右膝，右手举向天空。朗读《甲尔哈巴底翁德》（据说这是岛上的经书）相关章节时，人们手牵手站立……”岛上又广建魔鬼祭坛，其偶像“一律是怪异狰狞的，有多个可怖的脑袋和面孔，上下到处长出尖角、恶龙、毒蛇、蛤蟆等等”。怀孕妇女至前会吓得小产，所以祭司们下令：“孕妇不得走近魔鬼偶像。”在岛上的一座大城里有一处喷泉，塑着以后脚作人立状的大象，有二十“肘尺”高，象身各部位一度能喷出水果、肉和甜酒来！……岛上人们交往，朋友见面时先互握双手，再互吻双手；男女都戴臂镯，妇女还要戴颈环；腹绞痛是岛上最常见的疾病，治疗方法是饮烈酒、吞银弹丸，或是将患者头上脚下吊起来；不论老少贫富都抽烟，儿童打能拿稳烟斗的时候起，母亲就要教他抽烟，有些婴儿尚未断奶就学会抽烟了；妇女分娩后绝不哺乳，而是尽快使乳汁退干，哺育婴儿都是母鹿和母羊的责任……诸如此类，不一而足，实在是神秘、古怪、不近情理得可以。但需说明的是，由于这位撒谎者实在是根本与真实的台湾了无关系，所以他所凭借的想象资本，除了从去过东方的基督教传教士那里听来的零碎信息，便也只能是“对镜画鬼”。

我们可以从该书的一系列插图看出，虽经夸张、变形，那些所谓福尔摩沙的建筑、衣装，在我们地道的东方人眼中，实在还是非常明显的“西洋景”。仅仅是神秘，倒也罢了。问题是，生产力一旦超过了东方，并通过“海上霸权”掠夺到了东方，其为数不少的人士，也未必都是富人，更未必都是参与了那掠夺东方行动的军人和商人，在对东方进行想象时，便基于其“文明优越感”，将东方尽情地“野蛮化”，撒玛纳札在这方面更是不遗余力。“野蛮”是他那本行骗书对福尔摩沙描述中的“重头戏”，也是他在英国各处沙龙中，以绘声绘色的讲述，使那些把裙腰勒得细细的妇人们不断用羽毛扇遮住红唇，闭眼发出尖叫的“绝活”。使《FORMOSA》一书畅销和使撒玛纳札成为伦敦等地沙龙中“抢手人物”的“凭空想象”，主要便是他对福尔摩沙岛上种种达到荒谬地步的野蛮习俗的报道。据他说，岛上人们在庙内建坛祭祀，不但要献祭公牛一百头、公羊一百头、山羊一百头，还要取九岁以下男童两万人的心脏在祭坛上烧化，以便神向人们显现。剖两万男童的心！他的这一说法，在当时便引起了一些人质疑，但他不但在当众答辩时振振有词地坚持这一骇人听闻的数目，更在重印他那书时加以补充说明：“假使岛人凑不足应献祭的男童数目，又该如何呢？……可用不满九岁的女童献祭，但必须先使女童通过土水风火四行之净化。其净化步骤如下：准备做祭品的少女由一名祭司导引至神庙正门，此处有专司净身仪式之处所。首先，裸体之少女须自颈部以下全身埋入土中。埋土礼进行十二次之后，再浸入水中，仍为十二次。然后，少女须经过稻草燃的小火苗十二次，末了，再走过风中十二次，少女便有被献祭的资格了。”又说在新年当天，用一万八千名儿童祭祀，祭司长先斩下儿童的头，再用大刀剖开其胸部，取心脏在烙架上烧化，其尸身则投入备好的池中。为了取得“言之凿凿”“不容置疑”的效果，撒玛纳札称他父亲生了三个儿子，他二哥一岁半时便被剖心献祭了，大哥因半身长了毒瘤，太不洁净因而幸免于献祭，他可是差一点被拿去开祭，多亏他父亲急中生智，巧送赎金，才使他保住了性命。他的这一“现身说法”，想必大大地博得了沙龙妇女们的欷歔慨叹。那些自视很高的西方人，是极愿在这类“东方式野蛮”的紧张想象中，松弛地升华自己的博爱情愫的。而撒玛纳札还并不满足于以这一杀上万儿童作祭祀的报道来突出福尔摩沙岛民的野蛮凶残，他进一步报道说，那岛上的居民干脆就嗜食人肉：“除了吃被俘虏被杀的敌人之肉，也吃被处死刑的罪犯，而罪犯的肉一般被视为佳肴，价格比其他稀有美味肉品贵上三倍。买死刑罪犯的肉要找刽子手，因为依法，行刑者的尸体乃是刽子手的薪酬。受刑者死后，他便将尸体分割，放掉尸血。他的家于是变成肉铺，买得起的人便可上门光顾。”为了令听闻者“百信不疑”，他又“现身说法”：“我记得约十年前，一名十九岁的丰腴、漂亮、美肤的高个子小姐被处死。她本是邦主的梳妆女侍，因为计谋毒死邦主而被判了叛国罪，依法要受最残酷的死刑。因此她被钉上了十字架，每当她痛得晕过去，执刑者就给她灌烈酒，尽量拖长她受苦的时间。钉至第六天，她死了。长久的疼痛，加上她年轻肉嫩，使她的尸肉又柔韧又美味，价钱卖得极贵……买者争先恐后，连富贵人家都未必抢购得到。”他就差写上，他也吃到了这一“美味”了！据他说，由于福尔摩沙的岛民嗜吃人肉，因此连吃动物的肉，也都是生食，“偶尔（极为难得）会看见，有人把肉放入滚水去烫干净或弄熟，或有人把肉放在火上烤干水分，即使这么做了，仍是等肉凉了才食用”。真活脱脱是一群专吃血淋淋生肉的“食人生番”！除了神秘、野蛮，那第三种想象，便是把来自虽属遥远的东方，却分明是针对着西方，并且似乎是在日见迫近的“潜在威胁”，阴云般地显示出来。据撒玛纳札说，福尔摩沙岛严厉排拒信奉基督教的西方世界，其“治国律法”的第四条便明文规定：“邦主不可容许基督教徒居于境内，必须派人员在各海港检查搜索，凡外国人抵境，即令其践踏十字架，以测试其是否为基督徒……能践踏十字架的外国人，准许自由通行于各城市，但以不超过二十人为限。”还规定：“凡外国人被发现是基督教徒，或外国人曾引诱或试图引诱本邦人去信基督教者，将被下狱，受引诱者也一并监禁。外国基督教徒若愿意唾弃基督教而崇拜偶像，不但可以赦其罪，而且可获发生活津贴。若坚决不肯者，将被活活烧死。至于遭引诱的本邦人，若愿意回归拜偶教，便可获释出狱；若不肯，就要受绞刑。此外，奉基督教的外地人来经商或从事其他行业者，若肯放弃基督教信仰，便可继续从事其行业，并自由离境；若不肯放弃，将被钉上十字架。”据撒玛纳札称，福尔摩沙的邦主“有一整库的日本兵器，以备战时之用”；岛上的人“都很善战，爱战斗甚于和平”。虽然撒玛纳札后来皈依了英国新教而斥基督教其余教派为谬种，但他对“未受上帝启示之愚昧国度”，尤为蔑视，认为其宗教信仰荒诞，群体行为伪诈，如埃及人“竟然崇拜鳄鱼”，他的“祖国”福尔摩沙的宗教信仰亦荒谬绝伦。他暗示，西方纯正的基督教与东方的种种“荒谬信仰”间的“文明冲突”，势不可免。这种暗示想必给当年在沙龙里听他侃侃而谈、读他那本畅销书津津有味的西方人，在以自我优越性为缰绳的“泛东方”想象中得到极大的心理满足的同时，又平添了几分斗牛士携着短剑进入了斗牛场般的心理刺激。

我说西方人对东方有一种“泛想象”，即“泛东方想象”，是有切身体会的。我在近十年里到美国、西欧访问时，凡一人独行，而衣装比较个性化时，一些西方人（汉学家一类专门人士除外）总是，一、断定我是一个“来自东方的游客”；二、不能猜出我究竟来自何方，他们的问句一般的排列顺序如下：“你来自日本？韩国？新加坡？马来西亚？香港？台湾？……”当我告诉他们我来自北京时，他们总是表示颇为惊讶。我发现许多最普通的西方老百姓不仅分不清进入他们视野的中国人、蒙古人、朝鲜人、越南人……甚至于也搞不清这些国家的具体地理位置，甚至于在某些人的想象之中，这些东方国家的男人或许脑后还拖着辫子，头上顶着斗笠，拉着黄包车，而车上坐着的女人裹着小脚，手里握着鸦片烟枪……或者是头上一律戴着绿军帽，胳臂上套着红袖章，而手里提着一个红灯笼……就是相当有知识有地位的人士，比如一位头回到中国农村参观的女记者，她看到一群女孩子在乡村小学简陋的校舍前跳绳嬉戏,竟惊呆了,不是为校舍的简陋惊呆,对那校舍的简陋她是有心理准备的,让她觉得不可思议的是,居然有那么多女孩在活蹦乱跳。她问:“咦,不是你们这里重男轻女,生下女婴便立刻溺毙吗?!”显然,她是受到了某些极度夸张的报道的影响,在长久被那一类报道的“熏陶”下,她的“泛东方”想象里,已经容不下若许活泼快乐的中国农村女孩的身影。虽然自撒玛纳札抛出他那满纸谎言的《FORMOSA》已经近三百年了,他的那些具体想象已未必有多大市场了,但他那“泛东方”想象里所蕴涵的把东方神秘化、野蛮化(妖魔化),以及“潜在威胁”的暗示,都依然存在于不少西方人的心理趋向中。这里面当然还有20世纪种种复杂情况的催化与变形,真是一言难尽。不过,确确实实,是彻底破除凭空臆造与极度夸大的“泛东方”想象的时候了!至于我们中国人的“泛西方”想象里存在的问题,容当在别的由头下再论。

1997年3月27日绿叶居

# 第三部分　天若有情

王小波的深度交谈，
不是故作高深，
而是坦率地把他长时间思考而始终不能释然的心结，
陈述出来。

# 村路上，告别母亲

她忽然觉得,如有一束强光,把那天的情景照耀得格外鲜丽,而且删去了多余的细节,只凸显着最撩人心弦的事物……

她说,那天,在村路上同母亲分手时,她才第一次看清,母亲脸上的皱纹是那样密集而细碎;母亲一反往常的絮叨,变得拙于言辞,甚至有点手足无措;她忽然无端地把手中的网兜掉到地上了,母亲同她一起弯腰去拾,刹那间,她嗅到了母亲身上的气息,那是非常熟悉的气息,带有灶孔和玉米粥的味道,还有那汗水浸透土布的特殊酸涩……在母亲身边十九年的许多往事,蓦地涌上心头,拥挤、撞击着心房,这是从未有过的体验;共同拾起那网兜后,在同母亲对视时,她发现母亲在强忍着什么……她和母亲都赶紧闪开目光,模糊了,模糊了……

她意识到,那是泪水……

她说,那天,村路上的那些水曲柳忽然具有了不同寻常的姿态,不,不仅是姿态,还有表情,还有乐音般的声响……从小在那水曲柳下放羊,在那旁的水渠里洗衣裳,怎么直到这一刻,才发现棵棵水曲柳都有着和自己分明一样的生命,在向往着更灿烂的前程。它们那挥动的枝条,仅仅是对她恋恋不舍吗？它们那叶片摩擦的哼唱，难道仅仅是对她奔向城市的祝贺吗？不，不，那里面也分明蕴含着嫉妒，发泄着艳羡——它们会自己把根拔出来，同她一起搭上那长途汽车，也去试一试各自的运气吗？如果她也像它们一样，一双脚永埋在乡野，只能永望着这一方天空，永和小渠做伴，永远只拥有一个对远方的朦胧的梦而不能兑现，她将多么痛苦，她将多么寂寞……

然而，她在村路上，在那一排水曲柳下，同母亲告别时，刹那间，她忽然心动神摇，母亲、村路、小渠、青纱帐、看青棚……包括那手扶拖拉机散发出的刺鼻的柴油味、开拖拉机小伙子的那不怀好意的大声打趣，以至那骄阳下黄烟般滚动的尘土，都使她心尖发酸，是的，一定要走，要去拥抱更广阔的空间，去迎接崭新的生活，但离开母亲和村路，离开这造就了自己血肉的这一切一切，难道是容易的吗？……

人，永远承载着那些不可更改的因素，她的故土，她的生身父母，她的童年，她的回忆……但人又永远应当朝前走，去改变生活，主宰命运，同时也改变自己……

在一个静静的傍晚，一个女青年对我讲述了五年前她离开故乡，来到大都会开辟新生活的最初遭际，她关于村路上告别母亲一幕的回忆，使我的心弦也久久地颤动……

她倾诉完了，我们相对沉默了一会儿以后，我问她："村路上告别母亲的一幕，那些细微的感触，究竟是当时你就有的呢，还是现在你回忆起，才生发出来的呢？"她想了想，才回答我说:“怎么说好呢? ……当年,那一天,我也许是混混沌沌的,如果那天晚上,我向一个人表述,我一定没有现在这样的语言……就是前两年,我也不一定会这样说……就是那情感的深度,也不会是这样的……是呀,奇怪,说到底,那天我也许并不是现在回忆中的那样……想起来了,当时村里外号‘臭嘴’的,就是恰好开拖拉机经过那段村路的那主儿,他看见我和我妈站那儿等长途汽车,他就冲我嚷了一句,我也没听清,大概其是说我要进城找个阔主儿,我就烦了,就让我妈回去……后来汽车来了,我赶紧上车,说实话,不知道那是怎么了——慌慌张张地忙着买车票,结果我再往车窗外头望时,车子已经拐了弯,我妈的身影一点儿也不剩了……就是这样,可我今天想起那一幕,讲给你听,却仿佛拍成了电影似的……是我的思维,起了变化吗?”

思维、清澈思维、精思维、诗意思维……“仿佛拍电影似的”,最平凡的化为了最优美的,最琐屑的化为了最崇高的,从而得以重新对生活产生惊奇,对自我生存价值做出更充分的肯定,同时也对他人、群体、社会怀有更浓酽的理解渴求与谅解愿望……她对村路上告别母亲一幕的诗意回忆,启迪着我们:在我们的生命历程中,其实处处埋藏着诗的种子,问题是我们能不能以新的经验为雨露,以深的感悟为阳光,把那种子催出芽来,使其蹿叶、开花,结出瑰丽的心果……诗人的灵感,文学艺术家的创作冲动,都是循此而生的,当然每一个产生此种情愫的人不一定都投入诗的以及其他文学艺术领域的创作,但一个心灵美好而成熟的人,他一定具备这样的能力。在我们每一个人的青春期中,都一定有一个类似她那样的随着岁月流逝而越来越显得神圣的分界点——也许我们不是在长满水曲柳的村路上,不是在小渠边,不是"臭嘴"开着拖拉机掀起滚滚黄尘,也没有刺心的话入耳……但我们也离别了母亲,割断了童年的脐带,又兴奋又惶惑地投入了社会,迈向了探险的历程……愿我们都有一个诗意的回忆,都有一种珍贵的情愫涌动在心,都擅于拍"心灵电影"……啊,那是怎样的情景啊——村路上,告别了母亲……

## 冰心的信

前些日住在远郊的朋友R君来电话,笑言他“发了笔财”,我以为他是买彩票中奖了,只听他笑嘻嘻地卖关子:“我找到一大箱东西,要拿到潘家园去换现!”潘家园是北京东南一处著名的旧货市场,那么想必他是找到了家传的一箱古玩。但他又怪腔怪调地跟我说:“跟你有关系呢! 咱们‘三一三十一’,如何?”这真让我丈二和尚摸不着头脑。

说笑完了,R君又迭声向我道歉。越发地扑朔迷离了!

R君终于抖出了“包袱”,原来,是这么回事:五年前,我安定门寓所二次装修,为腾挪开屋子,把藏书杂物等装了几十个纸箱,运到R君的农家小院暂存,装修完工后,又雇车去把暂存的纸箱运回来,重新开箱放置。因是老友,绝对可靠,运去时也没有清点数量,运回来取物重置也没觉得有什么短少,双方都很坦然。没曾想,前些时R君也重新装修他那农家小院,意外地在他平时并不使用的一间客房床下,发现了我寄存在他那里的一个纸箱,当时那间小屋堆满了我运去的东西,往回搬时以为全拿出来了,谁都没有跪到地上朝床下深处探望,就一直遗留在那里。R君发现那个纸箱时,箱体已被老鼠啃过,所以他赶忙找了个新纸箱来腾挪里面的东西，结果他就发现，纸箱里有我二三十年前的一些日记本，还有一些别人寄给我的信函，其中有若干封信皮上注明“西郊谢缄”的，起初他没有在意，因为他懂得别人的日记和私信不能翻阅，他的任务只是把本册信函等物品垛齐装妥，但装箱过程里有张纸片落在了地上，捡起来一看，一面是个古瓶图画，另一面写的是：

> 心武：
>
> 好久不见了，只看见你的小说。得自制贺卡十分高兴。我只能给你一只古瓶。祝你新年平安如意。
>
> 冰心　十二，廿二，一九九一

他才恍悟，信皮上有“西郊谢缄”字样的都是冰心历年寄给我的信函。

R君绝非财迷，但他知道现在名人墨迹全都商品化了。就连我的信函，他也在一家网站上，发现有封我二十六年前从南京写给成都兄嫂的信在拍卖。我照他指示去点击过，那封一页纸的信起拍价一千零八十，附信封（但剪去了邮票），信纸用的是南京双门楼宾馆的，我放大检视，确是我写的信，虽说信的内容是些太平话语，毕竟也有隐私成分，令我很不愉快。估计是二哥二嫂再次装修住房时，处理旧物卖废品，把我写给他们的信都弃置在内了。人生到了老年，就该不断地做减法，兄嫂本无错，奇怪的是到处有“潘家园”，有“淘宝控”，善于化废为宝，变弃物为金钱。R 君打趣我说：“还写什么新文章？每天写一页纸就净挣千元！”我听了哭笑不得。但就有真正的“淘宝控”正告我：这种东西的价值，一看品相；二看时间久远，离现在越远价越高；三看存世量，就是你搞得太多了，价就跌下来了，最好其人作古，那么，收藏者手中的“货”就自动升值……听得我毛骨悚然。

R 君“完璧归赵”。我腾出工夫把那箱物品加以清理。不仅有往昔的日记，还有往昔的照片；信函也很丰富，不仅有冰心写来的，还有另外的文艺大家写来的，也有无社会名声但于我更需珍惜的至爱亲朋的若干来信。我面对的是我三十多岁至五十多岁的那段人生。日记信函牵动出我丝丝缕缕、五味杂陈的心绪。

这个纸箱里保存的冰心来信，有十二封，其中一封是明信片，三封信写在贺卡上，其余的都是写在信纸上的。最早的一封，是 1978 年，写在那时候于我而言非常眼生的圣诞卡上的——那样的以蜡烛、玫瑰、文竹叶为图案的圣诞卡，那时候我们国家还没有印制，估计要么是从国外得到的，要么是从友谊商店那种一般人进不去的地方买到的——“心武同志：感谢你的贺年片。你为什么还不来？什么时候搬家？冰心拜年
十二，廿六，一九七八”。我寄给她的贺年片上是什么图案呢？

已无法想象。我自绘贺卡寄给她,是20世纪90年代后的事了。

检视这些几乎被老鼠啃掉的信件,我确信,冰心是喜欢我、看重我的。她几乎把我那时候发表的作品全读了。“感谢您送我的《大眼猫》,我一天就把它看完了。有几篇很不错,如《大眼猫》和《月亮对着月亮》等。我觉得您现在写作的题材更宽了,是个很好的尝试。”(1981年11月12日信)“《如意》收到,感谢之至!那三篇小说我都在刊物上看过,最好的是《立体交叉桥》,既深刻又细腻。”(1983年1月4日信)“看见报上有介绍你的新作《钟鼓楼》的文章,正想向你要书,你的短篇小说集就来了,我用一天工夫把它从头又看了一遍,不错!”(1984年11月18日信)1982年我把一摞拟编散文集的剪报拿给她,求她写序,她读完果然为我的第一本散文集《垂柳集》写了序,提出散文应该“天然去雕饰”,切忌弄成“镀了金的莲花”,是其自身的经验之谈,也是对我那以后写作的谆谆告诫。20世纪90年代后我继续送书、寄书给她,她都看,都有回应。

大概是1984年左右,有天我去看望她,之前刚好有位外国记者采访了她,她告诉我,那位外国记者问她:中国年轻作家里,谁最有发展前途?她的回答是:刘心武吧。我当时听了,心内感激,口中无语,且跟老人家聊些别的。此事我多年来除了跟家人没跟外界道出过,写文章现在才是第一次提及。当年为什么不提?因为这种事有一定的敏感性。那时候尽管

“50后”作家已开始露出锋芒，毕竟还气势有限，但“30后”“40后”的作家（那时社会上认为还属“青年作家”）势头正猛，海内外影响大者为数不少，我虽忝列其中，哪里能说是“最有发展前途”呢？我心想，也许是因为，20世纪初的冰心，是以写“问题小说”走上文坛的，因此他对我这样的也是以“问题小说”走上文坛的晚辈，有一种特殊的关照吧。其实，那时候的冰心已经“过八望九”，人们对她，就人而言是尊敬有余，就言而论是未必看重。采访她的那位外国记者，好像事后也没有公布她对我的厚爱。那时候国外的汉学家、记者，已经对“伤痕文学”及其他现实主义的作品失却热情，多半看重能跟西方现代主义、后现代主义接轨的新锐作家和作品。而在引导文坛创作方向方面，冰心的话语权极其有限，中国作家协会领导层的几位著名评论家那时具有一言九鼎的威望。比如冯牧。他在我发表《班主任》《我爱每一片绿叶》后对我热情支持、寄予厚望，但是在我发表出《立体交叉桥》后就开始对我摇头了。正是那时候，林斤澜大哥告诉我，从《立体交叉桥》开始，我才算写出了像样的小说，冰心则赞扬曰“既深刻又细腻”，但是他们的肯定都属于边缘话语。在那种情况下，我如果公开冰心对我的看好，会惹出“拉大旗做虎皮”的鄙夷。只把她的话当作一种私享的勉励吧。

现在时过境迁。冰心已经进入20世纪的历史。虽然如今的“80后”“90后”也还知道她，她的若干篇什还保留在中小学教材里嘛，但她已经绝非“大旗”更非“虎皮”。一个“90后”这样问过我：“冰心不就是《小橘灯》吗？”句子不通，但可以意会。有“80后”新锐作家更直截了当地评议说，冰心“文笔差”，那么，现在我可以安安心心地公布出，一位八十多岁的“文笔差”的老作家，认为一位那时已经四十出头的中年作家会有发展，确有其事。

冰心给我的来信里偶尔会有抒情议论。如：“……这封信本想早写，因为那两天阴天，我什么不想做。我最恨连阴天！但今天下了雪，才知道天公是在酿雪，也就原谅他了。我这里太偏僻，阻止了杂客，但是我要见的人也不容易来了，天下事往往如此。”（1984年11月18日信）显然，我是她想见的客人。1990年12月9日她来信：“心武：感谢你自己画的拜年片！我很好。只是很想见你。你是我的朋友中最年轻的一个，我想和你面谈。可惜我不能去你那里，我的电话……有空打电话约一个时间如何？你过年好！”如今我捧读这封信，手不禁微微发抖，心不禁丝丝苦涩。事实是，我20世纪90年代后去看望她的次数大大减少，特别是她住进北京医院的最后几年，我只去看望过她一次，那时坐在轮椅上的她能认出人却说不出话。那期间有一次偶然遇上吴青，她嗔怪我：“你为什么不去看望我娘呢？”当时我含糊其辞。在这篇文章后面，我会做出交代。

我去看望冰心，总愿自己一个人去，有人约我同往，我就找借口推脱。有时去了,开始只有我一位客,没多久络绎有客来,我与其他客人略坐片刻,就告辞而退。我愿意跟冰心老人单独对谈。她似乎也很喜欢我这个比她小 42 岁的谈伴。真怀念那些美好的时光,我去了,到离开,始终只有我一个客,吴青和陈恕(冰心的女儿、女婿)稍微跟我聊几句后,就管自去忙自己的,于是,阳光斜照进来,只冰心老人,我,还有她的爱猫,沐浴在一派温馨中。

常常跟冰心,谈到我母亲。母亲王永桃出生于 1904 年,比冰心小四岁。一个作家的"粉丝"(这当然是现在才流行的语汇),或者说固定的读者群、追踪阅读者,大体而言,都是其同代人,年龄在比作家小五岁或大五岁之间。1919 年 5 月 4 日那天,冰心(那时学名谢婉莹)所就读的贝满女子中学,母亲所就读的女子师范大学附属中学,有许多学生涌上街头,投入时代的洪流。母亲说,那天很累,很兴奋,但人在事件中,却并未预见到,后来成为中国近代史上的"五四运动"。那时母亲由我爷爷抚养,爷爷是新派人物,当然放任子女参与社会活动。但是母亲的同学里,就有因家庭羁绊不得投入社会而苦闷的。冰心那以后接连发表出"问题小说",其中一篇《斯人独憔悴》把因家庭羁绊而不得抒发个性投入新潮的青年人的苦闷,鲜明生动地表述出来,一大批同代人读者深受感动。那时候母亲随我爷爷居住在安定门内净土寺胡同,母亲和同窗好友在我爷爷居所花园里讨论完《斯人独憔悴》,心旌摇曳,当时有同窗探听到冰心家在中剪子巷,离净土寺不远,提议前往拜访。后来终于没有去成。母亲1981年至1984年跟我住在北京劲松小区,听说我去海淀拜访冰心,笑道:“倘若我们那时候结伙找到剪子巷,那我就比你见到冰心,要早六十几年哩!”我后来读了《斯人独憔悴》,没有一点共鸣,很惊异那样的文笔当时怎么会引出那样的阅读效果。母亲还跟我谈到那段岁月里读过的其他作家作品,她不止一次说到叶圣陶有篇《低能儿》,显然那是她青春阅读中极深刻的记忆之一。我直到现在也还没有读过叶圣陶的这个短篇小说。一位“80后”算得“文艺青年”,他当然知道叶圣陶,也是因为曾在语文课本里接触过,但离开了课文,他就只知道“叶圣陶那不是叶兆言他爷爷吗”。在时光流逝中,许多作家、作品就这样逐渐被淡忘。

自从冰心知道母亲是她的热心读者以后,每次我去了,都会问起我母亲,并且回忆起她们曾共同经历过的那些时代的一些大大小小的事情。我告别的时候,冰心首先让我给我母亲问好,其次才问我妻子和儿子好。回到家里,我会在饭后茶余,向母亲诉说跟冰心见面时聊到的种种。冰心赠予的签名书,母亲常常翻阅。记不得是在哪篇文章里,反正是冰心在美国写出的散文,里面抒发她的乡愁,有一句是“怀念北京秋天的万丈沙尘”。母亲说这才是至性至情之文,非经过人道不出的。现在人写文章,恐怕会先有个环境保护的大前提,这样的句子是出不来的。冰心写这一句时应该是在美国威尔斯利女子大学，或附近的疗养院，那里从来都是湖水如镜、绿树成荫。

1983年9月17日冰心的来信："心武同志：你那封信写得太长了。简直是红豆短篇。请告诉您母亲千万别总惦着那包红豆了，也不必再买来。你忙是我意中事。怎么能责怪你呢？你也太把我看小了。现在你们全家都好吧？孩子一定又上学了？你母亲身体也可以吧？月前给你从邮局（未挂号）寄上散文集一本，不知收到否？吴青现在在英国参观，十月下旬可以回来。问候你母亲！"事情过去二十七年了，我现在读着这封信只是发愣。红豆是怎么回事？从这信来看，应该是母亲让我把一包红豆给冰心送去，而我忙来忙去（那时候我写作欲望正浓酽，大量时间在稿纸上爬格子码字，要么到外地参加"笔会"，那一年还去了趟法国），竟未送去，于是只好写信给冰心解释，结果写得很长，害得她看着很累，她说成短篇小说了，恐怕是很差的那种短篇小说。红豆，一种是可以煮粥、做豆沙馅的杂粮；另一种呢，则是不能吃而寄托思念的乔木上结出的艳红的豆子，多用来表达恋人间的爱情，也可以推而广之用来表达友人间的情谊。母亲嘱我给冰心送去的，究竟是用来食补的一大包红小豆，还是用来表达一个读者对作者敬意的生于南国的一小包纪念豆（我那一年去过海南岛似乎带回过装在小口袋里的红豆）？除非吴青那里还存有历年人们写给冰心的信函，从中搜检出我那"红豆短篇"，才能真相大白，我自己是完全失忆了。但无论如何，冰心这封回信是一位作家和她同代读者之间牢不可破的文字缘的见证。

母亲最后的岁月是在祖籍四川度过的。1988 年冬她仙逝于成都。1989 年 2 月 17 日冰心来信:“心武同志:得信痛悉令慈逝世!你的心情我十分理解!尽力工作,是节哀最好的方法。《人民文学》散文专号我准备写关于散文的文字,自荐我最有感情的有篇长散文《南归》,不知你那里有没有我的《冰心文集》三卷?那是三卷 305-322 页上的,正是我丧母时之作。不知你看过没有?请节哀并请把你家的住址和电话告诉我。”

1987 年年初我遭遇到“舌苔事件”。1990 年我被正式免去《人民文学》杂志主编职务。我被“挂起来”,直到 1996 年才通知我“免挂”。冰心当然知道我陷窘境。上引 1990 年年底那封信,所体现出的不止是所谓老作家对晚辈作家的关怀,实际上她是怕我出事情。我那时被机构里一些有权有势的人视为异类,在发表作品、应邀出国访问等事项上屡屡受阻。他们排斥我,我也排斥他们。我再不出席任何他们把持的会议和活动。即使后来机构改换了班子,对我不再打压,我也出于惯性,不再参与任何与机构相关的事宜。我在民间开拓出一片天地。我为自己创造了一种边缘生存、边缘写作、边缘观察的存在方式。20 世纪 90 年代初,我只能尽量避开那些把我视作异类甚至往死里整的得意人物,事先打好电话,确定冰心那边没有别人去拜望,才插空去看望她一下。冰心也很珍惜那些我们独处的时间。记得有一回她非常详尽地问到我妻子和儿子的状态，我告诉她以后，她甚表欣慰，她告诉我，只要家庭这个小空间没有乱方寸，家人间的相濡以沫，是让人得以渡过难关的最强有力的支撑，有的人到头来挨不过，就是因为连这个空间也崩溃了。但是，到后来，我很难找到避开他人单独与冰心面晤的机会。我只是给她寄自绘贺卡、发表在境外的文章剪报。我把发表在台湾《中时晚报》上的《兔儿灯》剪报寄给她，那篇文章里写到她童年时拖着兔儿灯过年的情景，她收到马上来信："心武:你寄来的剪报收到了，里面倒没有唐突我的地方，倒是你对于自己，太颓唐了！说什么'年过半百，风过叶落'，'青春期已翩然远去'，又自命为'落翎鸟'，这不像我的小朋友刘心武的话，你这些话说我这九十一岁的人感到早该盖棺了！我这一辈子比你经受的忧患也不知多多少！一定要挺起身来，谁都不能压倒你！你像关汉卿那样做一颗响当当的铁豆……"(1991 年 4 月 6 日信)重读这封来信，我心潮起伏而无法形容那恒久的感动。敢问什么叫作好的文笔？在我挨整时，多少人吝于最简单的慰词，而冰心却给我写来这样的文字！

吴青不清楚我的情况。我跟她妈妈说的一些感到窒息的事、一些大苦闷的话她没听到。整我的人却把冰心奉为招牌，他们频繁看望，既满足他们的虚荣心，也显示他们的地位。冰心住进北京医院后，1995 年，为表彰她在中国译介纪伯伦诗文的功绩，黎巴嫩共和国总统签署了授予她黎巴嫩国家级雪杉勋章的命令,黎巴嫩驻中国使馆决定在北京医院病房为冰心授勋。吴青代她母亲开列了希望能出席这一隆重仪式的人员名单,把我列了进去。有关机构给我寄来通知,上面有那天出席该项活动的人员的完整名单,还特别注明有的是冰心本人指定的。我一看,那些整我的人,几乎全开列在名单前面,他们是相关部门头头,是负责外事活动的,出席那个活动顺理成章,当然名单里也有一些翻译界名流和知名作家,有的对我一直友善。我的名字列在后面显得非常突兀。我实在不愿意到那个场合跟那些整我(他们也整了另外一些人)的家伙站到一起。在维护自尊心及行为的纯洁性,和满足冰心老人对我的邀请这二者之间,我毅然选择了前者。我没有去。吴青后来见到我有所嗔怪,非常自然。到现在我也并不后悔自己的抉择。其实正是冰心教会了我,在这个世道里,坚决捍卫自我尊严该是多么重要!

2010 年 9 月 25 日温榆斋

# 剜苹果

用你女性的睿智与温柔，精细、宽容地，观察、对待世界与人生。世界不完美。人生不圆满。

世界和人生都犹如一只有虫眼或撞痕的苹果。虫眼有时甚至通向深处，乃至达于核内；撞痕使部分果肉凹陷变质。

虫眼并不是整只苹果。撞痕只伤及果肉的一部分，通常只是很小的一部分。

请从整体上观察苹果，从全局上把握苹果。

苹果在你手中。你有主动权。

其实，很简单——剜去苹果上的虫眼与撞痕下变质的果肉，世界便会变得格外可爱，人生便会变得格外香甜。

神圣的女性，你最善于剜苹果。

常常是儿子已对年老的父母淡漠，而女儿却仍怀着足够的关怀与温暖，照抚、愉悦着年老的双亲——因为女儿往往比儿子更能够剜去那些因年老而派生出的“虫眼”与“撞痕”，眼里心里仍满溢着父母那苹果的芬香。常常是父亲已对孩子厌烦，而母亲却仍怀着足够的耐性与热情，奉献给孩子毫不见衰减的挚爱与教养——因为母亲往往比父亲更能够剜去那些孩子身心上的“虫眼”与“撞痕”，眼里心里仍只为自己结出的苹果而自豪。

常常是丈夫已经倒了霉乃至翻了船，而妻子却仍一脸温情地照顾他，安慰他，甚而至于风尘仆仆地到别人听见便要皱眉的地方去看望他，期盼他——因为妻子往往远比丈夫的朋友、同事更能剜去那些确实存在着的“虫眼”与“撞痕”，眼里心里仍存念着丈夫那苹果的坚实与康健部分。

常常是奶奶或姥姥更能维系住一个矛盾重重的家族，至少在节假日能成功地把大家聚合在一起，共享哪怕是短暂的天伦之乐——因为奶奶或姥姥往往比爷爷或姥爷更能剜去那些家族苹果上的“虫眼”与“撞痕”，眼里心里满储着儿孙辈的优点与进步。

常常是女生比男生更能体谅老师的辛苦，配合老师的教育，慰藉老师的心灵，忆念老师的恩德，保持与老师的久远联系——因为女生往往比男生更能剜去老师身上和教学中的那些“虫眼”或“撞痕”，眼里心里只积蓄下老师的教诲之美。并不绝对，可以举出许许多多的“例外”，然而，往往，常常，女性比男性更善于剜苹果。

女性“剜苹果”，用的并不是冰冷坚硬的不锈钢刀，而是温柔的“心刀”，绝不急躁，更不粗暴，精心、细腻，在剜掉坏去的部分时，总是尽量少伤及或不伤及附近的健康果肉。女性的“心刀”是人类足以自豪的瑰宝。多么希望你们生存的世界是一只没有虫眼和任何撞痕、疤点的美丽光艳的红苹果。

多么期盼我们所经历的人生是一只连小小撞击都不曾遭遇的只散发着馨香的甜美苹果!

然而无数事实已经证明,我们所生存的这个“世界苹果”既有“虫眼”也有“撞痕”。“人生苹果”呢?你的,我的,他的,并不相同。我的“人生苹果”遭遇多次撞击,你的呢?你真相信某些人所称他或她的“人生苹果”永葆圆满与完美么?所谓圆满与完美的“人生苹果”,是蜡制的苹果。那其实既非苹果,更绝非人生。

剜苹果是一种人生艺术。这艺术远比用蜡或别的什么材料描摹或仿造的苹果高级。

剜苹果是人生进入成熟阶段的必修课。

剜苹果的过程,心中必涌动着对宇宙浩渺的敬畏,对生命的尊重与对人生的珍惜。

剜苹果时,心中会有大悲悯生,会有大彻悟,会有大超脱、大欢喜。

剜苹果本是面对腐败与不幸,但在剜的过程中却可以生出乐观与信心,满足与自豪。

动手剜苹果前,或许会焦虑。焦虑者所焦虑的,往往远远超过存在着的值得焦虑的那些个客观事实。并没有那么吓人的虫眼,更没有那么大的撞痕面,完全不是“已经没有一块果肉”的状态。折磨着焦虑者的,是焦虑的想象、焦虑的过程,一旦真的开始触及“虫眼”与“撞痕”，焦虑反倒会顿然减轻。动手剜苹果吧！剜虫眼和撞痕下变质果肉的过程中，焦虑甚至会戛然而止。

不要焦虑，因为我们能够剜苹果。

在剜苹果的过程中，认识这个世界，把握这个世界。

在剜苹果的过程中，直面你的人生，享受你的人生。

1992年仲春

## 春从心出

愿乘火车，喜欢那窗外舒卷的田园画面；愿乘轮船，喜欢那船头劈开的浪花飞溅；愿乘飞机，喜欢那舷窗外的云海无边……旅行之乐，在起点，在终点，更在那前往中的沿途浏览。

愿有机会，被准允一个人进入没有演出的剧场，随便选一个适中的座位，静静地坐在那里，凝望那垂闭的大幕，在万籁俱寂中，以回忆，以想象，以对自己钟爱的编剧、导演和演员的深深感激，以对艺术的敬畏与对审美的忠贞，从心灵里，演绎出一幕又一幕的话剧，喜怒哀乐，悲欢离合，情理之中，意料之外，神秘莫测，难以言喻……啊啊，那是怎样的一种超级享受！

当近照堆积如山时，我们厌倦了摄影，甚至消退了清理回味的兴致。可是，我们对旧照片的窥视欲久盛不衰。难道，非得通过人世的纷乱、自我的颠沛，以及痛苦的失落、无奈的损减，当那岁月梳篦过的残照，零星如梳齿上的断发时，我们才能懂得珍惜，生发出琴弦般颤动的情愫么？

以往，害怕走进书店，是因为总觉得那陈列出的新书，有许许多多都应该抓紧购买，而自己囊中羞涩，欲壑难填——甚至仅仅是站在书店的橱窗前，便有一种受到特殊强刺激的感觉，怦然心动，难以自持；常常是，进去时拼命告诫自己不得癫狂，而出来时却囊空如洗，抱着一大包书，踽踽独行在长街之上，因为连乘公共汽车的钱也没留下，步行抱书回家真乃苦难的历程……及至回到家中，洗手沏茶，仰坐观书，那一份优哉游哉的劲头，嘻，亚赛小神仙！如今呢，害怕走进书店，是因为那些花花绿绿的出版物，虽然呈现着满坑满谷之势，不像以往那么隔着柜台，大半还得有劳售货员取拿，可以随意自选，浏览听便，可是，竟很难遇上一两本想买下的书，甚至带去打算购书的费用，竟有花不出去的苦闷；终于淘出购得数种，打的回到家中，照例洗手沏茶，倚在沙发上展读，那纸张没得说是雪白挺括的，装帧得也颇称"雅皮"，但仅是头一章，便几乎每页都有别字蹦出，如沙石硌牙，好不扫兴！几个人合译之书，选题甚佳，却前面把主人公叫作乔治，后面又称格奥尔基，想必是将原著一撕两半，各译各的，最后为赶快上市抢占市场，"萝卜快了不洗泥"，把贯通一遍的程序都免了，堂皇包装，昂其定价，因请到鼎鼎大名的人物作序，慎重如我，也欣然购回……唉唉，出版业数量大繁荣中的杂芜之弊，何时可减？

书中毕竟有人生，人生毕竟一部书。书业杂芜，仍要耐心从中淘出善本精品；人生诡谲，仍要坚韧地追求活着的真谛。冬去春来，朋友打来电话，兴奋地报告，他那窗外的晴空中，出现了多年不见的南来雁群，一会儿呈"一"字，一会儿呈"人"字，跃然翩飞，引出他心中酽酽的诗意，多年不曾写诗的他，一时竟挥就了五首新作！放下电话，我也久久不能平静。我们的生命都只有一次。生命中的青春也只有一回。我们生命中最辉煌的时刻也只有那么一段。这都很像北国的春天，会飘然而至，绣出万紫千红，却又会匆匆而去，甚至伴随着阵阵沙风，在你不经意时，已然落红满地。现代人里，谁还会像林黛玉那样哀伤地葬花？一时间你会觉得有许多俗众熙熙攘攘，无情地在你眼前践着落花去追名逐利，于是你惆怅，你喟叹……

但是，我鼓励自己，也劝告别人，像我那朋友一样，诗意地看待生命，看待青春，看待成败得失，看待生死关劫；需知，有一种春天是永存的，那便是从心灵滋生出来的，大雁跋涉般的豪情……

## 心上的草

青春期萌动来临了!

那标志,便是心上长草,心窝里痒痒的,注意力不集中了。常被老师、家长窥破,有的老师便大有"恶竹应须斩万竿"的架势,有的家长也不禁惶惶然只想往那长草的心上泼滚烫的碱水。但那心上的嫩草芽儿并不是"恶竹",亦非蛆虫,它是"野火烧不尽,春风吹又生"的!

也有自我悚然的。女孩子尤其容易自惊自咋:"我这是怎么了?!"竟有一种犯罪感滋生。

然而青春无罪。心上的春草,倘从未生出过,那即使不是一个有疾患的人,至少也是一个怪人。伟人们大体也是"打小这么着过来的"。

心上的草,倘任其乱生,最后蓬蓬然、森森然,以至失却了萋萋青翠、淡淡雅香,纠结、芜秽、枯黄、腐臭,那当然很糟糕,不过,绝大多数正常的少男少女,他们心上的草是不会乱长到那般地步的。

心上滋出嫩草芽儿,预告着人生进入了一个既神秘莫测又乐趣无穷的阶段。啊,原来男的跟女的真是有着重大不同的两种人;原来人的眼光里还有那么多只能意会而不能用语言和文字解释清楚的信息;原来长辈们之间有着那么多隐蔽而深刻的矛盾冲突;原来长大成人投入社会真有点像还没学会游泳就硬被人推进了河里;原来世界竟如此之大,人类竟如此之复杂;原来那些崇拜了好久的明星作为一个俗人也不过尔尔;原来某些听腻了的训诫还真有些用处,相反的是原来某些以为是不可撼动的说辞现在竟被证明是相当地可笑;原来我最闹不清楚的倒是我自己;原来一个人会遇上即使是最亲近的人比如爸爸妈妈也不能告知的境况,得全凭自己去探险……

而最大的感悟也许是:原来伟大人物他那消化道的下端也会产生粪便,并且同样需要排泄,也许那抽水马桶非常高档,但在那一段时间里人类绝对"大同"……心上的草,需要和风梳理,需要柔剪刈除,不要怕剪而复生,亦不能任其疯长狂蹿,看见过质量上乘的足球场吗?那绿草构成一袭地毯,任足球健儿在其上驰骋竞争,青春的心草,当如那绿茵场般,既美丽又齐整,既柔软又坚韧。

人生步入中年,就大多数人而言,心上长茧,青草不生,要生,便只生荆棘。那时,能温情地忆及当年心上的碧草,便得到一份自慰——我也有过"荒唐的青春";能蔼然地对待子女学生心上长草的"荒唐",不惊慌,不压制,而贡献出一份理解,一份容忍,一份疏导,便会觉得人生更有甘味……

心上长草,是人生青春期中毋庸逃避的“荒唐”,适度时心理“荒唐”,有利于人性的成熟,要防止的,是“更向荒唐演大荒”!

# 冰吼

“日有所思，夜有所梦。”这话未必能解释一些梦的出现。比如昨日我的的确确毫无所思的一幕，午夜便活灵活现于我的梦中。惊醒后残梦余韵不散，令我在自家楼窗泻入的月光中倚枕玩味良久。

我的梦境总非工笔画一流，有时听妻讲起她的梦境，不仅人物眉发宛然，背景上的一花一叶也纤毫毕现，总是非常地羡慕；我的梦境一概是大写意，而且似泼墨般既淋漓酣畅又跳荡迷蒙。

昨夜的梦境是在一个湖畔。黑乎乎的树影，灰蒙蒙的冰面，不消说是一种严冬的景象，却看见我自己只穿着背心裤衩，足踏夹趾塑料拖鞋，十分写意地在湖畔踽踽独行；有比树影更其墨黑的一些等高线条，在湖畔显现，使我意会到那正是湖岸边的铁栅，啊，不消说，那正是我非常熟悉的地方——北京城西边的什刹海，一大片不为许多外地人和旅游者知晓注重的水域……

什刹海的景致，倒也有不少的文章介绍过，我自己写的长篇小说《钟鼓楼》里面也写到什刹海，且追溯到半个多世纪前的景观。一般介绍什刹海,总以夏日的风光为重点。的确,夏日环湖的垂柳或白杨一派翠绿,湖波粼粼。前海东侧总有大片的莲叶荷花,站在前海和后海相接的水域最狭处的名曰“银锭”的小桥上,朝西望去,在一片渐次开阔深远的湖面尽头,可以看到黛色的西山剪影。前人曾将此录入所谓“燕京十六景”之一,称“银锭观山”。前海当中有一小岛,本来只有一丛垂柳,一片芳草,甚有野趣,现在上面设了个游乐场,我亦认为是一大败笔——但不管怎么说,什刹海毕竟是北京城里难得的一处富于天然情趣的景观。又岂止是夏日有着艳丽的面貌,春日的柳笼绿烟,秋日的枫叶曳红,以及晨光中的水雾空蒙,夕照中的波漾碎金,兼以附近胡同民居的古朴景象,放飞鸽群发出的哨音,遛鸟的老人们悠然的步态……总能引出哪怕是偶一涉足者的悠悠情思,尤其会感到在波诡云谲的世态翻覆中,古老的北京城和世代的北京人总仿佛在令人惊异地维系着某种恒久的东西……

然而,上述的种种什刹海景观都未曾显现在我昨夜的梦中,梦中只有黑白灰三色的朦胧冬景,既亲切又陌生,既朴实又神秘。我只见我近乎赤膊地缓步前行,不知从何而至,亦不知将欲何往。忽然,有一种绝对真实的声音,訇然响起,迷蒙的景色顿时抖动起来,而梦中的我顿时有一种大欢欣,通体产生出一种迸裂融化的极度快感。而转瞬之间,黑色化为了浓绿,灰色化为了翠绿,白色化为了嫩绿,墨色的栅栏化为了黛绿，在一片爽入灵魂深处的悸动中，梦中的我却又一身飘飘然的奶白绸衫，脚是赤足，踏跳在茸茸的绿草之中，身轻如电视中常见的慢镜头，悠然前行，亦不知为何如此，更不知欲飞何处……梦醒之后，那訇然的音韵仍萦绕于耳。对了，我恍然，那正是我熟悉的一种声音，非老什刹海畔的居民不能知的……

我在北京什刹海畔居住过十多年，一度我的居室后窗便朝着后海湖面。冬夜——不是那种北风怒号的冬夜，而是宁静到仿佛连空气都不再流动的最寂寞最冷清的冬夜，有时就突然从居室后窗传送进来一种短暂而惊心的訇响。头一冬乍听见时曾疑惑地自问：难道这城里边竟有饿狼？嗥声如此凄厉？西直门外动物园的大象的吼声也许如此，但纵有西风传送，那样遥远的距离，又是大象正该在象房中酣睡的时刻，何来吼声？……

有一回同一位忘年交的老者，冬夜里在银锭桥北头烟袋斜街的小酒馆里消磨到深夜，相互搀扶着，酩酊地在阒无一人的湖畔往住处走。忽然，一种熟悉然而更其清晰也更其沉重的音响从湖上传来。老者遂对我说："听见了吗？这是冰吼，这声音是很难听到的——在一般的江湖河海，因为冰冻的部分膨胀时，总能朝尚未冻住的水域延伸，又因为周遭并不拢音，因而都没有这种声音，唯独我们什刹海，全湖都冻住了，进一步干冷，冰面不由得猛地膨胀，又胀不出去，因而发出这样一种苦闷而欲求解脱的吼声，偏这后海一带又极为拢音，所以听来这样惊心动魄！”

梦醒后，我久久地回味着那真实而动人的冰吼。我不信占梦术，亦不倾心于弗洛伊德的《梦的解析》，我不认为此梦与白日所思有关，不觉得其中蕴含着多少复杂而深刻的意味，我只是更由衷地判定自己尽管祖籍四川，落生在成都，但定居北京四十余年的结果，是我已成为了一个地道的北京市民；而且尽管我迁离什刹海畔已有十多年之久，我的灵魂中却已渗入了什刹海的风土人情，乃至那鲜为人知的独特的冰吼。今年的冬夜，要不要寻一个风定人静的时刻，再在酒后到什刹海畔漫步，聆听一回别有韵味的冰吼呢？

1992 年 6 月 26 日

# 徐胜马利芳

和大学舍友餐聚,见面后纷纷问他:“怎么,家里还是原来的?”他不以为怪,刚坐下,也问身边的:“二婚了吗?”餐聚间说说笑笑,还维系原配的,居然只有他和另一哥儿们,其余三位,两位二婚,一位刚刚离异,没来的那位发大财的,据说原配倒还没怎么样,二奶和小三已经掐得不可开交。世道已经跟父母那代不同。如今你看电视上的征婚节目,凡申明自己还是一张白纸的,几乎无一能够牵手;征婚嘉宾报告自己的情感经历若少于三次,选择方往往会流露鄙夷;就连主持人和评议嘉宾,也会对征婚者报告出的交往史提出这类的质疑:“你们好了几年,难道就没发生更进一步的事情吗?”若回答是最高境界无非牵手拥抱,则会代为叹息,甚至由此批评学校性教育的缺席。情感与婚姻彻底私人化,是社会进步,白头到老与多次爱情多次婚姻,都属正常人生吧。

席间那位刚刚离异的舍友,说自己是净身出户,如今在运河边一处楼盘租住,忽然问他:“你还记得初中时候同学,叫徐胜利的吗?”他说:“对呀,有那么个同学,你怎么认识?”舍友就说,徐胜利和他媳妇,都在他住的那个楼盘物业公司工作,他跟徐胜利聊过天,有次不知怎么就聊出了这层关系。舍友说:“没想到你原来是在运河边上的中学。听徐胜利说,你们那中学,升学率特低,你毕业后居然考上名牌大学,全校轰动。如今他也上网,查你的词条,见你成绩那么大,高兴得不行!”他就问:“徐胜利如今过得怎么样? 娶了个什么媳妇?”舍友说:“看样子,他对自己的生活挺满意的。他那媳妇,叫马芳。”他听了不由得“哇”一声。

说实在的,他早已把徐胜利马芳两位中学同窗忘怀。他一度十分笃信“知识改变命运”一说。受了高等教育,他确实过上了比较高等的生活。进入大公司,坐飞机就跟搭乘公共汽车一般,上午从北京出发,睡一觉抵达法兰克福,夜里却又是在开罗给家里通电话。近年利用节日长假,带着老婆孩子游了西边欧洲,又游了东边日本、美国,至于新、马、泰,早不新鲜,澳大利亚新西兰刚去过,计划中的是马尔代夫和关岛。他绝不说“一生只爱一个女人”的妄语,有若干女人爱他,他也爱其中的若干,露水姻缘于他是情感旅游,“爱一处地方就留在那里”则是谵语,至少到目前他还珍视自己的原配和家庭,旅途劳累后回自己家,彻底地放松下来,是幸福感最强烈的生命时段。现在舍友忽然提及徐胜利和马芳,而且,舍友感叹道:“你那两位同窗,聊起来,不仅没坐过飞机,没出过境,他们的旅游足迹,最远也就是北戴河。我有时会看见,他们一起下班,各骑一辆自行车,男的在前头,女的在后头,各自的自行车车座上,夹着一个不锈钢饭盒,那应该是装他们每天中午的饭食吧。他们的生存状态,跟我们,特别是跟你相比,是不是也太那个了?”“是呀,太原生态了啊!”

确实,太原生态了。高二的时候,徐胜利和马芳就相好。一个并非帅哥,一个绝非校花,但是放学的时候,总是徐在前面走,马紧跟在后,同学们后来多次发现,两位在运河边手拉着手,他见着过马芳买了烤白薯,递给徐某人吃。于是,有回他和班上另一男生,逮着个机会,就冲到二位身旁去起哄,又在不少同学在运河边嬉戏时,用削铅笔的戳刀,在白杨树干上刻下了“徐胜马利芳”字样,是故意把两人的名字掺合在一起,结果徐某人倒没怎样,马芳气哭了……肯定是马芳到班主任那里告了状,班主任,一位那时候也还没有嫁人的女老师,把他叫到办公室去批评了一顿:“一是刻树皮影响树木生长;二是随着那杨树生长,字会越来越大,你让人家越来越难为情!更主要的是,你脑壳里是些个不健康的思想,发展下去,非常危险!”但那危险因他后来考上名牌大学而烟消云散。

徐和马都没有考上大学。他们就在原住地继续他们的人生。他们结婚了。他们打一份普通的工,挣不算多的钱,养育他们的孩子,赡养他们的老人。估计听不到他们离异和二婚的消息,在网上输入他们的名字或许会出现一串相关的词条,是有这样那样的身份或成就的人士,但绝非他们,他们多半就会那么样地默默无闻一生。

有一天,他办完事,驱车路过运河,他停车努力寻找那株被他刻字的杨树,许多老树早被伐掉补种新树了,但他固执地寻觅。终于,在一株高大的杨树上,需要仰起头,才能依稀看到刻字,那最后一个字,笔画开裂得好厉害,但下半部分明显是个“方”字,于是,少年时期的无数往事,飞鸟般撞击到心头,他倚在树上,感悟到,有一种原生态的幸福,存在于这世间……

# 王小波，晚上能来喝酒吗？

北京有三座金刚宝座塔。一座在蜚声中外的风景名胜地香山碧云寺里。碧云寺的金刚宝座塔非常抢眼，特别是孙中山的衣冠冢设在了那里，不仅一般游客重视，更是政要们常去拜谒的圣地。另一座金刚宝座塔在五塔寺里，虽然离城区很近，就在西直门外动物园后面长河北岸，却因为不靠着通衢而鲜为人知，一般旅游者很少到那里去。五塔寺，是以里面的金刚宝座塔来命名的俗称，它在明朝的正式名称是真觉寺，到了清朝雍正时期，因为雍正名"胤禛"，故凡与其同音的字别人都不许用了，需"避讳"，这座寺院又更名为大正觉寺。所谓金刚宝座塔，就是在高大宽阔的石座上，中心一座大的，四角各一座较小的，五个石砌宝塔构成一种巍峨肃穆的阵式，攀登它，需从石座下卷洞拾级而上，入口则在一座琉璃瓦顶的石亭中。北京的第三座金刚宝座塔在西黄寺里，那座庙几十年来一直被包含在部队驻地，不对外开放。打个比方，碧云寺好比著名作家，五塔寺好比尚未引人注意的作家，而西黄寺则类似根本无作品发表的人士。

五塔寺的金刚宝座塔前面，东边西边各有一株银杏树，非常古老,至少有五百年树龄了。如今北京城市绿化多采用这一树种,因为不仅树型挺拔、叶片形态有趣,而且夏日青葱秋天金黄,可以把市容点染得富于诗意。不过,银杏树是雌雄异体的树,如果将雌树雄树就近栽种,则秋天会结出累累银杏,俗称白果,此果虽可入药、配菜甚至烘焙后当作零食,但含小毒,为避免果实坠落增加清扫压力以及预防市民特别是儿童不慎拣食中毒,现在当作绿化树的银杏树都有意只种单性,不使雌雄相杂。但古人在五塔寺金刚宝座塔两侧栽种银杏时,却是有意成就一对夫妻,岁岁相伴,年年生育,到今天已是夏如绿陵、秋如金丘,银杏成熟时风过果落,铺满一地。

至今还记得十九年前深秋到五塔寺水彩写生的情景。此寺已作为北京石刻博物馆对外开放,在金刚宝座塔周遭,搜集来不少历经沧桑的残缺石碑、石雕,有相当的观赏与研究价值。但那天下午的游人只有十来位,空旷的寺庙里,多亏有许多飞禽穿梭鸣唱,才使我摆脱了灵魂深处寂寞咬啮的痛楚,把对沟通的向往通过画笔铺排在对银杏树的描摹中。

雌雄异体,单独存在,人与银杏其实非常相近。个体生命必须与他人,与群体,同处于世。为什么有的人自杀?多半是,他或她,觉得已经完全失却了与他人、群体沟通的可能。爱情是一种灵肉融合的沟通,亲情是必要的精神链接,但即使有了爱情与亲情,人还是难以满足,总还渴望获得友情,那么,什么是友情?友情的最浅白的定义是“谈得来”,尽管我们每天会身处他人、群体之中，但真的谈得来的，能有几个？

一位曾到农村“插队”的“知青”和我说起，那时候，生活的艰苦于他真算不了什么，最大的苦闷是周围的人里，没一个能成为“谈伴”的，于是，每到难得的休息日，他就会徒步翻过五座山岭，去找一位曾是他邻居，当时插队在山那边农村的“谈伴”。到了那里，“谈伴”见到他，会把多日积攒下的柴鸡蛋，一股脑煎给他以为招待，而那浓郁的煎蛋香所引出的并非食欲而是“谈欲”，没等对方把鸡蛋煎妥，他就忍不住“开谈”，而对方也就边做事边跟他“对阵”，他们的话题，在那样的地方那样的政治环境下，往往会显得非常怪诞，比如：“佛祖和耶稣的故事，会不会是一个来源两个版本？”当然也会有犯忌的讨论：“如果鲁迅看到《多余的话》，还会视瞿秋白为人生知己吗？”他们漫步田野，登山兀坐，直谈到天色昏暗，所议及的大小话题往往并不能形成共识，分手时，不禁“执手相看泪眼”，但那跟我回忆的“知青”肯定地说，尽管他返回自己那个村子时双腿累得发麻，但他获得了极大的心理满足，那甚至可以说是支撑他继续存活下去的主要动力！人生苦短，得一“谈伴”甚难。但人生的苦寻中，觅得“谈伴”的快乐，是无法形容的。

“谈伴”的出现，又往往是偶然的。

记得那是1996年初秋，我懒懒地散步于安定门外蒋宅口一带，发现街边一家私营小书店，于是有一搭没一搭地迈进去。店面很窄，陈列的书不多，瞥来瞥去，净是些纯粹消遣消闲的花花绿绿的东西，不过终于发现有一格塞着些文学书，其中有一本是《黄金时代》，“又是教人如何‘日进斗金’的‘发财经’吧？怎么搁在了这里？”顺手抽出，随便一翻，才知确是小说，作者署名王小波。书里是几个中篇小说，头一篇即《黄金时代》。我试着读了一页，呀，竟欲罢不能，就那么着，站在书架前，一口气把它读完。我要买下那书，却懊丧地发现自己出来时并未揣上钱包。从书店往家走，还回味着读过的文字。多年来没有这样的阅读快感了。

我无法评论，只觉得心灵受到冲击。那文字的语感，或者说叙述方式，真太好了。似乎漫不经心，其实深具功力。人性，人性，人性，这是我一直寄望于文学，也是自己写作中一再注意要去探究、楬橥的，没想到这位王小波在似乎并未刻意用力的情况下，“毫无心肝”给书写得如此令人“毛骨悚然”。故事之外，似乎什么也没说，又似乎说了太多太多。

也不是完全没听说过王小波。我从那以前的好几年起，就基本上不再参加文学界的种种活动，但也还经常联系着几位年轻的作家、评论家，他们有时会跟我说起他们参加种种活动的见闻，其中就提到过“还有王小波，他总是闷坐一边，很少发言”。因此，我也模模糊糊地知道，王小波是一个“写小说的业余作者”。

真没想到这位“业余作者”的小说《黄金时代》如此“专业”，震了！盖了帽了！必须刮目相看。

那天晚饭后，忽来兴致，打了一圈电话，接电话的人都很惊讶，因为我的主题是：“你能告诉我王小波的电话号码吗？”广种薄收的结果是，其中一位告诉了我一个号码：“不过我从没打过，你试试吧。”

那时候还没有“粉丝”的称谓，现在想起来，我的作为，实在堪称“王小波的超级粉丝”。

我迫不及待地拨了那个得来不易的电话号码。那边是一个懒懒的声音：“谁啊？”

我报上姓名。那边依然懒懒的：“唔。”

我应该怎么介绍自己？《班主任》的作者？第二届茅盾文学奖获奖作品《钟鼓楼》的作者？《人民文学》杂志前主编？他难道会没听说过我这么个人？我想他不至于清高到那般程度。

我就直截了当地说：“看了《黄金时代》，想认识你，跟你聊聊。”他居然还是懒洋洋的：“好吧。”语气虽然出乎我的意料，传递过来的信息却令我欣慰。

我就问他第二天下午有没有时间，他说有，我就告诉他我住在哪里，下午三点半希望他来。第二天下午他基本准时，到了我家。坦白地说，乍见到他，把我吓了一跳。我没想到他那么高，都站着，我得仰头跟他说话。请他坐到沙发上后，面对着他，不客气地说，觉得丑，而且丑相中还带有些凶样。可是一开始对话，我就越来越感受到他的丰富多彩。开头，觉得他憨厚,再一会儿,感受到他的睿智,两杯茶过后,竟觉得他越看越顺眼,那也许是因为他逐步展示出了其优美的灵魂。

我把在小书店立读《黄金时代》的情形讲给他听,提及因为没带钱所以没买下那本书,书里其他几篇都还没来得及读哩。说着我注意到他手里一直拎着一个最简陋的薄薄的透明塑料袋,里面正是一本《黄金时代》。我问:"是带给我的吗?"他就掏出来递给我,我一翻:"怎么,都不给我签上名?"我找来笔递过去,他也就在扉页上给我签了名。我拍着那书告诉他:"你写得实在好。不可以这样好!你让我嫉妒!"

从表情上看,他很重视我的嫉妒。我已经不记得随后又聊了些什么。只记得渐渐地,从我说得多,到他说得多。确实投机。我真的有个新"谈伴"了。他也会把我当作一个"谈伴"吗?眼见天色转暗,到吃饭的时候了,我邀他到楼下附近一家小餐馆吃饭,他允诺,于是我们一起下楼。楼下不远那个三星餐厅,我现在写下它的字号,绝无代为广告之嫌,因为它早已关张,但是这家小小的餐厅,却会永远嵌在我的人生记忆之中,也不光是因为和王小波在那里喝过酒畅谈过,还有其他一些朋友,包括来自海外的,我都曾邀他们在那里小酌。三星餐厅的老板并不经常来店监管视察,就由厨师服务员经营,去多了,就知道顾客付的钱,他们收了都装进一个大饼干听里,老板大约每周来一两次,把那饼干听里的钱取走。这样的合作模式很有人情味儿。厨师做的菜,特别是干烧鱼,水平不让大酒楼,而且上菜很快,服务周到,生意很好。它的关张,是由于位置正在居民楼一层,煎炒烹炸,油烟很大,虽然有通往楼顶的烟道,楼上居民仍然投书有关部门,认为不该在那个位置设这样的餐厅。记得它关张前,我最后一次去用餐,厨师已经很熟了,跑到我跟前跟我商量,说老板决意收盘,他却可以拿出积蓄投资,当然还不够,希望我能加盟,维持这个餐厅,只要投十万改造好烟道,符合法律要求,楼上居民也告不倒我们。他指指那个我已很熟悉的饼干桶说:“您放心让我们经营,绝不会亏了您的。”我实在无心参与任何生意,婉言拒绝了。餐厅关闭不久,那个空间被改造为一个牙科诊所,先尽情饕餮再医治不堪饫甘餍肥的牙齿,这更迭是否具有反讽意味?可惜王小波已经不在,我们无法就此展开饶有兴味的漫谈。

记得我和王小波头一次到三星餐厅喝酒吃餐,选了里头一张靠犄角的餐桌,我们面对面坐下,要了一瓶北京最大众化的牛栏山二锅头,还有若干凉菜和热菜,其中自然少不了厨师最拿手的干烧鱼,一边乱侃一边对酌起来。我不知道王小波为什么能跟我聊得那么欢。我们之间的差异实在太大。那一年我 54 岁,他比我小 10 岁。我自己也很惊异,我跟他哪来那么多的“共同语言”?“共同语言”之所以要打引号,是因为就交谈的实质而言,我们双方多半是在陈述并不共同的想法。但我们双方偏都听得进对方的“不和谐音”,甚至还越听越感觉兴趣盎然。我们并没有多少争论。他的语速,近乎慢条斯理，但语言链却非常坚韧。他的幽默全是软的冷的，我忍不住笑，他不笑，但面容会变得格外温和，我心中暗想，乍见他时所感到的那分凶猛，怎么竟被交谈化解为蔼然可亲了呢？那一晚我们喝得吃得忘记了时间，也忘记了地点。每人都喝了半斤高度白酒。微醺中，我忽然发现熟悉的厨师站到我身边，弯下腰望我。我才惊醒过来——原来是在饭馆里呀！我问："几点了？"厨师指指墙上的挂钟，呀，过十一点了！再环顾周围，其他顾客早无踪影，厅堂里一些桌椅已然拼成临时床铺，有的上面已经搬来了被褥——人家早该打烊，困倦的小伙子们正耐住性子等待我们结束神侃离去好睡个痛快觉呢！我酒醒了一半，立刻道歉、付账，王小波也就站起来。出了餐厅，夜风吹到身上，凉意沁人。我望望王小波，问他："你穿得够吗？你还赶得上末班车吗？"他淡淡地说："太不是问题。我流浪惯了。"我又问："我们还能一起喝酒吗？如果我再给你打电话？"他点头："那当然。"我们也没有握手，他就转身离去了，步伐很慢，像是在享受秋凉。我望着他的背影有半分钟，他没有回头张望。回到家里，我沏一杯乌龙茶，坐在灯下慢慢呷着，感到十分满足。这一天我没有白过，我多了一个"谈伴"，无所谓受益不受益，甚至可以说并无特别收获，但一个生命在与另一个生命的随意的、绝无功利的交谈中，觉得舒畅，感到愉快，这命运的赐予，不就应该合掌感激吗？

在以后的几个月里，我不但把《黄金时代》整本书细读了，也自己到书店买了能买到的王小波其他著作,那时候他陆续在某些报纸副刊上发表随笔,我遇上必读。坦白地说,以后的阅读,再没有产生出头次立读《黄金时代》时那样的惊诧与钦佩,但我没有资格说“他最好的作品到头来还是《黄金时代》”,而且,我更没有什么资格要求他“越写越好”。他随便去写,我随便地读,各随其便,这是人与人之间能成为“谈伴”即朋友的最关键的条件。

我又打电话约王小波来喝酒,他又来了。我们仍旧有聊不尽的话题。有一回,我觉得王小波的有趣,应该让更多的人分享。谁说他是木讷的?口拙的?寡言的?语塞的?为什么在有些所谓的研讨会上,他会给一些人留下了那样的印象?我就不信换了另一种情境,他还会那样,人们还见不到他闪光的一面。于是,我就召集一个饭局,自然还是在三星餐厅,自然还是以大尾的干烧鱼为主菜,以牛栏山二锅头和燕京啤酒佐餐,请来王小波,以及五六个“小朋友”,拼桌欢聚。那一阵,我常自费请客,当然请不起也没必要请鲍翅宴,至多是烤鸭涮肉,多半就让“小朋友”们将就我,到我住处楼下的三星餐厅吃家常菜。常赏光的,有北京大学的张颐武(那时候还是副教授)、小说家邱华栋(那时还在报社编副刊)等。跟王小波聚的那一回,张、邱二位外,还有三四位年轻的评论家和报刊文学编辑。

那回聚餐,席间也是随便乱聊。我召集的这类聚餐,在侃聊上有两个显著的特点：一是不涉官场文坛的“仕途经济”；一是没有荤段子，也不是事先“约法三章”，而是大家自觉自愿地摒弃那类“俗套”。但话题往往也会是尖锐的。记得那次就有好一阵在议论《中国可以说不》。有趣的是《中国可以说不》的“炮制者”也名小波，即张小波，偏张小波也是我的一个“谈伴”。我本来想把张小波也拉来，让两位小波“浪打浪”，后来觉得“条件尚未成熟，相会仍需择日”，就没约张小波来。《中国可以说不》是本内容与编辑方式都颇杂驳的书，算政论？不大像。算杂文随笔集？却又颇具系统。张小波原是20世纪80年代大学里的“校园诗人”，后来成为“个体书商”，依我对他的了解，就他内心深处的认知而言，他并非一个民族主义鼓吹者，更无“仇美情绪”，但他敏锐地捕捉到了那时候青年人当中开始涌动的民族主义情结，于是攒出这样一本“拟愤青体”的《说不》，既满足了有相关情绪的读者的表述需求，也向社会传达出一种值得警惕的动向，并引发出了关于中国如何面对西方、融入世界的热烈讨论。这本书一出就引起轰动，一时洛阳纸贵，连续加印，张小波因此也完成了资本初期积累，在那基础上，他的图书公司现在已经成为京城中民营出版业的翘楚。

王小波对世界、对人类的认知，是与《说不》那本书宣示相拗的。记得那次他在席间说——语速舒缓，绝无批判的声调，然而态度十分明确——“说不，这不好。一说不，就把门关了，把路堵了，把桥拆了。”引号里的是原话，当时大家都静下来听他说，我记得特别清楚。然后——我现在只能引其大意——他回顾了人类在几个关键历史时期的“文明碰撞”，表述出这样的思路：到头来，还得坐下来谈，即使是战胜国接受战败国投降，再苛刻的条件里，也还是要包含着“不”以外的容忍与接纳，因此，人类应该聪明起来，提前在对抗里揉进对话与交涉，在冲突里预设让步与双存。

王小波喜欢有深度的交谈。所谓深度，不是故作高深，而是坦率地把长时间思考而始终不能释然的心结，陈述出来，听取谈伴那往往是“牛蹄子，两瓣子”的歧见怪论，纵使到头来未必得到启发，也还是会因为心灵的良性碰撞而欣喜。

记得我们两个对酌时，谈到宗教信仰的问题。我说到那时为止，我对基督教、佛教、伊斯兰教都很尊重，但无论哪一种，也都还没有皈依的冲动。不过，相对而言，《圣经》是吸引人的，也许，基督教的感召力毕竟要大些？他就问我：“既然读过《圣经》，那么，你对基督被钉死在十字架上以后，又分明复活的记载，能从心底里相信吗？”我说：“愿意相信，但到目前为止，还是不怎么相信。”他就说：“这是许多中国人不能真正皈依基督教的关键。一般中国人更相信轮回，就是人死了，他会托生为别的，也许是某种动物，也许还是人，但即使托生为人，也还需要从婴儿重新发育一遍——二十年后又是一条好汉嘛！”我说：“基督是主的儿子，是主的使者，不是一般意义上的人。但他具有人的形态。他死而复活，不需要把那以前的生命重来一遍。这样的记载确实与中国传统文化里所记载的生命现象差别很大。”我们就这样饶有兴味地聊了好久。

聊到生命的奥秘，自然也就涉及性。王小波夫人是性学专家，当时去英国做访问学者。我知道王小波跟李银河一起从事过对中国当下同性恋现象的调查研究，而且还出版了专著。王小波编剧的《东宫·西宫》被导演张元拍成电影以后，在阿根廷的一个国际电影节上获得了最佳编剧奖。张元执导的处女作《北京杂种》，我从编剧唐大年那里得到录像带，看了以后很兴奋，写了一篇《你只能面对》的评论，投给了《读书》杂志。当时《读书》由沈昌文主编，他把那篇文章作为头题刊出，产生了一定影响。张元对我很感激，因此，他拍好《东宫·西宫》以后，有一天就请我到他家去，给我放由胶片翻转的录像带看。那时候我已经联系上了王小波，见到王小波，自然要毫无保留地对《东宫·西宫》褒贬一番。我问王小波自己是否有过同性恋经验？他说没有。我就说，作家写作，当然可以写自己并无实践经验的生活，艺术想象与概念出发的区别，我以为在于“无痕”与“有痕”，可惜的是，《东宫·西宫》为了揭示主人公“受虐为甜”的心理，用了一个“笨”办法，就是使用平行蒙太奇的电影语言，把主人公的“求得受虐”与京剧《女起解》里苏三带枷趱行的镜头交叉重叠，这就“痕迹过明”了！其实这样的拍法可能张元的意志体现得更多，王小波却微笑着听取我的批评，不辩一词。出演《东宫·西宫》男一号的演员是真的同性恋者，拍完这部影片他就和瑞典驻华使馆一位卸任的同性外交官去往瑞典哥德堡同居了，他有真实的生命体验，难怪表演得那么自然“无痕”。

说起这事，我和王小波都祝福他们安享互爱的安宁。王小波留学美国时，在匹兹堡大学从学于许倬云教授，攻硕士学位。他说他对许导师十分佩服，许教授有残疾，双手畸形，王小波比划给我看，说许导师精神上的健美给予了他宝贵的滋养。王小波回国后先后在北京大学和中国人民大学任教，但是到头来他毅然辞去教职，选择了自由写作。想起有的人把他称为“业余作者”，我不禁哑然失笑。难道所有不在作家协会编制里的写作者就都该称为“业余作者”吗？其实我见到王小波时，他是一个真正的专业作家。他别的事基本上全不干，就是热衷于写作。他跟我说起正想进行跟《黄金时代》迥异的文本实验，讲了关于《红拂夜奔》和《万寿寺》的写作心得，听来似乎十分地“脱离现实”，但我理解，那其实是他心灵对现实的特殊解读。他强调文学应该是有趣的，理性应该寓于漫不经心的“童言”里。

那时候王小波发表作品已经不甚困难，但靠写作生存，显然仍会拮据。我说反正你有李银河为后盾，他说他也还有别的谋生手段，他有开载重车的驾照，必要的时候他可以上路挣钱。

1997 年初春，大约下午两点，我照例打电话约王小波：“晚上能来喝酒吗?”他回答说:“不行了,中午老同学聚会,喝高了,现在头还在疼,晚上没法跟你喝了。”我没大在意,嘱咐了一句“你还是注意别喝高了好”也就算了。

大约一周以后,忽然接到一个电话,声音很生,称是“王小波的哥儿们”,直截了当地告诉我:“王小波去世了。”我本能地反应是:“玩笑可不能这样开呀!”

但那竟是事实。李银河去英国后,王小波一个人独居。他去世那夜,有邻居听见他在屋里大喊了一声。总之,当人们打开他的房门以后,发现他已经僵硬。医学鉴定他是猝死于心肌梗塞。王小波也是“大院里的孩子”,他是在教育部的宿舍大院里长大的,大院里的同龄人即使后来各奔西东,也始终保持着联系。为他操办后事的大院“哥儿们”发现,在王小波电话机旁遗留下的号码本里,记录着我的名字和号码,所以他们打来电话:“没想到小波跟您走得这么近。”

骤然失去王小波这样一个“谈伴”,我的悲痛难以用语言表达。生前,王小波只相当于五塔寺,冷寂无声。死后,他却仿佛成了碧云寺,热闹非凡。甚至还出现了关于他为什么生前被冷落的问责浪潮。几年后,一位熟人特意给我发来“伊妹儿”,让我看附件中的文章,那篇文章里提到我,摘录如下:

> 王小波将会和鲁迅一样地影响几代人,并且成为中国文化的经典。王小波在相对说来落寞的情况下死去。

死去之后被媒体和读者所认可。他本来在生前早就应该达到这样的高度，但由于评论家的缺席，让他那几年几乎被湮没。看来我们真不应该随便否定这冷漠的商业社会，更不应该随便蔑视媒体记者们，金钱有时比评论家更有人性，更懂得文学的值……为什么要这样？我们没有权利去批评王蒙刘心武（两人都在王小波死后为他写过文章）……他们的主要任务不是发表评论，而是创作……

这篇署名九丹、阿伯的文章标题是《卑微的王小波》，文章在我引录的段落之后点名举例责备了官方与学院的评论家。这当然是研究王小波的可资参考的材料之一。不知九丹、阿伯在王小波生前与其交往的程度如何，但他们想象中的我只会在王小波死后写文章（似有"凑热闹"之嫌），虽放弃了对王蒙和我的批评，而把扳子打往职业评论家屁股，却引得我不能不说几句感想。王小波"卑微"？以我和王小波的接触（应该说具有一定深度，这大概远超出九丹、阿伯的想象），我的印象是，他一点也不卑微。他不谦卑，也不谦虚，当然，他也不狂傲。他是一个内向的，平和的，对自已平等，对他人也平等的，灵魂丰富多彩的，特立独行的写作者。他之所以应邀参加一些文学杂志编辑部召集的讨论会，微笑着默默坐在一隅，并不是谦卑地期待着官方评论家或学院专家的"首肯"，那只不过是他参与社会、体味人生百态的方式之一。他对商业社会的看法从不用愤激、反讽的声调表述,在我们交谈中涉及这个话题时,他以幽默的角度表达出对历史进程的“看穿”,常令我有醍醐灌顶的快感。

王小波伟大(九丹、阿伯的文章里这样说)? 是又一个鲁迅? 其作品是“中国文化的经典”? 的确,我不是评论家,对此无法置喙。庆幸的是,当我想认识王小波时,我没有意识到他“伟大”而且是“鲁迅”,倘若那时候有“不缺席的评论家”那样宣谕了,我是一定不会转着圈打听他的电话号码的。

面对着我在五塔寺的水彩写生,那银杏树里仿佛浮现出王小波的面容,我忍不住轻轻召唤:王小波,晚上能来喝酒吗?

2008 年 12 月 1 日完稿于绿叶居

# 第四部分　跟自己约谈

反庸俗，
与爱和死一样，
都是艺术的永恒主题。

## 醋栗的滋味

那天跟一位老相识在街上相遇,互问“哪去?”自然都不过是“遛遛弯儿”,但他跟我说了没两句话,就急着往公共报栏那边凑,我有点好奇,他家里赠报很多,何必还要到街上来读报?不免也就去那报栏浏览,这才发现是那报纸上刊发了一篇他的文章,不用问,我理解,这张报一般是不赠阅的,报亭也无零售,大概编辑通知了他这天发表,但样报要过些天才寄得到,所以他是来先睹为快。他也算著作等身的人物了,对自己新发表一篇文章仍充满了孩子游戏中胜出的喜悦,满脸幸福的皱纹,这令我始而惊奇,继而感动。

我感动,是因为忽然悟出:幸福是一。

当然,这感悟也是集中了其他若干浮上心头的旧事新例。有回一位同龄朋友打来电话,说他真是幸福极了——一本他久想找出的旧书,终于在这天从他万册藏书中“浮出水面”,仅仅为这样一件事,他就幸福到必欲给朋友打电话报喜的地步。还有一位老大姐,给我寄来一张书法,上面只有一个繁体的“飞”字,附信说她得意之极,因为终于写出了这样一个好字,要我与她分享幸福与快乐。孩子辈也曾跟我表露过为当天的一件小事而深感幸福，比如用最简捷的巧法排除了电脑的故障；在本以为必然是大堵车的时间和路径上居然一路畅通提前到达目的地；在生日那天收到平时最合不来的同事的一件自制的小工艺品；在出差的飞机上，旁边恰巧是位新西兰小姐，双方用英语聊天忘却疲倦……

把幸福的感觉锁定在一天里的一件事上，没有大事锁小事，连小事都没有那就锁定在美好的一瞥一闻里，的确是一种维系好心情的妙方。针对时下人们容易焦虑多半浮躁的心理状态，提供对症的心灵鸡汤，已经成为一种写作与阅读的时尚。仅从与老相识报栏附近邂逅一事联想开去，我不也就能烹制出一锅心灵鸡汤吗？

《幸福是一》难道不是绝好的题目？想想也是，倘若一天到晚总把幸福的目标设定在将来，设定得非常宏大，似乎只有在久远的未来实现了“一万”甚至于“一亿”才能产生出幸福感来，那岂不是将自己浸泡在了永难消退的沉重与愁闷之中？常饮鸡汤，无论肠胃的还是心灵的，是小康人士的习俗。小康人士的焦虑，多出于“比上不足”，以及因还贷、人际、家庭建设、子女教育投资与期望等方面的压力，还有情感方面的不满足或不确定，提醒他们“幸福是一”，抓住每天至少一件开心事，立足此时此刻此情此景，放眼未来，满心彩霞，的确是非常香美的一锅心灵鸡汤。

但是忽然想起了安东·契诃夫的那篇《醋栗》，找来重读。

契诃夫“不炖鸡汤”，他给予我们心灵的不是漂油星的营养液，而是在惊悚中提升的鞭策。这篇小说里写到一位当时社会里的小康人士，他有了自己温馨的小巢，有胖厨娘和大肥狗，有不小的花园，最令他得意的，是他在花园里栽下的醋栗终于有了头茬果实，“幸福是一”，他的“一”就是那醋栗。面对厨娘送到他眼前的一盘醋栗，他“笑着，对着那醋栗默默地瞧了一分钟，眼里含着一泡眼泪”，在一颗颗地往嘴里送那些果实时，不住地喟叹：“啊！多好吃啊！”契诃夫通过小说里另一人物这样批判：“我看见了一个幸福的人：他的心心念念的生活目标已经达到，他所需要的东西已经到手，对他的命运，对他自己都很满意。不知什么缘故，往常，我一想到人的幸福就不免生出一种哀伤的感觉；这一回，亲眼看到了幸福的人，我竟生出一种跟绝望相近的沉重感觉。”

这篇小说写于1898年。七年后圣彼得堡的工人大请愿，沙皇命令开枪镇压，史称“黑色星期日”，十九年后接连爆发“二月革命”和“十月革命”，那以后《醋栗》所写的那种小康人士该面临怎样的处境？在那连串的社会大动荡大颠覆前夕，契诃夫于1904年去世，他真是“于无声处听惊雷”，以这样的作品警示人们特别是沉迷于小我世界的“一盘醋栗”的小康人士：幸福不能只是自己的“一”，一个自己温饱或者说已经超温饱的小康人士，应该有社会关怀。他在此后的《新娘》等作品里，更为小康者指出了投向改造社会使其达到公平合理的历史潮流的人生方向。契诃夫不是革命家,他的思想也还不是激烈的革命观,但他那吁请人们突破“己一”的幸福观,而去寻求群体“万福”的人道情怀,至今仍闪烁着神圣的光芒,那是任何色香味的鸡汤都无法企及的。

感谢契诃夫,贯穿在他所有作品里的反庸俗主题,跟爱与死一样,是文学艺术的永恒主题。我们曾经历过一段压抑甚至试图消灭自我意识的年月,在那阶段的极“左”思潮冲击下,任何“己一”的幸福感都只能是一种罪感。改革开放,奔小康,使我们从极“左”的桎梏中获得了身心解放,像我这篇文章开头所引述的种种“己一”幸福感,都是时代进步催生出的健康心理花朵。放心地饮用滋养身体和心灵的鸡汤吧,但应该把“幸福是一”和“幸福更是万”的意识融合起来。“幸福是万”的意思就是应当有社会关怀,自己先富了,别忘了那些还等着后富一步的人;自己小康达标了,要懂得如果小康群体只是大富和贫穷之间的一个瘦细脆弱的衔接项,那么,就会有一朝断裂的可能。构建一种把“己一”和“万福”统一起来的幸福观,也许不像呷鸡汤那么便当,却是我们都应该努力的。而在这种努力中,记住契诃夫笔下那饱含自私庸俗成分的醋栗滋味是有醒脑作用的:那些醋栗又硬又酸。

# 有杯咖啡永远热

因为城里家事繁冗,多日未到乡间书房,那天抽空去了,还没走拢,就发现书房外的小花园呈现荒芜状态:灌木长疯了,玉兰树被牵牛花藤缠绕,野草丛生,仿佛提醒我今夏雨水是如何丰沛。

走拢栅栏,吃惊不小。实际是我让里面的一个生命吃一大惊。那是一只猫。它吃惊,是因为不曾想我的出现。我吃惊,倒不是因为在意野猫进入我的小花园,而是瞬间以为那是一种灵异现象——难道,狸狸竟然复活了吗?

我家两只爱猫,一只纯白蓝眼长毛波斯猫、一只脸部和前后身花狸其余部分纯白的短毛猫。前者名睛睛,后者名狸狸。前些年相继去世后,都以锦匣葬在了这小花园里。眼前的这只警惕地趴伏着瞪视我的花狸猫,酷似狸狸啊!它怎么不马上跑开呢?啊,明白了——我发现它身后有四只小猫,显然,那是它的子女,大概还没断奶,作为一个母亲,它不能丢下小猫自己逃开。我更加吃惊,因为那几只小猫,两只纯白,一只浑身花狸,一只与母亲相同,是身上除了花狸毛还有纯白部分。这就说明,它们的父亲,应该是一只纯白的公猫。呀,难道晴晴和狸狸全都复活，而且婚配，在此产下了后代吗？

我蹑手蹑脚离开小花园，绕到另一面进入书房，立即往城里打电话，告诉老伴所看到的异象，她激动不已：“你怎么光看到狸狸，晴晴呢？”我对她说：“我们的晴晴狸狸应该还都在地下安息，你别忘了，它们都是公猫。一定是有只酷似晴晴的公猫，跟这酷似狸狸的雌猫，生下了四个宝宝，而公猫对小猫不负责任，早不知跑到哪里去了，只剩下猫妈妈带着猫宝宝在那小花园里安家。不过，巧合得实在神秘！”老伴感叹之余，立即给我几条指示：“不要吓走它们！不要清理花园！立刻去给它们准备猫窝、猫粮和饮水盆！”我很快一一落实，可喜的是猫妈妈看出我的善意，没有带着猫宝宝转移。

入夜，我从窗隙朝外望，不见小猫，但猫妈妈在吃猫粮，心中祈盼它们能长久在花园中定居。用音响放送出柔曼的曲调，我在落地灯光圈里翻阅女作家苏葵寄给我的散文集。苏葵多次到世界各地“自由行”，我非常羡慕。“自由行”需要一定的经济条件以及兴致和体力自不必说，最好还具有外语对话的能力，苏葵不仅这几个条件全都具备，还有一颗敏感的心和一只绣花针似的笔。我最欣赏她抛开一般游记介绍名胜古迹或作些中外对比的套路，而从“凡景”“琐事”里勾勒出人情之美的那些细腻舒缓的文字，比如她写到佛罗伦萨小巷中一对老人牵手同行停下轻吻的场景，感悟人生中“相依”的易与不易。苏葵把这个集子命名为《咖啡凉了》，在最后一篇文章里对世道速变发出惆怅的喟叹，我虽有所共鸣，却不由得产生了逆向思维。

我在灯下想到窗外“复活的狸狸”，想到狸狸的来历。二十一年前，我遭遇人生中最大挫折，这挫折被中央电视台新闻联播以一条“刚刚收到的消息”向全世界昭示，并且刊登在第二天所有报纸的头版。我作为主编为杂志惹的祸理应担负全责。确实有许多杯咖啡立马凉了，甚至凉咖啡也被拿走了。这很正常，不应抱怨。但就在这样的时刻，有杯热咖啡送到了我的眼前：同事带来一个纸盒，说是杨学仪师傅送给我的，纸盒里是一只幼猫，后来被取名狸狸。杨师傅知道我爱猫，知道我在遭遇挫折后因为心烦意乱，家里走失了爱猫，他就用送猫来表达他那热辣辣的安慰。

那时杨师傅已因病休养。他在杂志社为主编开车，几年里是越开主编年龄越小。先是接送李季，那时候六十多岁，比他大，后来是王蒙，五十出头，比他小，到我坐进车里时，他奔六十而我只有四十四岁，开始我们俩都感到尴尬。他为王蒙开车时，西服革履十分气派，而那时的王蒙穿着还很随便，有时到了某场合，他下了车，人家就簇拥上去把他当主编往里迎，他忙摆手指向王蒙，竟还有人坚持觉得他就是王蒙而在幽默。我不记得是在哪一天，经过我们双方努力，杨师傅跟我说:“咱爷俩可以交朋友了。”他竟为惹了祸的朋友送来了无言的温暖。那以后没几年杨师傅因病去世。

世事多变,咖啡会凉,但有一杯咖啡永远是热的,那里面满盛超越世态炎凉的宽厚与善意。

## 沉默交流

我的瑞典朋友倪尔思告诉我，他出生在瑞典北方，那里有奇险的山崖、蓊翳的森林、湍急的溪流；冬日大雪纷飞，银装素裹，昼短夜长，家里木屋烛台高燃、灶孔殷红。他童年的记忆里，烙印最深的，是夏日父亲带他去山林里打猎，打到野雉后，父亲和他坐在山溪边，以及冬日他靠在父亲腿膝上，面对着闪动的光焰，父亲始终没有一句话，只是默默抽着大烟斗，父子二人就那么久久地在沉默中享受着天伦之乐……

倪尔思至今忆起当年情景，还心动神摇。他说他完全不记得父亲说话的声音，然而父子心灵的无言交流，却一生一世回味不尽。

我对父亲的追忆，与他很不相同。我们父子间常常娓娓谈心，想起父亲，随着面容的浮现，便有许多的话语响在心里；但我的人生途程中，也有沉默交流的体验，那确是别有一种厚味。

我有一个朋友，多年在广播电台工作，是一位编导学龄前节目的专家，给好几代小朋友带去过欢乐，但个人却始终没有过子女。他的性格，连他自己也承认，是比较孤僻乃至古怪的。由于一次幼儿广播剧的合作，我们相识，也许是因为我性格同样有些各色，一来二去的，我们成了好朋友。当然我们曾有过共鸣的欢谈，可不知怎么的，经历了“文化大革命”以后，我们见面时往往基本上并不说什么，就是两个人默默对坐，一坐居然可以坐很久，虽然我们不说话，但都感到那一段时间里精神上很充实，很快乐。分离时我们并不惆怅，分离后也未必有多少想念，我们相互的问候也常常并不是在节期；但不知是一种什么因素，我会忽然想起，该找找他了，他也会突然给我来一个电话，约一个见面的时间；我们好久不见，自然互相问问，聊上一会儿，但我们待在一起，大部分时间却只是默默相对；我们在心里总是惊喜地发现，尽管在我们没见面的那段时间里，世事纷纭，人情诡谲，我和他，他和我，却谁也没有变。相对而言，我这些年的境况起伏较大，我跃升时，不见他为我高兴，他也绝不“高而远之”；当我惹是生非、下台赋闲时，他亦既无慰辞，更无规箴，仍像以往一样，忽然想起看我，摇摇摆摆而来，大大咧咧一坐，说些事先没有准备的话，听些我的牢骚或自嘲，微笑着，便沉默下来，直到他想走而我也想散——怪的是我们的心理节奏总那么默契。

我成家以后，曾担心我们的这种友谊不被爱人理解，嘿，谁知我爱人偏也有一位女友，是她初中同班同学，她俩见了面，竟也是没多少话说，默默对坐，可以许久。我和爱人，各自都有若干见面就聊个没完的朋友，但那默默相对的挚友，是我们绝不能失去的、至为宝贵的。我和爱人互问：默默相对，乐趣何在？我说，有一种安全感；爱人先是摇头耸肩，不以为然，想了想，却憬悟地点头。

是的，在这茫茫人世上，存心要害你的人必不会多，但在沧桑变化之中，你的交友必不能都与你浮沉与共，他们实在也无此义务，而天然享有弃你他去的权利，且不去说那些落井下石的人——也必不至于很多，只说那些听了你许多的心声、知悉你若干的隐情，而一旦弃你而去后，便可以任意将其消费的旧友，你回首往事时，能不黯然神伤么？

而以沉默相对的朋友，他付与你的，是一颗完整的心，你回报他的，必是一腔诚挚的情；在语言之外，人与人达到理解和认同，那真是一种清明澄澈的境界！不过，企图用语言来描述和阐释人与人之间的沉默交流，实在有点颟顸。我的瑞典朋友倪尔思本想把他童年坐在父亲身边的心灵体验跟我形容得更详细些，却越说越感到力不从心，于是便双手使劲一挥，用地道的北京话结束说："反正，特滋润！"

是的，特滋润。

我和倪尔思各握一只玻璃酒杯，小口、小口啜着威士忌，一时沉默无语；我们的友情，能进入那样的境界吗？

1993 年 2 月 14 日于北京绿叶居

# 一切都还来得及

有时候，人会觉得一切都完了，阳光不再灿烂，绿树不再青葱，花儿不再美丽，歌声不再悦耳……会不想吃饭，不想睡觉，不想多谈，不想继续做事，甚而会有灰色乃至黑色的阴冷念头涌上心尖——这就是那样的一些时候：考试不及格、应聘不录取、竞赛中败北、竞争中落伍……以及遭逢异性的拒绝而失恋，错过难得的机会而失悔，等等，等等，总之，顿觉我生何趣，万念俱灰。

这种挫折感、失落感、耻辱感、空虚感，针刺般地折磨着灵魂，那真有如在一座脆弱的吊桥之上，身后是一派天真烂漫而已无法回首，身前是可望而不可即的诱惑而只觉脚下的桥体已在嘎吱吱地断裂。朝下望，则黑黝黝的深渊似乎正在发出狰狞的恶笑，张着密布利齿的大口只待你的沉沦……

这时候，人最迫切需要的，是一种最单纯的信念，即——不要紧，没关系，只当生活刚刚开始，不回头，朝前望，一切都还来得及！

是的，不要停下你的脚步，但要把下一个步子走得更好，调整得更加合适，不要为原来的失败和挫折而过分地责备自己，更不要为客观的不利因素而无谓地怨天尤人，走你的路，并坚信一切都还来得及——从脚下这新的一步重新开始！

一位年轻的朋友在他们那个企业的优化组合中被“优化”出去了，他痛不欲生。他跑来对我说，倘若他真是一个低能的调皮鬼，那么就是将他彻底开除他也绝无怨言，而万没有想到那优化组合的过程犹如一面无形的镜子，照出了他人际上的一贯疏离，那却是他以往从未深刻意识到的。现在人们都礼貌地婉拒与他合作，才令他雷轰电掣般地猛醒——原来他的孤僻与固执，在他人眼中竟达到了那般不被容纳的程度！

我握住这位年轻朋友的手，诚恳地劝慰他：冷静地面对这确实令人发窘的境遇，不要恐慌，不要灰心。是的，你的生活面临着一次危机，但“危机”可以分解为“危险”和“机会”两个要素。“危险”决定了你必须避凶趋吉，“机会”意味着你有了对生活做出重新抉择的可能，不要对这一处境发怵，而要把这一处境视作激活自己潜在生命力和创造性的良性碰撞，要知道你毕竟还年轻，一切都还来得及！……

年轻的朋友皱着眉头说：我性格如此，从小如此，而且在人们眼中心中也已定型，现在我就是想重头做起，也万难变易性格，改变人们对我孤僻内向、寡言难通的印象，你说一切都来得及，不过是激励我的一句空话罢了，事已如此，哪里还来得及！

是的，缺点好改，性格难移，而要将他人眼中所定型的你，再重塑为新的形象更谈何容易。但是——我劝那位年轻的朋友——你也无妨再仔细地想一想，你那人际上的问题是不是也不能都推诿为性格，有没有对世界和社会认识上的欠缺？比如说，你以往是否未能清醒地认识到，随着当代科技、经济、生活方式的发展变化，个体生命越来越不可能超脱于群体，因此，与他人特别是与创造物质财富和精神财富的群体的亲和趋向，应成为当代社会中个体生命的自觉意识之一。借助于这一回的为群体所筛汰的危机，你无妨从理性认识上来一个跃升，增强自己心理上、意识上与群体的亲和力，并扎扎实实地身体力行。相信经过努力，群体对你的认同和容纳，是一定可以增强的。

年轻的朋友想了想，说：是的，我想自己除了性格因素以外，搞不好人际关系也确实还有认识上的原因，以及不掌握与人沟通合作的种种人际技巧；但是，我还是觉得一切都晚了，现在再来提高、改变这一切都太艰难了……

我为这位年轻的朋友对待人生的严肃态度所感动。他并不轻率地靠泛泛的鼓励而忘却挫折的创痛，并努力地寻找着克服挫折的途径。我替他想了想，便又对他说：是的，说一切都来得及，并不意味着干一切的事情都还来得及，而是意味着有包含在“一切”中的许多种可能性可供我们慎重抉择，做出这种抉择是完全来得及的！比如你遇到的这个情况，除了做出改变自己的为人处世态度以求再被组合进那群体而外，也还可以做出另外的抉择,比如:(1)跳槽到另外的一个群体中,那类群体共同工作时不需要成员之间有过密过细的人际勾连;(2)毅然改换另一种更具独来独往独当一面特点的职业,将自己的慎独性格从劣势转换为优势;(3)随遇而安,蛰伏一时,在此期间加强自修,并从容调节心理,特别是增强对世界和人生的认识,以待新的机遇……

怎样在这充满考验与筛汰的世界和人生中应付预料中和预料外的挫折?那是一番话一篇文章都难说透的,但至少我们可以在挫折面前先对自己说上一声:不要慌,一切都还来得及……

1992年7月

# 青春不怀旧

怀旧是一种很容易随着岁月的增长而滋生而膨胀的情绪。人过中年以后,这种情绪便会经常浮到意识的上层,而人到老年,则很可能整个儿由怀旧之情统治全部的心境。一般来说,这很正常。对于个人来说,怀旧是一种对人生况味的反刍,是一种心灵的享受,也是一首无音的妙曲。完全无旧可怀的老人,要么他的思维能力已然轰毁,要么他是个极为不幸的人。

但青春期里,如果总是产生出酽酽的怀旧情绪,我以为就不好了。我认识一位大学生,她入学一年多了,却还不能适应大学的生活,总是没完没了地怀念中学的同班同学。其实上中学时是走读,和同学的接触也紧密不到哪儿去;上大学后是住校,同宿舍的女生几乎天天生活在一起,别的几位同宿舍的女孩子很快成了舍友,唯独她总是闷闷不乐、格格不入。她一得闲,不是去和大学的同学交往,却是给中学的同学写信或打电话。开头她寄出的信必能很快得到回信,后来,回信就来得慢了,有的,她接连写去几封,却有去无回,气得她一个人暗哭。她给中学同学打电话,经常找不见人,好不容易对上话,人家总叽叽呱呱讲些人家那个大学里的事，又没完没了地问她她们那个大学里的事，而她只想跟中学老同学回忆中学里的一些趣事……结果是话不投机，电话越打心里越酸。她也曾在星期天兴冲冲老远地跑到中学老同学家去，谁知一进门就发现人家正跟几个也是到宾馆当了服务员的同龄人热热闹闹地挤在沙发上看录像，人家都欢迎她一起玩，她却只坐了一小会儿就跑出来了，出了人家家门她咬着嘴唇在风里走了好几站路，心里特惆怅，直想哭。

这位女大学生，她的感情，完全固定在了中学生活中，简直再不能挪移到新的环境新的生活里去。她的怀旧，从道德的角度，不仅无可指摘，甚至还可以赠之以纯洁、真挚、美好等等褒词，但从心理的角度，却只能说是一种有害的偏斜。对于一个处在青春期的个体生命来说，心理上不是不可以经常地"回望"，但青春的心性，应是更多地热衷于新的天地、新的角色、新的人际、新的尝试、新的体验，乃至于新的开拓、新的冒险、新的花样、新的浪漫。对于中学的同学，在进入了大学之后，当然仍可并一定会有少数人能维系住较久远的联系，甚至成为终生不渝的朋友，但大多数，是应当并势必要逐渐脱钩的。大学毕业后，对大学的同学，亦应是同样的一种任生活之筛筛取的态度。人从青年到中年到老年，一般都会转换若干次人生舞台，每一次转换都势必要弃一部分乃至大部分旧，而迎来许多的新，适应这种人事的转换。不是道德上的"喜新厌旧”，而是作为社会人的正常生活方式和心理结构。只有到了老年，当一切都如百川汇海，停止了奔流状态，退出了社会漩涡，虽仍可能波澜壮阔，那倒无妨充分地怀旧，把往昔的人和事反刍个够。

所以我说，青春不怀旧！前面还有漫漫长路的青年朋友们，唱着豪迈的歌开步走吧，且不忙回头眷念！

## 莫耐寂寞

“耐得寂寞”的提法这些年十分时髦,无数的文章要求作家“埋头写作”,画家更应该坚守“五日一石,十日一水”的古训;至于已经离休退休的老人,如果显得活跃一点,比如参加一些演出,甚或在电视广告上亮相,那就很可能招来讥评:“呵呵,就那么耐不了寂寞么?”

寂寞是一种心境,其核心是个体生命的孤独。面对不能与他人沟通的困境,有时虽身处热闹场中,却甚感隔膜,即使伟人、贤者、大腕、大款,亦难免一时陷于此种心境。就寂寞感的“普天之下人我皆备”这一点而言,说几句“应当耐得”,未为不可。确实,任何难以避免的事物,我们都必须坦然面对,例如我们的自然身高,倘若过矮,尽管可以用穿高跟鞋的办法稍加补救,却不可能根本改变,难道我们就因此不过了吗?“耐得身高”,这时就是一句好话。寂寞感慨已经袭来,为防止它转化为烦躁与焦虑,拈出一个“耐”字,以便冷静面对,情有可原。

但问题在于,我们把“耐得寂寞”当作“口头禅”以后,是否有意无意地把寂寞当成了一种美境,把浸泡在寂寞中自我消遁当成了一种美德？人生在世，只面对自我心灵，不去与他人、群体、社会交流，并达到怡然自得的境界，虽前有老、庄的国粹导引，后有“存在主义”等洋哲学启示，力吐禅定、气功等等修炼方法可供选用，在当代社会中，能身体力行、持之以恒、终获成功者，毕竟寥寥无几，绝大多数如我辈凡夫俗子者流，是不能也不必逃避他人、群体和社会的。当我们感到与他人难以沟通、为群体所不能理解容纳，甚至于与迅猛变化的社会生活格格不入而感到寂寞时，我们的精神处境，不能说是一种美好的状态，对于此种状态，“耐”是一种消极，“不耐”才是一种积极。不错，追逐热闹有可能流于庸俗，但排拒一切热闹更有可能陷于怪癖。咀嚼寂寞而甘之如饴，就个人而言不失为一种无可指摘的活法，放到伦理的范畴里考察，恐怕很难视为美德。

几年前，我写过一篇《寂寞的价值》的文章，在那篇文章里，我宣称“寂寞，是一种高尚的心境”，又说“需要有健康的寂寞感”。那正是我个人深感寂寞才写出的文章，我袭用了“耐得寂寞”的前提，但整篇文章其实充溢着“不耐”的潜语，说寂寞“高尚”，无非是痛感某些热闹场的庸俗，渴望“健康的寂寞”，其实是意欲冲出寂寞，以良知的呼号拨动他人的心弦，达乎个体生命与他人与群体的理解和谅解，进入到非庸俗的热闹中去……

关于“寂寞”的文章，已经太多，多到我们必须从反面加以思考的地步，特别是面对市场经济大潮涌动，即使不妄想发财，只想保持并尽可能提升自己的生活水平，那也必须更多地投入社会，必得与更多的他人打交道。生存方式如一味地“寂寞”，那真是成了一种奢侈，而市场经济的大热闹，却又会伴之以“在商言商”、重利轻义、人情浇漓，从而造成个人内心更多的寂寞，如取“耐”的态度，那么或者把自己变成一具赚钱机器，或者积蓄为一种阴郁心理，都非良性状态。我以为越是面临此种人文环境，越应对寂寞取“不耐”的态度，其中最要紧的是两条：一、对自己喜欢的亮相于他人和社会的事，爽快地投入，以抵消那些不喜欢但不得不投入的事带来的紧张和焦虑；二、在茫茫人海中一定要找到几个真正的朋友，与他们达到畅快的心灵沟通与相互理解。

也许有一天，又一轮时过境迁，“莫耐寂寞”的说法令人生厌，大多数人又发现“耐得寂寞”是一种不仅高明而且美丽的说法，重新引为圭臬，那也好，我们又有文章可写了——天下的文章，不就是在那里转来转去么？

1993 年 3 月 7 日于北京绿叶居

## 跟自己约谈

最好是在私密的空间里。比如说，在卧室里，并不端坐沙发，也不倚在床上，而是干脆坐在地毯上，背靠床垫，取一个最放松的姿势；手里，可以握一杯淡酒，也可以端一杯茶或咖啡；双眼尽量移向窗外，望不见景物，那么就凝视天宇，如果没有明媚的天光云影，那么，即使是灰蒙蒙的一片，也不要紧，也可以从中捕捉出令心门开启的玄机……

当然，最私密的空间也许倒最不方便。比如说，配偶也在卧室，而又并不能与你彼时的心境相契，那么，你上述的行为，即使解释得很清楚，到头来也还是别扭，所以，就不如一个人到外面，或楼间绿地，或公园一隅，觅一个安谧的角落，静静地坐下来……

其实，最要紧的还不是客观环境与氛围，在某些时候，即使倚在闹市区的过街天桥扶手上，或一个人坐在人声嘈杂的饭馆茶肆那无人对视的位置上，也都可以达到目的……

那便是，你有一种不可遏制的需求——跟自己约谈。

我们已经陷于这样的人文环境里：不仅目不暇接、杂音袭耳、鼻难确嗅、舌结味乱、身疲力竭，而且，最要命的是，我们的心——心情、心绪、心思、心意、心愿……包括整个的心理结构、心灵韵律，全都往往不由自主地波动起来，而且往往还波动得相当地凶险奇诡，因心惊，而动魄，乃至于失魂、丧命，都并非危言耸听，实在是务须预防之事。

所以现在广播电台的节目里，带有心理咨询性质的热线直播最受欢迎，电视台也开设了“敞开你的心扉”一类节目，朝着这一社会需求抛出来的印刷品就更多，这意味着，人们普遍认识到，与他人对话，尤其是与可信赖者的娓娓谈心，是开启心门、解开心结、放松心弦、调适心音、优化心韵、增强心力的极好手段。这种社会性约谈的风尚，标志着社会的进步，也展示出经受了个人与大大小小的群体的心灵悸动后，我们民族通过亲和性的对话调谐，所可能达到的一种互补互容、相剔相依的新境界。

不过，过多地依赖于跟他人约谈，企图完全通过向他人“敞开心扉”，如聆佛音般地把解决自己心灵痼结的希望，寄托于由彼及此的慰藉与启迪，长此以往，会产生出始料不及的负效应。据一位在电台主持热线直播节目的朋友告诉我，他发现，他那个节目的听友里，已经出现了为数不算太少的“瘾君子”，就是一到那节目开播的时间，便手不释电话地往台里拨号，一旦拨通，事无巨细，缕叙难止，而无论你怎样回答，都称谢不已。他们对参与这种约谈，已然上瘾，很难设想，一旦他们没有机会参与类似的约谈，其心理状态该怎样地遇挫而碎。

最近一个时期，还从报上看到了这样的报道：某电台的热线直播节目主持人，原是天天为他人排解心理郁结，在听友中被奉为“灵魂名医”的，却忽然自己跑去自杀。原来临到他自己出现心理危机，也并非什么奇诡至极的难题，不过是失恋之类的打击，本是给别人娓娓地、细细地、透透地开过心理药方，并得到过所治愈者由衷感激的，自己来了急病，竟失方无策，判若愚人，做出蠢事，宁不令人叹息！

这就更说明，除了与人约谈，在交流中梳熨心灵，或求得自我心理平衡，或享受沐人心灵之乐，这之外，实施灵魂的自我按摩、自我疗治，也就是跟自己约谈，对于我们每个人来说，是多么重要！跟自己约谈，当然更需要十二万分的善意。“我恨我自己”，这是轻易不能启用的“自我对话”前提。一般来说，自己对自己，毋庸惭愧，更无须忏悔。首先需要的，是冷静地从旁审视自己的真实处境。比如，无妨把自己化为“他”，轻轻地叩问：他这些天在为什么烦恼？值得为那个烦恼吗？如果真的值得，那么，有几种摆脱的方法？其中哪一个较好？可行性如何？如何行？……或者是：他怎么仿佛没事儿人似的？真是没什么可担忧的吗？替他设想一下，如果出现了某种忧患，该怎么排解，特别是，如何防患于未然？……

也许，凡庸的小我，还能与潜在的大我，进行一些，或哪怕只有一点点的，形而上的交谈，比如说，探讨一下“我究竟生活在怎样的时空之中”。这就不免要探究“时代”，要分析所生存的“人文环境”，要寻找出自我与他人、与群体的亲和途径与方式，当然也要寻求一个保持个人尊严与发挥个人才智抱负的最佳线路……如果已不是第一回这样地跟自己约谈，那么，当然，除了温习旧课，最大的乐趣，便应是从最新的人生经验里，吮吸新的汁养，来丰富、调整原有的良知结构，使其更宽宏，更坚实……

“你说的这种跟自己约谈，是一种高级的精神生活吧？是不是很接近于前人所说的‘慎独’？”确实是一种不仅高级，而且优美的精神生活。不过，不完全是“吾日三省吾身”，甚至于，主要不是“省身”，因而不能与“慎独”画等号，它更多的，应是自我肯定，自得其乐，自我解嘲，自我幽默，概言之，是一种必要的灵操。燕雀的啁啾，狮虎的啸吼，都说明动物之间既有相对交谈，也有独自吟叹，但动物是否能“跟自己约谈”，特别是作形而上的探究？没有丝毫证据能肯定这一点。所以，能“跟自己约谈”，这应也是人与鸟兽的重大区别之一。要不枉为人，便应好好发挥这一人性优势。

一对中年夫妇，有一天晚上，发现他们16岁的女儿，坐在她的床上，倚着床栏，呈现出一个凝神而思的优美姿势，轻轻唤她，竟无知觉，这是史无前例的……夫妻对望一眼后，蹑脚离开女儿那里，来到一边，又互望，眼波里有无限的欣慰与感慨：他们的女儿，也许就从这一天起，开始了心性的成熟——很显然，她是在进行人生中头一回的“跟自己约谈”……

愿有越来越多的中国人,善于跟自己约谈。

惟其善于跟自己约谈,才能更好地与他人交谈。

自我拂拭的心,与互相梳熨的心,所构筑出的心链,将牵引出怎样璀璨的一个世界啊!

10月5日星期三

## 人在胡同第几槐

五十八年前跟随父母来到北京，从此定居此地再无迁挪。

北京于我，缘分之中，有槐。童年在东四牌楼隆福寺附近一条胡同的四合院里居住。那大院后身，有巨槐。来北京之前，父母就一再地说，北京可是座古城。

果然古，别的不说，我们那个大院的那株巨槐，仰起头，脖子酸了，还不能望全它那顶冠。树皮上不但有老爷爷脸上那样的皱褶，更鼓起若干大肚脐眼般的瘤节，我们院里四个小孩站成大字，才能将它合抱。巨槐春天着叶晚，不过一旦叶茂如伞，那就会网住好大好大一片阴凉。最喜欢它开花的时候，满树一嘟噜一嘟噜白中带点嫩黄的槐花，于是，就有院里还缠着小脚的老奶奶，指挥她家孙儿，用好长好长的竹竿，去采下一笸箩新鲜的槐花，而我们一群小伙伴，就会无形中集合到他们家厨房附近，先是闻见好香好香的气息，然后，就会从那老奶奶让孙儿捧出的秫秸制成的圆形盖帘上，分食到用鸡蛋、蜂蜜、面粉和槐花烘出的槐花香饼……

父母告诉我，院里那株古槐，应该是元朝时候就有了。元朝是多少年前呀？

那时不查历史课本和《新华字典》后头的附录，就不敢开口。反正是很久很久以前。但随着岁月的推移，古槐在我眼里，似乎反而矮了一些、细了一轮，不用四个伙伴合围，两个半人就能将它抱住——原来是自己和同龄人的生命，从生理发育上说，高了、粗了、大了。于是头一次有了模模糊糊的哲思：在宇宙中，做树好呢，还是做人好呢？树可以那样地长寿，默默地待在一个地方，如果把那当作幸福，似乎不如做人好，人寿虽短，却是地行仙，可以在一生里游历许多的地方，而且，人可以讲话，还可以唱歌……

果然我后来虽然一直定居北京，祖国的三山五岳也去过一些，海外的美景奇观也看到一些，开口说出了一些想出的话，哼出了一些出自心底的歌，比那巨大的古槐，生命似乎多彩多姿。但搬出那四合院子，依然会在梦里来到那巨槐之下。梦境是现实的变形，我会觉得自己在用一根长长的竹竿，吃力地举起——不是采槐花，而是采槐花谢后结出的槐豆——如果槐花意味着甜蜜，那么槐豆就意味着苦涩。过去北京胡同杂院里生活困难的人家，每到槐豆成熟，就会去采集。我的小学同学，有的就每天早上先去大机关后门锅炉房泄出的煤灰里，用一个自制的铁丝扒子扒煤核，每天晚上做完功课，就举着带铁钩的竹竿去采槐豆，而每到星期天，则会把煤粉和成煤泥，把槐豆铺开晾晒——煤泥切成一块块干燥后自家烧火取暖用，槐豆晾干后则卖给药房做药材……

在梦里，我费尽力气也揪不下槐豆来，而巨槐顶冠仿佛乌云，又化为火烫的铁板，朝我砸了下来，我想喊，喊不出声，想哭，哭不出调……

噩梦醒来是清晨。但迷瞪中，也还懂得喟叹：生存自有艰难面，世道难免多诡谲……

院子里的槐树，可称院槐。其实更可爱的是胡同路边的槐树，可称路槐。龙生九种，种种有别。槐树也有多种，国槐虽气派，若论妩媚，则似乎略输洋槐几分。洋槐虽是外来，但与西红柿、胡萝卜、洋葱头……一样，早已是我们古人生活中的常客，谁会觉得胡琴是一种外国乐器、西服不是中国人穿的呢？洋槐开花在春天，一株大洋槐，开出的花能香满整条胡同。还有龙爪槐，多半种在四合院前院的垂花门两边，有时也会种在临街的大门旁边。北京胡同四合院树木种类繁多，而最让我有家园之思的，是槐树。

东四牌楼（现在简称“东四”，一些年轻人简直不知道是什么意思，我宁愿永远不惮烦地写出这个地方的全名）附近，现在仍保留着若干条齐整的胡同。胡同里，依然还有寿数很高的槐树，有时还是连续很多株，甚至一大排。不要只对胡同的院墙门楼木门石墩感兴趣，树也很要紧，槐树尤其值得珍视。青年时代，就一直想画这样一幅画：胡同里的大槐树下，一架骡马大车，静静地停在那里，骡马站着打盹，车把式则铺一张凉席，睡在树阴下，车上露出些卖剩的西瓜……

这画始终没画出来，现在倘若要画，大槐树依然，画面上却不该有早已禁止入城的牲口大车，而应该画上艳红的私家小轿车……

过去从空中俯瞰北京，中轴线上有“半城宫殿半城树”一说，倘若单俯瞰东四牌楼或者西四牌楼一带，则青瓦灰墙仿佛起伏的波浪，而其中团团簇簇的树冠，则仿佛绿色的风帆。这是我定居五十八年的古城，我的童年、少年、青年、壮年的歌哭悲欢，都融进了胡同院落，融进了槐枝槐叶槐花槐豆之中。

不过，别指望我会在这篇文章里，附和某些“高”人的“高”论——北京的胡同四合院一点都不能拆不能动，北京作为一座城市正在沉沦……城市是居住活动其中的生灵的欲望的产物，尽管每个生灵以及每个活体群落的欲望并不一致甚至有所抵牾，但其混合欲望的最大公约数，在决定着城市的改变，这改变当然包括拆旧与建新，无论如何，拆建毕竟是一种活力的体现，而一个民族在经济起飞期的亢奋、激进乃至幼稚、鲁莽，反映到城市规划与改造中，总会留下一些短期内难以抹平的疤痕。我坚决主张在北京旧城中尽量多划分出一些保护区，一旦纳入了保护区就要切实细致地实施保护。在这个前提下，我对非保护区的拆与建都采取具体的个案分析，该容忍的容忍，该反对的反对。发展中的北京确实有混乱与失误的一面，但北京依然是一只不沉的航空母舰，我对她的挚爱，丝毫没有动摇。

最近我用了半天时间，徜徉在北京安定门内的旧城保护区，走过许多条胡同，亲近了许多株槐树。发小打来电话，问我在哪儿，我说，你该问："岁移小鬼成翁叟，人在胡同第几槐？"

# 开发“心”大陆

常常地，觉得心里淤闷么？被些什么板块充塞了？

也许，那些心中的板块，大体都是难免的，甚至是重要的，而且是无法取消的，那么，为什么不把它们，起码是其中一部分，暂时漂移开呢？

往往地，觉得心中汪洋一片，意愿的航船，知向谁方？“宰相肚里能撑船”，不只是说宰相“心量”大，而且，也意味着宰相的心里，在汪洋的尽头，有不止一块“心陆”。我们不是宰相，我们的“心量”，或许难有那么浩阔，但我们的心里，不能只有水波风浪。扪心自问过吗？自己的“心陆”，究竟有几“洲”几“国”几“城”几“乡”？各个板块之间，能和平共处吗？时而战火纷飞吗？向往着“世界大同”吗？能经常地整合为一个美好的心境吗？地球上，已不可能再有新大陆的发现。大洋中有些地方，或许还会有某些珊瑚岛的忽现忽隐，甚至会有小块的陆地，偶从海里冒出，但都构不成什么重大的地理发现了。

我们的心，却是一个难以测量的空间。心如地球，充满生气，“海洋”浑雄，“大陆”奇诡，万类“活物”，腾跃竞争，但心更如宇宙，浩渺无边，其间有大量空间，静谧无声、神秘莫测。暂且只把心喻为地球吧，那也还是个有若干的新大陆尚未发现的地球，犹如郑和尚未“下西洋”，麦哲伦、哥伦布亦未出世之前那种情景。

我们要学会开发“心”大陆。

一千六百多年前，陶渊明作《归去来兮辞》，高歌“既自以心为形役，奚惆怅而独悲！悟已往之不谏，知来者之可追；实迷途其未远，觉今是而昨非！”从“云无心以出岫，鸟倦飞而知还”等最素朴的自然景象中，获得了前所未有的憬悟：“善万物之得时，感吾生之行休！已矣乎，寓形宇内复几时，曷不委心任去留？胡为乎遑遑兮欲何之！”他那就是在开发自己的“心”大陆。当然，那是一种“弃旧图新”的态势。从那时起，他便彻底“出世”，“开荒南野际，守拙归南园”，“结庐在人境，而无车马喧。问君何能尔？心远地自偏”了。他对“心”大陆的开发，太消极了吗？但就他个人而言，是因此避免了与污浊同流，平安地度过了心理危机。是的，他也因此没能济世兴邦，但他给我们留下了不少优美蕴藉的诗篇，谁能指责他对“心”大陆的开发是“多余”“堕落”呢？

一千多年前的白居易，与陶渊明不同，他是很“入世”的。他的前辈杜甫，其“致君尧舜上，再使风俗淳”的抱负，显然是他所尊崇继承的，但他不像杜甫那样，往往充满了过度的焦虑感，他是很善于把对现实中的黑暗不公的愤懑，与对一己的雅致生活的维护自娱，在心理上达于平衡的。从他早期的《观刈麦》诗,看到农民的艰辛稼穑与苛税后的饥苦,便吟出“今我何功德,曾不事农桑。吏禄三百石,岁晏有余粮。念此私自愧,尽日不能忘!”到后来他的一系列诗作,这样的心理调适频频出现:“回观村闾间,十室八九贫。北风如利剑,布絮不蔽身。……顾我当此日,草堂深掩门。褐裘覆絁被,坐卧有余温。……念彼深可愧,自问是何人?”“桂布白似雪,吴绵软于云。布重绵且厚,为裘有余温。”“谁知严冬月,支体暖如春。中夕忽有念,抚裘起逡巡。”“安得万里裘,盖裹周四垠。稳暖皆如我,天下无寒人!”白居易实在是一个很会开发“心”大陆的人,他的“心陆”很多,既有承载《新乐府》《秦中吟》那种忧国忧民情怀的大板块,也有“青旗沽酒趁梨花”的小绿洲,而每当他在仕途、生活中遇到坎坷挫折时,他的心海不癫狂,心路不淤塞,从他的诗中可以看出,他又开发出了“心”大陆,得以达到新的生命平衡。我们当然可以认为白居易的诗歌成就未必多么高伟,比如断言他大不如李白和王维,但我们难道能指责他的开发“心”大陆是“虚伪”“滑头”吗?往事越千年,今人胜古人。我们当代人越来越清醒地意识到,我们的生命,实际上是贯穿于一系列的心理活动中,体现于一个又一个的“当前心情”,因此,无论是从参与社会、与他人亲和的角度,还是从自我提升、自我完善的角度,我们都应该有开发“心”大陆的气魄与技巧,使我们的灵魂,永远丰盈而鲜活!

# 第五部分　草木奇葩的理想国

文明的含义又究竟是什么？
难道只有城市里那种完全靠人造气候维系的，
美其名为『智能大厦』，说穿了无非是『死闷子楼』，
才算得人类文明，像这大田里的青储香，
就算不得文明？

# 青储香

如今城郊，难得见到大片农田了。我在村里的书房温榆斋，最让我惬意的，就是尚可步行去亲近田野。当然，那已经是被膨胀的城市挤压得破碎零落的地块了，所谓“一望无际”，早已只是词典上的一个干瘪的词条，跟我所望见的田园，如断线的风筝，再也联系不上。东边不远处现出一片脚手架，是正开发的新楼盘，据说其风格是北欧与澳洲风情的完美拼贴；北边稍远现出集装箱堆积出的壮阔的轮廓线，那里有一家吞吐量很大的物流公司……不过，还好，我终于找准一个角度，从那里望过去，毕竟还有大片的玉米地，而且最可喜的，是听到了“突突突”的马达声，有大型收割机，在那片尚堪称是“青纱帐”的大田里，大象举鼻迈进般地，雄伟地移动过来。

玉米还没有完全成熟，被收割的玉米株连杆叶带嫩棒子被立即粉碎，从高耸的“象鼻”中喷出，一辆接收那些碎屑的卡车与收割机平行驶动。

“青纱帐”被豁开了很大的篇幅，收割过的田地仿佛一堂课讲完又被擦净的黑板，默默地等待着下面更精彩的一课。一群早已被飞机、汽车轰鸣声震聋耳朵的灰喜鹊飞落在收割完的田垄里，欢叫着寻觅可以啄食的美味。

风吹过，一股浓烈的带有酒香的鲜活植物的气息扑鼻而来，连续深呼吸，七窍中的浊气仿佛都被驱尽，身躯中整个儿换了腔好心情！

我站在公路边的树荫下，忽然有辆小轿车停在路边，车里出来位男士，那车不算贵，那男子看去估计是个白领。他舒展两臂，深呼吸，眯眼作陶醉状，然后偏过头问我："好闻呀！这叫什么气息？"我跟他微笑对视，回答说："这叫青储香。"他特别问明了"储"字，道了谢，显然，还得继续赶路去办事，坐进车里，开车离去了。他给我留下的最后的面影，带有明显的恋恋不舍的神情。愿这田野中的青储香伴他一大程，起码充实他一天的好心情！

我深深理解那位男士的感受。在我书房附近的这片城乡犬牙交错的地带，一些零田碎野，常惹得一些偶然路过的城里人，利用休假日，特地开私家车找过来：或一家人，或一群朋友，找片柳阴，傍藕田、憩河湾、铺席毯、挂悬床、弹吉他、放音乐、野餐、吟唱……

城市真是张越烙越大的饼，热烘烘，油晃晃，每天都在滋滋地滚展着它的体积，农村正被这张饼吞噬、切割、碾碎。有种说法：富裕文明的城市被贫困粗陋的农村包围。似乎城市很委屈。但是，城市的膨胀，难道不应该产生使农村均富的效果吗？

文明的含义又究竟是什么？难道只有城市里那种完全靠人造气候维系的，美其名为“智能大厦”，说穿了无非是“死闷子楼”，才算得人类文明，像这大田里的青储香，就算不得文明？

各类文明，都应该得到尊重。要学会与异己的文明共处。城乡差别的消失，不应该是乡村的消失、完全地城市化，而应该是城市与乡村的好处的双发扬、城市与乡村的缺点的双消失。包括青储香在内的乡村诗意，是不应该在我们祖土上消泯的。

青储，也就是青储饲料，即把玉米等农作物在未完全成熟时，带青地收割粉碎，然后运送到专门的大坑里。从我观看收割机运行的地方，再往小中河那边散步半小时，就可以看到那样的青储坑——底部和四壁水泥覆盖，顶部是拱形塑料棚，坑底是坡形的，运料车一开始能够直接开到最深处，一车车的青储料运进去以后，要一再地压挤密集，直到彻底储满。这些青储料是供奶牛食用的，尤其在漫长的冬季，奶牛全靠这些青储料，才能给我们酿出优质的乳汁。在青储坑库边，那股气息就更加浓烈，因为发酵得非常充分，也就更接近美酒的醇厚，但美酒却没有青储的那种令人如置身田野青纱帐里的嗅觉感受。哎，多么美好的青储香啊！

回到温榆斋书房里，鼻息里还氤氲着青储香。我爱这滋润我心灵的青储香。

在这城乡结合部，我脚下有充裕的地气，鼻中有牛乳源头的芬芳，我耳福也不浅呢——晚上已约好，开收割机的大黑将来书房跟我喝小酒，侃大山……

## 深夜月当花

那天，一位平时并不怎么来往的私企老板打来电话，非要请我吃饭，我说我最怕生人熟人一锅煮的豪宴，而且更怕那种没有窗户的单间，在那种场合我总是无论生理还是心理上都会感到气闷。他言辞极为恳切地说只请我一个，而且由我挑地方，希望我千万别拒绝。我跟他在一家中档饭馆会合，在大堂里挑了个靠窗的小桌，坐下来以后，见他那神情，我憬悟，他找我，纯粹是为了倾诉一番。

要了啤酒，又点了几样汤菜，我倒喝了吃了不少，他呢，只顾说话，酒喝了些，汤菜几乎没怎么动。开始，他亢奋地陈述，后来冷静地分析，我对他所陈述的那些融资方面的事情完全不懂，他的那些分析更成了对牛弹琴，但我知道，他需要我认真倾听，需要我把他的所有话语照单全收于耳……

最后，他表情开朗起来，转入了自我解嘲，我就知道，他请我吃饭的目的圆满实现了，而我，以毫不见怪地倾听，伴之以必要的沉默，也完全配合了他的心理态势，那是我们认识以来，相处得最融洽的一次。

人在生活里，难免会在事业、家庭、感情等方面派生出心理问题，一般的心理障碍，都可以依靠自己加以缓解或消除，但完全以独处舐伤的方式，收效往往不佳，找个倾诉对象，让其承接自己对现实处境的梳理、分析、衡量、判断，则常会产生意想不到的良效。那位私企老板在经营上遇到了麻烦，且关于他融资过程里与合作者发生龃龉的事情，被多事的记者公诸了某小报头版。其实那样的报纸那样的消息未必有多少人重视，但于他而言却是一桩刺心的事，剔除那根心刺的头一步，就是得找个与他的生意完全不相干，而又善解人意的，平时淡如水的朋友，来承接他的宣泄；我蒙他选中，认为是个能在这一点上帮助他的人，于是才发生了上面饭馆相聚的一幕。

心里别扭，找至爱亲朋倾吐，接受他们的安慰忠告，当然很好，但人有时候心上挽出了结儿，反倒是最不适宜先找亲友同仁宣布讨助，像这位私企老板的情况就属这类。他若先找妻儿把生意上的危机加以铺陈，或先在公司同仁中急于求策，那不但自己心中的结会急速收紧，亲人同仁的心里本来没结，却会由此打上结，弄得自己和周围的人全都“心有千千结”，那还不越搅越乱！但一个人躲起来苦思冥想也绝非办法，把我这样一个利益上跟他毫不相干，却又愿意广交朋友以开阔视野、积累素材的作家约来，一吐心中郁闷，从容调整心态，虽不一定能立奏奇效地解开心结，但他最后能转入自嘲。这自嘲你可别小看，一个苦闷中的人能从浓酽的烦恼怨愁里化解出缕缕澄明清凉的自嘲来，这就说明他心里的那个结不再是个死结，而是开始松动，有望解开，恢复其心理健康了。

唐代李商隐有句诗："晚晴风过竹，深夜月当花。"倘若是至爱亲朋向自己倾诉苦闷，因为彼此了解深、情况熟，那当然可以提供若干劝慰、建议，但若是平时并不怎么密切的人士找上门来，那就该懂得，他或她是"深夜月当花"，你要很认真地倾听，充当"解语花"的角色；但你心里又该明白，其实你只是个具有代偿意义的"夜月"，你完全不必絮絮地回应，不必热心过分地慰勉，尤其不必强己所难乱出主意，你就静寂无声，给他个"月光如水水如天"的心理环境，便足以使他心结松缓，感激莫名。

在人际交往中，"深夜月当花"可以是相互的，把握倾诉与倾听、倾听与回应，特别是倾听与沉默的度，使其恰到好处，是有利于人们心理健康的。

## 山溪秋叶

一

阅世的树，飘落下憬悟的思想之叶，叶片闪动着金色光泽。

但那晚悟的秋叶，究竟还能在蜿蜒于世道山谷的命运溪流中，旋转漂流多久呢？

二

在人性深处，最难承受的，是往昔寒微的熟悉者，忽然显露出的成功。

当传媒上赫然出现往昔熟悉者功成名就的信息时，人们会忍不住对身边的人喃喃地说——“当年我们班上，就属他不及格的次数最多！”

“他呀，当年在我们单位里，人缘儿最次！”

“光经我手，就起码退过他十来回稿……实在是没灵气儿啊！就他现在这个……到我手里还得退！”

“知道吗？她那时候考哪儿哪儿都不要！”

“瞧呀瞧呀,他那双眼就是典型的三角眼!”

“……别提了,他当年……要不是我……”

也许,事到临头,“短兵相接”,会当面向他或她表示祝贺,但目睹身受其成功意态,心底里总不免冒出“小人得志”“沐猴而冠”“能有几时”之类的悻然鄙夷的情绪。这种“生命中不能承受之轻”,在同性中、同代人中,特别是“同科”中,往往其难以承受的程度最强烈。

倘只不过是如上所述,在某些“当口”上,忍不住吐露出些不屑与讥评,甚至于在亲友同事围坐时,或社交饭局席面间,“随手拈来”地讲一两个关于“那位主儿”当年如何猥琐狼狈的小故事,说实在的,也还都属于“人之常情”的范畴,算不得人性中多么严重的恶。倘有时,遇到某个机会,竟当面向那“得意忘形”者,或从牙缝里挤出,或以微笑包装,“奉献”出令其败兴的,特别是揭“老底”或“疮疤”的“妙语”,只要没闹出什么事端,也无非是人际间的一种带酸味的“心灵碰撞”罢了。倘竟能仅仅把鄙夷不屑存于心中,并不形之于颜色声息,那德行应当说是相当地高了。

萨特说:“他人是地狱。”言重了!但他人的眼光,于成功者,尤其是呈现为“出水芙蓉”状者,确实不会是天堂。在拥趸的“追星族”后面,会有许多双岂止仅是挑剔的眼睛,在探照灯般地盯准、扫描着。仔细想想,人性大海中那“嫉妒”“不服”“不忿”“看你红得到几时”等永不会止息的波涛,也许,倒是人类群体不可或缺的平衡器。

这世界毕竟不只是为出类拔萃的“成功人士”而存在的，“成功人士”在品尝“成功之果”时，必须付出代价，那代价中就一定要包括他人——主要还不一定是同一“成功群体”的成员，而是那些并不一定取得了同等成功，或简直还谈不到成功的人们——的讥评与不屑，或用土话说，就是“糟改”。

意识到有人“糟改”，并且不以为怪的成功者，或许会将那“糟改”当作磨刀石，把自己的心性能耐，磨砺得更坚强锋利。

这样说来，“糟改”“出水芙蓉”的人性本能，也许竟该划归于人性善的范畴了。

## 三

多次对自己说：一定要追求美，却一定不要追求完美。

那道理其实很简单，因为自己的存在，从本源上探究，就已经不完美。比如说，眼睛太小。即使去做割双眼皮的美容手术，恐怕也还是不能“人人见了皆以为美”。

更何况，在以往的生活道路上，留下了，不说是很多吧，却也有相当数量的，其中有的还可以说是触目惊心的过失。尽管大体上而言，从外在方面说都已画了句号，从内心方面说都凝结出了教训，可是，一切不能抹掉重来，自己的生命历程已然不完美。怎么办？因为已经不能完美，就爽性沉沦，或干脆把自己毁掉吗？

再往细处推敲，自己的性格就不完美。倘若说作为一个社会人，所需的道德可以修炼到完美，但自己的生命还有非社会性的因素，比如说性格即为其一，性格是很难改造的，尤其是性格里那最核心的东西，也许是由染色体所命定的，根本改不了，改了也就没有“自己”了；如果说自己意识到性格有明显弱点，从而陷于焦虑，那么，“活着，还是死去?”整个儿不成了哈姆雷特了，除了在悲剧中死去，别的出路在哪里?

人一定要尽可能地接近美、进入美。契诃夫借《万尼亚舅舅》剧本里一个人物的嘴宣布：“人的一切都应该是美的：面容、衣裳、心灵、思想。”但那个人物，我记得是个乡村医生，他很有品位，不俗，却也有很明显的缺点，他说那话，恐怕也主要是激励自己和别人，尽可能向往美、融入美，而并非在发表“完美主义宣言”。

可以宣谕美的必要，但不要发表“完美主义宣言”。这是我的一个很朴素的想法。倘若要不要完美，仅仅是针对自己在那里焦虑，倒也罢了。如果是，把必须完美的想法，施之于他人，那可就麻烦了，甚至于，会派生出非常可怕的思路。尤其是，先设定自己完美，然后以己度人，结果发现周围的生命存在，用“芸芸众生”形容都太宽容了，必称之为“臭鱼烂虾”，甚至视之为“蝇”，那思路可真是令人不寒而栗。光是停留在思路，或将这思路撰成“美文”，或许还不失之为多元文化格局中的一种“异彩”；倘越过这一步，进入到操作，那可不得了，被判定为“臭鱼烂虾”和“蝇类”的，恐怕只能像当年奥斯维辛集中营的被判定为“劣等人种”的犹太人一样，给送进毒气室“实际解决”掉了！

自己设定自己完美，是容易的，但他人却不一定都承认你完美。承认的，怎么都好办，或奖赏鼓励，或抚慰宽恕，或不动声色，或嗤鼻对之：“谁要你来凑趣！”不承认的，可就难办了，尤其是对某些不仅不承认，还公然指出自己缺点的人，为维护自己的完美尊严，那就必须弹压、荡灭！而在当今世界上，把不完美的异己者压服、消灭，竟空前地困难。

自己设定自己完美，还会使自己的心灵陷于极端地偏执。比如，自己在以往的政治运动里，伤害过某些人，本来，那原因是不难分析出来的，有当时特殊的外在影响，有自己当时的错误认知，那年代里的那份不完美，原来是并不怎么严重的，也是不难画句号的；可是，为了坚持自己完美，即一贯正确的信念，即使大多数人们现在都形成了“那样搞是错误的”的共识，自己也还是坚持“没有搞错”，那股子坚持的劲儿，倘若仅是成为一种“个人保留”，倒也罢了，如果自己有些个权力，并使用起来，搞成个超出“个人保留”，造成继续伤害无辜的局面，那样地“追求完美”，就离美、离善、离真，不啻是背道而驰，而且驰到十万八千里以外了！

完美，是一种乌托邦。

乌托邦作为一种向往，能激励我们去接近美。心想乌托邦,书写乌托邦,吟唱乌托邦,都是人类精神生活里很必要的成分。乌托邦向往是许多中外古今文学艺术作品的灵感源泉。

但是,把乌托邦付诸实际操作,而且是急于求成的操作,那便会酿成灾难,甚至会造成浩劫。

人类的悲苦,也许正凝结于此。

个体生命对此,应有相应的憬悟。

## 四

解读鲁迅先生的《祝福》,可以从各种不同的角度出发。比如,倘从人性辨析的角度分析,则鲁迅先生这篇名著的最可贵之处,可能就在于表达了人性中一种最强烈的需求——倾诉。

祥林嫂当然极其不幸,尤其是她和贺老六的爱子被狼叼走以后,命运出现了最大的危机。贺老六死去后,无奈中她又投奔到了鲁四老爷家。按小说里的描写,鲁四老爷和鲁家太太,也还勉强能容纳她,只是忌讳她的“不祥”,不让她参与年关的祭祀仪式罢了;他们最后解雇祥林嫂,主要是因为她变得神经质地唠叨,总想跟人倾诉她爱子在冬天里竟被狼叼走了一事是如何地“真没想到”,他们不但不愿承接这一倾诉,而且觉得那是一个人完全不中用了的症状,所以导致祥林嫂沦为乞丐,并在寒冬里,以“天问”式的自言自语,倒毙在了荒街野巷。

人生的大悲苦，在于其倾诉的欲望，竟不能获得哪怕仅仅一个“他者”的承接。不承接祥林嫂倾诉的，岂止是鲁四老爷和太太，就是跟祥林嫂社会地位差不多的那些人，也无人愿善意、持久地承接。

更恐怖的是，有时，一些人以假意承接，来戏弄倾诉者，以为消遣；那在倾诉者心上划下的伤痕，更深更痛。

倾诉是一种有尊严的人生行为。任何亵渎、玩弄、压制、禁绝倾诉行为与倾诉者的做法都是错误的。即使是“病态的倾诉”，也要尊重；医生难道可以不尊重患者吗？

祥林嫂是在“倾诉欲望”不能有任何哪怕是轻微的承接者的大苦闷中，结束她凄惨一生的。

我以为，《祝福》的最可贵之处，还并不在“反封建”“反礼教”或“控诉旧社会”等层面上。《祝福》的深刻处在于表现了人性中的倾诉欲望，并沉痛地呼吁：人类应当懂得承接他人的倾诉，在相互承接倾诉中，逐步地达到人类大同。

依我的思路，所谓友情，其实主要就是互相承接倾诉的一种人际关系。爱情呢？性爱或许可以越过相互的倾诉与承接达到“皮肤滥淫”的短暂快感，但情爱，则一定还要加上这一因素。在中国古典文学名著《红楼梦》中，贾宝玉与林黛玉的情爱，就贯穿着一条倾诉/承接/不满意承接度，赌气不倾诉/恳求倾诉/终于又倾诉，在倾诉与承接中获得大欢喜/新一轮的倾诉欲望/新一轮的承接需求/新一轮的倾诉与承接的契合度的矛盾……

一个好的社会群体，必要能提供倾诉渠道，并具有相互承接倾诉的机制。或许会有人问：那么，沉默的价值呢？

答曰：还是鲁迅先生。他不是说了吗？不在沉默中爆发，便在沉默中灭亡。又说，于无声处听惊雷。我一再细细体味鲁迅先生的这些话，只觉得有许多以往未品出的新意，如血滴入水，丝丝缕缕地，在灵魂中浸散开去。

## 五

俗话说："男子五十五，胜过下山虎。"

到20世纪末，我已经五十八岁了。还虎虎有生气吗？不敢那样自诩。但生命的树，年轮确实积蓄已粗，而且秋意浓酽，开始飘落憬悟的叶片了；那有着锈斑的叶片，顺着命运的溪流，蜿蜒地漂行。这些叶片，本不完美，更会终于腐烂；但会有世道山谷中的朋友，偶然地看到，并捡起吗？唯愿在捡拾后，能略微一笑，或一愣，然后，再将其抛掉。

我生命的秋叶，你默默地飘落……而命运的溪流，一时还望不见尽头。

山溪秋叶，你渐远渐去，却又似乎依旧摇曳在我生命的树上……

# 长吻蜂

去年，我远郊书房温榆斋的小院里那株樱桃树只结出一颗樱桃。村友告诉我，树龄短、开花少，加上授粉的蜜蜂没怎么光顾，是结不出更多樱桃的原因。今年，樱桃树已经三岁，入春，几根枝条上开满白色小花，同时能开出花的，只有迎春和玉兰，像丁香、榆叶梅什么的还都只是骨朵，日本樱花则连骨朵也含含混混的，因此，樱桃树的小白花灿烂绽放，确实构成一首风格独异的颂春小诗。今年，它能多结出樱桃吗？纵然花多，却无蜂来，也是枉然？

清明刚过，我给花畦松过土，播下些波斯菊、紫凤仙的种子，在晴阳下伸伸腰，不禁又去细望樱桃花，啊，我欣喜地发现，有一只蜂飞了过来，亲近我的樱桃花。那不是蜜蜂，它很肥大，褐色的身体毛茸茸的，双翼振动频率很高，但振幅很小，不仔细观察，甚至会觉得它那双翼只不过是平张开了而已。它有一根非常长的吻，大约长于它的身体两倍，那吻开头一段与它身体在一条直线上，但后一段却呈折角斜下去，吻尖直插花心。显然，它是在用那吻尖吮吸花粉或花蜜，就像我们人类用吸管吮吸饮料或酸奶一样。并非蜜蜂的这只大蜂，也能起到授粉作用，使我的樱桃树结果吗？我自己像影视定格画面里的人物，凝神注视它，它却仿佛影视摇拍画面里舞动的角色，吮吸完这朵花，再移动、定位，去吮吸另一朵花；也并不按我们人类习惯的那种上下左右的次序来做这件事，它一会儿吸这根枝条上的，一会儿吸那根枝条上的，忽高忽低，忽左忽右，或邻近移位，或兜个圈移得颇远，但我摄神细察，发现它每次所光临的绝对是一朵新花，而且，它似乎是发愿要把这株樱桃树上每朵花都随喜一番！

手持花铲，呆立在樱桃树前的我，为一只大蜂而深深感动。当时我就给它命名为长吻蜂。事后我查了《辞海》生物分册，不得要领，那上面似乎没有录入我所看到的这个品种，于是，我在记忆里，更以“长吻蜂”这符码来嵌定那个可爱的生命。

于我来说，它的意义在生物学知识以外，它给予我的是关于生命的禅悟。我是一个渺小的存在。温榆斋里不可能产生文豪经典。但当我在电脑上敲着这些文字时，我仿佛又置身在清明刚过的那个下午，春阳那么艳丽，樱桃花那么烂漫，那只长吻蜂那么认真地逐朵吮吸花心的粉蜜，它在利己，却又在利他——是的，它确实起到了授粉的作用，前几天我离开温榆斋小院回城时，发现樱桃树上已经至少膨出了二十几粒青豆般的幼果——生命单纯，然而美丽，活着真好，尤其是能与自己以外的一切美好的东西相亲相爱，融为一体！常有人问我为何写作，其实，最根本的一点是：我喜欢。若问那长吻蜂为什么非要来吮吸樱桃树的花粉花蜜，我想最根本的一条恐怕也是“我喜欢”三个字。生命能沉浸在自己喜欢，利己也利他的境界里，朴实洒脱，也就是幸运，也就是幸福。

我在电话里把长吻蜂的事讲给一位朋友，他夸我心细如丝，但提醒我其实在清明前后，“非典”阴影已经笼罩北京，人们现在心上都坠着一根绳，绳上拴着冠状病毒形成的沉重忧虑。我告诉他，唯其如此，我才更要从长吻蜂身上获取更多的启示。以宇宙之大、万物之繁衡量，长吻蜂之微不足道，自不待言，它的天敌，大的小的，有形的无形的，想必也多，但仅那天它来吮吸樱桃花粉蜜的一派从容淡定，已体现出生命的尊严与存活发展的勇气，至少于我，已成为临“非典”而不乱的精神滋养之一。莫道生命高贵却也脆弱，对生命的热爱要体现在与威胁生命的任何因素——大到触目惊心的邪恶、小到肉眼根本看不见的冠状病毒——的不懈抗争中。我注意居室通风，每日适度消毒，减少外出，归来用流动水细细洗手……但我还有更独特的抗“非典”方式，那就是用心灵的长吻，不时从平凡而微小的事物中吮吸生命的自信与勇气。

## 旋转舞台

那是一个大雪纷飞的夜晚，来自穷乡僻壤的少年敲开了远房伯伯家的屋门。他怀里揣的不是一个梦，而是一份详尽的设计图。他设计了一个旋转舞台。顾不得喝伯母倒来的热茶，他向伯伯兴奋地讲解自己的设计方案。舞台演出将变得无比神奇，更换布景将变得轻而易举——各幕的布景早已搭全，换幕时只需将舞台加以旋转……

他初中尚未毕业。他从未离开过那距京城相当遥远的家乡。那时候，电视还没有普及到他家住的那个小镇，他在来京城前只去过县城三四次，一共在县城那小小的剧场看过三回演出，但他常看电影，放映队来到镇上时，他还给放映员打过下手。

他特别注意过电影里的舞台演出场景……他有了一个灵感，一个新奇的想法，终于埋头设计出了一个旋转舞台，他要亲自把这项发明创造送到首都，献给祖国……

然而伯伯告诉他，几乎在20世纪初，世界上就有了机械传动的旋转舞台。北京首都剧场50年代一建成也就有电动的旋转舞台。他设想的那种换景方法早已不是纸上的方案而是剧场的家常便饭了。比如北京人民艺术剧院演出《关汉卿》那出戏，最后一幕"长亭送别"，舞台便当着观众的面旋转，以展现主人公与友人在卢沟桥依依惜别的动人场面……

就在那个大雪纷飞的夜晚，他的发明梦破碎了。远房的伯伯只留他住了三天。三天里他铭心刻骨地懂得了：世界远比他想象的宏大，社会远比他想象的复杂，生活远比他想象的严酷，成功远比他想象的艰难，人心远比他想象的微妙，而且最要命的是——自己远比原来所想象的渺小……

在拥挤的硬席车厢里，他没有找到座位。随着火车车轮撞击铁轨衔接处的声响，他含泪地对自己说：原来，这个世界上的座位，已在没有通知他的情况下统统被别人坐满……他把旋转舞台的设计图撕成碎片，扔出了车窗外。

那是三十年前的事。但只要有少年，有年轻的心，这类的事便总会出现，也许不像他那样孟浪，也许仅仅是意念的翻滚而没有变成行动，当然，更不会只是向往于设计出一个旋转舞台……然而，惊讶而痛心地发现自己想找的座位已被别人先占，甚至是自己匆匆赶去而面临"客满"的那种失落，那种懊丧，那种悲怨……今天会有，以后也会有，年轻的心啊，你常常会陷于这种窘境！

那个在大雪纷飞中接受命运捉弄的少年，回到穷乡僻壤以后情况如何？他没有沉沦，但他从好高骛远的狂妄、臆想、焦躁、匆促的心境中落到了平实处。他咬着牙在心里发誓：我一定要有所发明创造，但我一定先要拼命地学习——学习最基本的东西，要尽一切可能了解世界上已经存在的、前人已经创造出的文明……他克服了许许多多的有时是巨大而坚硬的困难，终于在十几年前再一次走出了穷乡僻壤，进入了省城的大学。当他以优异的成绩相继取得学士和硕士学位后，他冷静地意识到，就发明创造而言，在他所跻身的那一世界，纵眼望去仍是“客满”景象，你必须扎扎实实地埋头苦干，一分一厘地艰苦推进，才能开辟出新的坐席，使人类文明开出新的花朵，结出新的果实！又是一个大雪纷飞的夜晚，他踏着在路灯下发着荧光的积雪去拜访那位已经年迈的远房伯伯。他要告诉伯伯，他的三项发明同时获得了专利证书；他要感谢伯伯当年对他兜头泼下的冷水——从那一天起，他结束了烂漫的臆想，穿过了有时确实是严酷得令人发抖的生活走廊，而终于进入了能够冷静地估量世界、他人和自己的人生阶段。然而，在纷飞的雪花中，任那冰冷的雪花飘落到他火热的面颊，他也并不后悔那以一颗昂奋的少年心的全部憧憬和才智所画出的旋转舞台设计图。少年幻梦的破灭诚然令人心酸，但没有幻梦没有破灭没有酸楚的人生才是最可怕的。

人，应当从破灭中寻求坚实的阶梯，使经受酸楚的心灵变得沉静稳重，从而真正寻找到自己在生活中应有的位置。即使面临“客满”，也能通过合理竞争而消掉不合适的占位者从而获得位置，或者展拓出新的社会空间，为自己和他人设置出新的座位。

是的，千真万确——这个世界早已是一座旋转舞台，它或许非常喜欢我们最纯真的向往和最烂漫的设计，但它却只为那些踏踏实实地从吮吸人类已有文明精华起步、兢兢业业地为人类新的文明添砖加瓦的人设置坐席。

1992 年 2 月

# 烹茶更细论

年初应台湾《中国时报》之邀，赴台北参加“从 40 年代到 90 年代——两岸三地华文小说研讨会”，会余，《中国时报》“人间副刊”本拟安排我们到台湾各风景点转悠一圈，先是两位老先生以身体原因决定行程从简，后我又另提要求，所以最后竟是各人自便的灵活安排。我提何要求？我说，好不容易来趟台湾，当然巴不得全岛观光一番，但一来时间有限，二来无论如何拼命趱行，也只能蜻蜓点水、走马观花，留下些虽斑驳而浮泛的印象而已；所以，不如舍其广而求其深。我是一个以创作城市题材小说为主职的作家，我已熟悉了北国的京城，现在不如以一周的时间，来熟悉一番南国的台北，而且，我的兴趣，还主要不在台北的风景名胜、街市风情，我希望多多少少能接触到一些台北的市民，了解这座名城的内在生态，这当然并不是说，我回北京后就能写以台北为背景的小说了，但，这对我从事城市题材小说的创作，不消说会是很有裨益的。

我就果然除“故宫博物院”、阳明山等处外，再不去赏岛上的名胜风景，而是一头扎进台北市，试图寻找出这座城市的人文风韵。我从所下榻的福华大饭店出来，手持一张台北地图，先把其四条基本平行的东西向大街一一观察。这四条大街从北至南分别叫作忠孝路、仁爱路、信义路、和平路，路名有浓厚的意识形态色彩。福华大饭店在台北有多处分店，我们所住的五星级总店正在仁爱路中段，这条仁爱路是台北的“高尚区”之一，尤其是从福华大饭店往西，一路的建筑都很讲究，商店门面都不大，却几乎全是名牌专营店，里面商品的标价令人咋舌；在高高的冬日依然葱绿的椰棕树后，一些外表很“雅皮”的公寓楼，象征着台北富裕阶层日常起居所达到的档次；在尽西头，是一个不大不小的公园，园景倒也平平，不过，其中有造型独特的“国父纪念馆”。忠孝路上的新建筑也很多，其中有一座基本是西洋式的高楼，却在门上安了个国粹式的匾牌，竟是一座佛寺，颇令我惊奇。四条大街当中基本都有隔开快、慢车道的绿岛，上植北京难以见到的热带、亚热带常绿树。四条路都时常塞车，除了大量的汽车，如同北京自行车一般多的摩托车更使街市喧闹烦人，空气因此污浊，自不消说。四条路的东头似乎都被繁多的小街切割得零碎难辨，在西边有所谓“中正纪念堂”，蓝琉璃瓦的顶子和屋体的比例我总觉得失调；不过两侧的大剧院和音乐堂，索性采用完全复古的外观设计，金碧辉煌的，倒不失为台北的标志性建筑……我每走饿了，就拐进小巷，找个小店或摊档吃一点台湾风味的小吃，担仔面、肉粽、鱼丸，等等；走累了，就在街头绿地的长椅上小坐，买一份当天的报纸翻翻；走远了，便叫辆计程车坐回“福华”，几天下来，印象自然丰富而扎实。

台北的旧城区，火车站一带，西门町，华西街，不仅比较地

"平民",而且多"狭邪之地",自己不敢乱转,故由台北朋友陪同,领略其畸形繁华的生态景观。我感到在台北的市民文化中,有着"日据时期"以来的多种复杂积淀,韧性的生存能力焕发出奇诡的想象空间,有粗悍泼辣的民俗精华,也有放纵声色的颓靡糟粕。在那一带,遇到一些乞丐向我乞讨,我只给残疾人一点零钱,余者避之不及。

只是这样地逛街探巷,也还是不能很了解台北,特别是台北人的心思,因此,我又有意用大量的"夜生活"时间,约些台北的文化界朋友,并又由他们找一些"白领",三三两两地找比较安静比较"雅皮"的消费场所,作促膝之谈。开头去了几家咖啡厅,情调虽还雅,却无甚特点——太西化了,北京星级饭店的咖啡座也大体如是;后来,去了几处茶寮,才知近六七年来,台北兴起了一种"茶寮文化",而茶寮便成为中产阶级,特别是文化人爱去的消费场所。这些茶寮不同于北京的"老舍茶馆"或"天桥茶园"一类地方,不是供旅游者观赏民俗表演的场所,而是供三两知音,或至多十来个同道,雅聚清谈的地方,因此,里面划分为若干布置雅致脱俗的区域,没有"卡拉 OK"的喧嚣,一般也无"三陪"的下流骚扰,茶客们去了,不是被动地由茶寮供茶傻喝,而是由茶寮提供全套烹茶用具,都极有讲究,或一色紫砂陶,或一概仿古细瓷,或竟索性瓦釜竹筒,茶客自己在小茶炉上扇火烹茶,茶叶自然又可有多种选择,涮杯、漉茶均有专门的竹帚、筛网……

也略备一点凤梨膏、芒果干之类的小茶食,但主要的乐趣，全在手持雅杯叙些雅话，是为雅集。正是在茶寮雅集畅叙中，台湾的一些旧友新朋，才细向我讲述了他们的一些心里话。如一位对我说，你们反对“台独”，当然是对的，但你知道吗？顽固的“台独”分子，搞政治的，虽然并不多，但四十来岁的台湾知识分子里，模模糊糊倾向“台独”的，却并不很少，你知道是为什么吗？告诉你吧，是因为对国民党以往的强迫教育方式不满，比如说，这一辈人上中、小学的时候，国民党推行的地理课，以“光复大陆”为纲，硬要他们记背根本去不了也并不符合大陆实际情况的地理知识，而台湾本身却讲得很少，遇到课时紧，台湾部分教员就不讲了，让学生自己看书，因为在“会考”时，很少出关于台湾省的题目，这样久而久之，就形成一种逆反心理，“解严”之后，搞“台独”的出来说：“你们生于台湾长在台湾，你们的人生与这个岛相连，大陆跟你们有什么关系？”因此，就发起“认识我们脚下这块土地”之类的活动，很多这一辈人就被蛊惑得产生了“我是台湾人”的念头。跟我说这番话的人，说他自己是反对“台独”的，但他认为我们大陆的人，往往并不懂一些台湾人的心思，所以与这一辈台湾人交流时，思路和言谈就容易错位，原想促进统一，却反而引出误会和反感。又一位朋友接着说，举个例子，一位大陆来台短期访问的民间人士，甫下飞机，就频频宣布自己与某国民党元老有某种姻亲关系，这是他个人的私密，本不必宣谕，揣其意，大约是以此来表示政治上的开放与亲善，可能有利于两岸统一，但接待他们的人，却吃了一惊，年轻一代，更为反感。这位先生不知，他所亲善的那种人物，早被台湾青年一代骂为“老贼”，且在“解严”后可在大庭广众中放声蔑视而不受迫害，你欲促统，扎实地在交流实项上用力不好么？何作此态？还有的人，到处说他对到台访问是“盼了数十寒暑，等了几度春秋”，让人听了“吓一跳”！像这样不实事求是的“豪言”，不但并不能让台湾同行感动，反而引出了不快乃至疑惑……在茶寮中，台湾朋友在与我畅谈各自的文学见解时，也如此坦诚地对大陆赴台的个别人士的不得体之处，讲出了意见，我虽不知是否真有此种情况，亦难代为解释，但我觉得他们确是善意。总之，如不是这样地“烹茶细论”，怕是听不到这样一些摒弃了客套的真心话。不过，因这回在台时间太短，所以，虽有这样的一些颇为深入的交流，对台北，对台湾文化界，对台湾的“新生代”，我也还是只知其一，不知其二。他们很多的话语，我还需细细消化，方不致理解有误有偏。

现归京已近三月，那茶寮中的缕缕茶香，还令我心中充满芬芳。

1994 年 3 月 6 日星期日

# 春冰

春水中,浮动着春冰。

整个水面结成冰板,在我看来,犹如本是清亮的眸子,却盖上了浊翳。但那是严冬的癖好,唯有大雪降临时,冰面覆雪,那硬冷的面目,改变为柔和的韵律,稍慰心臆;不过融雪的日子里,冰面往往又变得坑洼不平,雪消冰在,色灰颜粗,望去更令人心里发堵。

冰化水活春消息。但初春的漾漾绿水中,往往浮着些残冰。那些小块的,形状不等的残冰,犹如少女脸上的雀斑,在我看来,实在是焕发着比春水还要浓郁的春氲。

春水中的春冰,边缘往往是薄而透明的,给人一种婴儿小舌的稚嫩感,仿佛在舔着春水,享受着母怀般的温暖呵护。

水汽是水的缕缕精魂么?那么,冰是什么?是水的冬眠?水的沉思?水的诡谲,还是水的愚钝?但春水中的春冰却超乎氤氲水汽、溶溶水流和板结冷冰,它是水的诗吗?那么玲珑剔透。是水的仙子吗?那么晶莹秀美。是水的梦境吗?它难以持久,在消失后却能留下那么多朦胧的倩影,令人回味,惆怅而又欣悦,百感交集而又心皈淳朴。

常常地，徘徊在初春的水边，伫立在春池侧畔，凝视那浮动的残冰。那些小块的春冰，甚至于当着你的面，缓缓地，其实又是刻不容缓地，从边缘到当心，融化到春水里。那景象，昭示着什么？象征着什么？预告着什么？警策着什么？全凭你当时的心境，你的想象力，你的理念，你的意识潜流和难以解释清楚的种种微妙因素了。

我爱春冰。这是短暂的爱情。

有时，忽如一夜春风来，第二天，所有的冰面都已彻底开化，弯动的倒影中，寻觅不到春冰。春天一步到位，春水一汪爽亮。我的春冰姑娘啊，你在哪里？你不曾诞生么？你只是往春在我心中勾出的一个幻影？只是明春预支给我的一个企盼？

我失恋了，踽踽彳亍在没有春冰的春水边，不会非常地痛苦，却一定非常地忧郁。我的人生，已经历了很多的四季变幻，时空的、生理的、心理的、情感的、非理性的、神秘的、无可言说的。在“冬”“春”的转换中，我渐渐变得敏感，却又愈加平静，细琐精腻，却又全凭直觉。我盼冰面融化，我欲春水溶漾，却又不愿没有一种必要的过渡。过渡之美，往往大于此岸和彼岸的风光。“冬”“春”的过渡，其美便在于春水中一度浮动着春冰，仿佛一杯散发着丝丝芳馥的威士忌中，有些个莹洁的冰块，令人陶醉、销魂。

春冰如禅。

我居然试图用文字，来传达心灵深处对春冰的一份情愫，一种憬悟，这是我的情不自禁，更是我的不自量力。

然而，读我文字者，盼你我会心，尽在不言中。

1995年绿叶居窗外，护城河中春冰浮动时

# 挡风席

不知不觉又一春。走到绿地，见园林工人正在拆除雪松一侧的挡风席。雪松比较娇嫩，不耐北京冬日的严寒，于是每到入冬前，园林工人便为每一棵雪松架起挡风席。挡风席一般是用三根木柱呈直角固定，挡在雪松的北面和西面。冬日西北风袭来时，雪松不仅不受寒飙的凌辱摧残，而且只要晴天出太阳，那从东面和南面射来的阳光，便会因挡风席加以拢接，使雪松能获得比其他没设置挡风席的树木更多的温暖。绿地中的那些油松侧柏，因为没有挡风席的呵护，凭自己的抵抗度过了严冬，耗丧了不少精气，因此虽未凋敝，却也绿暗青晦，必得在春风春雨中恢复一阵，方能转碧呈翠。雪松却只待挡风席一拆，立时鲜丽潇洒、摇曳多姿。

我注意到，园林工人细心地收集着固定挡风席的木料，显然是准备冬来时再用；可是那拆下的席片，却被他们不经意地踩来踏去。一问，果然，那些席片都将废弃。我弯腰观察那些席片，经过一冬与风霜雪霰的持久抗击，已然糟脆霉变，也确实再派不上用场。可是，细加端详，我却发现，那些席片的肌理中，似还有着未灭的脉息，是在慨叹自己艰辛的奉献，还是在艳羡将与春光嬉戏的雪松？我的胸口紧缩起来。

离开绿地，缓缓地往家里去，浮想的翅膀是沉重的，并不能联翩。先是憬悟到，自己譬如雪松，起码一度仿若雪松，其实是娇嫩任性的，却总以为风光归我，名正言顺，何曾思及有那挡风席在我西北两侧，拼力地为我抵御过风刀寒剑！自己在席后真是快活得不得了，伸卷自如、歌吟嗷啸、恣肆挥洒；或者也注意到了挡风席的存在，却嫌其古板老朽、碍手碍脚、絮絮叨叨、不能识趣……现在挡风席已然鞠躬尽瘁、弃无踪影，才忽怦然心动，悲从中来！三春晖固然难报，寒冬的呵护更恩重如山啊！

又想到，从某种角度说，在某种程度上，自己是否也一度充当过某些雪松的挡风席呢？对于自己所捐弃的时间、精力，所承受的寒流、压力，是应该无怨无悔的吧？

看到那雪松甚至于并没有意识到我这挡风席的存在，由着他的性子活泼泼地生长发育，出落得珠翠美玉般人见人爱，占足春光，尽显风流，能生出要其知恩来报的念头么？能妒其春风得意而自叹烛灭烟消么？如果需要，只要“一席尚存”，还愿奉献那挡风的牺牲么？

有挡风席的雪松，是幸福的生命。

为雪松挡风的席，是生命的幸福。

1997 早春，写于绿叶居

# 池塘·瀑布·喷泉

不是讲三种自然景观,是讲凡人的活法。

人生在世,必有交往,交往之中,渴求情谊。其实凡人自有凡福,若论交友,还是凡人最易获得真友情。不凡之人,有时也会来交结凡人,仿佛瀑布挂崖,“飞流直下三千尺”,把凡人的生活,搅得浪花四溅,声喧于十里之外。凡人承受此殊荣,往往是始于狂喜,而终于疲惫。所以,自尊而知趣的凡人,往往会主动回避“瀑布之谊”。我有一旧邻李某,本是一区区公务员,一日忽有副部长乘“蓝鸟”驾到,使得杂院里的左邻右舍纷纷围观,李某夫妇在受宠若惊之余,不断为自家屋里的接待条件太差而自惭自愧。

那副部长倒真是礼贤下士,绝对地“入乡随俗”,断了簧的沙发也坐,粗粝的茶水也喝,又嘘寒又问暖,还兴致勃勃地与李某摆枰弈棋——原来副部长才从外省调京,家眷未到,星期天一方面欲深入下层,一方面自己是棋迷,听说李某得过部际棋赛冠军,所以欣然作“瀑布”式访问。没想到李某与之对弈大失水准,且全家处于尴尬境地。

他们的交往,后来未能持续,倒不是副部长架子增大,而是李某自己频频回避。

也有的凡人,上赶着去结交不凡之人,如喷泉之拼命上扬自己,宁愿化为散落的水珠,消耗精力殆尽,去换取与不凡之人亲近的快乐。我有一远亲邹某,在副食店工作。他特别崇拜一位笑星,有一回守候在举行大型演出的体育馆演职员出入口外,以“程门立雪”的精神感动了本是轰他走的保卫人员,替他进去求得了那笑星的签名。他在欣喜若狂之余,更以类似“要把牢底来坐穿”的气概,又一直等到散场,直至那笑星出来——他使笑星也不禁感动,在他要求下,那笑星又给了他一张签了名的名片,并同意与他合影……后来他照着那名片上的电话号码给笑星打去了无数次电话,每次那电话中都有一个录音带放出几句礼貌的言辞:“对不起……不在家……请您留下您的尊名和电话号码……”后来他就径直去笑星家,希图一见,结果门铃响后开门的保姆问清他何许人也后,便扶着门,客气地对他说:“……对不起……实在没有时间会见未经约请的客人……”说完便赐他一碗“闭门羹”。他呆呆地离去……回到家中,方恍然大悟——喷泉喷得再高,离星座也还远得很呢!从此他把那份感情,移到了同行业的一位业余相声演员身上,两人来来往往,十分亲密,后来他干脆就给那哥儿们捧哏,业余演出的“草台子”上是“难兄难弟”,平时你来我往建立了通家之好,其乐也融融。

到头来,友情,大体只存在于同一层面的人际间,如平静的池塘，映云影、生春草、憩瘦鱼、鸣小蛙，无瀑布之喧腾，无喷泉之艳媚，但温馨可人，历久不变，弥足珍贵。不凡之人，或跋涉于仕途，或应付于名利场，他们内心的求友欲望，甚至还要超过凡人几分，但他们即使不做“瀑布”去“礼贤下士”，亦不做“喷泉”去“更上一层楼”，只在与他们同一层面中的人士间觅友，其难度与脆弱度恐怕都大于凡人。因为官场上的同侪如过往太密，虽为私交，亦涉帮嫌，加以身负重任，时刻需检验对方是否确系“同一战壕中的战友”，并须随时防止“感情代替政策”，公心持重，私情自然萎缩；名流之间呢，自古早有“文人相轻”“同行是冤家”的说法，竞争的阴影笼罩于人际，虽不乏通力合作、珠联璧合的显例，以及互谦互让、相得益彰的美谈，但相互间十分松弛地不拘礼仪地倾心交往，却也并非易事——首先就没有那么多闲散的时间可以用来做“友情消费”。简言之，不凡之人，需“爱惜羽毛”“维护形象”，保持一定的神秘感和必要的光晕，不好自轻自亵，更不可让一般凡人窥知机密勘破法术，因此，他们即使与同一层面中的同僚、同行，也难得建立起凡人俗人庸人平民之间的那种无竞争无机密不设防不作态的友情关系。有时我们看到听到报刊广播电视里的名人说他们寂寞，那绝对是真话。凡人就往往不具有那近乎奢侈的“寂寞”和“孤独”。凡人在世，有许多艰辛之处，但凡人也能从人生中得到若干宝贵的补偿。凡人在享有来自同一层面中的朋友的情义方面，就远比不凡者优越。一是可以不那么费力地自然获得，二是往往能够坚韧持久以至伴随终生，三是无需注意保密无需设防无需特别地谦逊亦无妨任由性子发泄，四是一旦失去朋友断情绝义也酿不成“路线斗争”或什么什么坛的风波事件，无非小事一桩，于己无致命之伤，于社会更毫无影响。

因此我说凡人自有凡福，那福气便可喻为池塘之美。“水流平”的幽幽池塘的那一份安宁与温馨，确是瀑布与喷泉所不具备的！

# 树友

你的生活中自然会有树，什么树？就是你院中的树，或窗外的树，或你每天路过的街道上的树，或公园绿地的树，或田野山林中的树……大树，小树，古树，新树，落叶树，常青树，开花的树，无花的树，枝繁叶茂的树，瘦骨嶙峋的树，青春焕发的树，半枯发蔫的树，姿态优美的树，蠢然丑陋的树……是的，同你每天有意无意总要与这个那个人接触一样，你每天一定会接触到一棵以上的树。在你所接触的人里，有你的朋友吧？那么，在你接触的树里有你的朋友吗？

我的邻居老佟，有一天，我偶然看见他站在楼下绿地一隅，面对一株小叶枫，神态很特别，嘴唇蠕动着，我就过去招呼他："您怎么一个人站在这儿，自言自语啊？"

他回过神来，见是我，便对我说："怎么是一个人？我这不是在跟他说话吗？"他？他是谁？原来，老佟说的"他"，便是那株小叶枫。开头，我觉得老佟这么个行径，有点神经兮兮的，可是听他跟我细讲了讲，我就很服膺他的作为。

我们中国的文化传统，很讲究"天人合一"，西方人，现在也很讲究环境保护，不管从哪个角度来讲，我们人和自然界，尤其跟动植物都应是一种亲和的关系。老佟说,不要总是麻木地对待我们生活里所见到的这些树,光是笼统地觉得它们好,绿得可爱,也还不够。他说,应当至少从那许多的树里,找出最能与自己心灵相应的一棵来,交一个树友。他就跟这株小叶枫,交上了朋友,常到“他”跟前,与“他”进行动情的交流,诉诉自己的感怀,诵诵古词新诗,而从小叶枫枝丫的摇曳、叶片的光泽、树形的变化、气息的氤氲中,他感到一种丰富的回应……他说,在这样的交往中,不仅身心俱畅,而且,有一种升华融汇于天地万物之中的快感!

现在,我也有了自己的树友。

即使仅仅作为一种小小的生活情趣吧,我也建议读者诸君,都从日常所接触的树木里,找出一株自己最喜欢——起码是最顺眼的,当作朋友,哪怕是仅仅在路过时格外地对“他”多关注几眼,那潜在的好处,也是妙不可言的!

## 给心房下一场雪

人生途程，难免遭遇干旱，有炎夏的干旱，也有冷冬的干旱，相比而言，冬旱更令人气闷，会导致心房里淤塞着猬刺般的焦虑，这时候，你该自觉地，给自己的心房下一场雪。

是的，人们都在说，现在进入了一个竞争的年代，每个人都该不畏竞争，勇于投入竞争，争取在竞争里成为赢家，跻身于所谓“成功人士”行列——这些话并没有说错，但说得并不全面、并不准确，全面而准确的说法，应该在强调竞争、奖励赢家的同时，还必须强调要建立起保障。因为并非违反了竞争规则，而成为弱者、输家的那些社会成员，他们也能获得为人的尊严，并享有社会财富基本配额的权利。这是在竞争的旱季里，整个社会应该落下的透雨、飘飞的瑞雪。

但我们自己，不能只是消极地等待社会的雨雪，我们自己，要在心房里给自己下一场雪。那飘飞的雪花，以自知之明凝成，也就是，不要对自己苛求，不必在竞争中给自己定下那么高难的名次指标，需深深地懂得，冠军、亚军、季军固然可喜可贺，能跻身前八名也相当荣耀，而能在前一百名里，亦足可自豪；就是仅仅及格，只要自己尽了心努了力，也无妨为自己干上一杯！

那心房里的雪花，如自然界的雪花一样，营造出一个洁白的世界，去掉嫉妒，摒弃狭隘，对他人的成功，只要那确是其努力的成果、才智的发挥，即使不必为之鼓掌欢呼，也大可一旁为其高兴。深知这世界不可能人人第一，个个拔尖，不可能一律成功，不可能统统获得等量的财富与名声。差别是永远存在的，层次是难以抹平的，我们所应感到义愤填膺、坚决反对的，是不在一个起跑线上开跑，是竞争规则的不合理，是竞争过程里的不公平裁决，是黑箱操作、违规乱来，而并不是冲过终点线有先有后，以及社会对先到者的奖励。这样的心房雪花，能使我们化解掉因落后而生出的焦虑，使我们经过一段拼搏后，能接受呈现于面前的，不那么令我们满意的现实处境。

人生对于我们，只有一次。个体生命不能脱离群体而生存，而群体共存的较佳规则，是公平竞争，这是我们应该认同，并投身其中的，人类的文明积累，也因此而日渐丰厚；但我们生存的意义并不仅仅局限于此，我们还应自觉地享受群体竞争之外的人生乐趣，那是超越名次地位，超越学历职称，超越金钱财富，超越所谓成功与失败的界定，超越他人的评价，并且也超越自我评估的。那至为宝贵的，属于自己的人生乐趣之一，也是给自己的心房来一场白蝶飞舞般的瑞雪，那些雪花可能是亲情、友情、爱情的回味，可能是童年往事的追忆，可能是生命历程中许多琐屑却璀璨的闪光点，可能是唯有你自知自明,或者竟暧昧莫名的某些隐秘情愫……

不要喟叹人生途程中遭逢冬旱,快,快在自己心房里下一场滋润生命的瑞雪吧!

# 我是怎样的一个瓶子

去冬在北欧访问，偶然读到了现定居德国的台湾女作家龙应台的一篇文章，题为《一个装满了中国中国中国的瓶子》，那文章讲到有从中国大陆去德国和奥地利访问的文化人，在她接待他时，不管什么时间、什么场合，那被接待者总絮絮叨叨地跟她讲些有关中国大陆政局的事情，似乎除了那一话题，他心里头再无别的存在。其中有一个细节是：龙应台陪他去参观某处市容，正兴致勃勃地给他指点：那边便是卡夫卡的故居……他却充耳不闻，亦视而不见，只是缠住龙应台问她对中共"十四大"的新班子作何感想？龙应台因此很不以为然，龙应台说，她发现不止一个中国文化人已成为"一个装满中国中国中国的瓶子"，那瓶子被单一的意念塞得满满的，简直再没有容纳别的东西的空隙，而且所谓"中国中国中国"的意念，在龙应台看来，全是"政治政治政治"。她对这样的文化人非常失望，她觉得一个中国人如比喻为一个瓶子，瓶肚里当然不能无中国，但不能光是"中国中国中国"，尤其不能光是"政治政治政治"，她很惊异于一个中国文化人怎么会对卡夫卡故居漠然到那种地步。她以为一个中国文化人也应是一个世界文化人,应是一个既装有中国更装有世界的“瓶子”,而且那“瓶子”里应该装有更多对人类文化积累起过作用的例如卡夫卡那样的人物的名字,不必塞满了当前政坛上的这个那个的名字,尤其不必一天到晚在那里臆测谁谁会怎么怎么样……

读完龙应台的文章,我不禁莞尔。龙应台虽然近些年也来过大陆,我与她也有过一面之缘,但她与大陆文化人之间的隔膜,是厚重的、难以穿透的;其实她自嫁给欧洲人定居德国以后,对她生长与成名的台湾,亦已渐渐生疏。前些时台湾的一位作家来北京,我问他龙应台的文章现在在台湾发表得多不多,他说已不多,因为台湾变化得也很快,即使议论台湾,龙应台也在渐渐失掉资格。细想起来,龙应台的“瓶子论”尽管尖刻,而且很可能她与那位同临卡夫卡故居的大陆文化人之间存在着误会,但她倒也戳中了一些(包括我自己在内)大陆文化人心理结构中的弊端。我们的确常常把自己的思绪过分集中于既大而又并不得体的问题上。求大,往往便会显得空;如果不空,又往往过于沉重,超过了一介书生能负载的程度;并且因为所焦虑的问题往往大大超出了自己的专业范畴,因此后果是既解决不了问题,又丧失了在本行业中的优势。我去北欧访问,第一站是挪威奥斯陆,应邀住在奥斯陆大学东亚系主任何莫邪教授家中。何莫邪是德裔人士,他的夫人则是丹麦人,因此在他家里我们听到的那些外国语便都非挪威语;

何莫邪精通希腊文，但他主攻汉语，是汉学教授，“何莫邪”便是他以音近原则为自己取的汉名。我笑说他应是一女士才对，因为根据中国古籍记载，干将为雄，莫邪为雌，因此他是一柄“雌剑”。他笑说前面有一“何”字，所以语意可解释为“哪里是莫邪？”因此便“负负为正”，归回雄性了。

在何莫邪那间地下室中，我们言谈极欢。当然他也难免问几句中国的政局，我亦少不了跟他说“十四大”明确了进入市场经济的方向，但我们双方都自觉地意识到，各自绝非可以代表更绝对不能左右中挪两国政府的关系，因此我们便很快进入“书生议论”。我跟他讲到对20世纪初挪威表现主义绘画大师蒙克心仪已久，他说将派他的助手第二天陪我去蒙克画廊观赏那里珍藏的原作，并建议我看完蒙克再去看雕塑大师维格兰的一组园林巨作，其中最主要的是由无数个人体构成的“生命之柱”。我知道他的汉学专攻方向是先秦文献，并以研究《韩非子》而名声卓著，并知他有一极为偏激的观点，就是认为佛教传入中国后，汉文化便趋向紊乱以致衰落，终至“无足观”地步，因此便有意问他是否全然不读中国现代、当代的白话文？他便拿出大量私藏的丰子恺著作和画集让我翻阅，说现代、当代中国文化人中他独钟情于丰子恺，且有专门的论文论丰氏的艺术境界，我便笑他何以如此自相矛盾，因为丰氏后来皈依佛门，画中充满禅意，不是佛教东传败坏了汉文化么？怎么又把丰氏作一“败坏”中的例外？他便笑谈问题不那么简单,需坐下来细细商量。

早有多次出洋的朋友跟我传经:“你无妨同国外的学者谈论最大的问题,而千万不要轻易地同他们议论具体的小问题;因为大而空好应付,且可频占上风,精而细我们便难免露怯,起码将非常之吃力!”果然,泛论“中国是否会越来越开放”容易,一旦何莫邪问我:“你觉得中国人讲话里的插入语为什么总体来说比较少,而英语里的插入语就那么常见?这反映出了怎样不同的民族文化心理结构?”我便顿觉没词儿;但当他问我“地下”这两个中国字重读和轻读的意义区别时,我倒能细细地告诉他:“重读时,如‘地下铁道’,‘地下’指地表层下面;轻读时,如‘针掉到地下了’,则‘地下’指紧贴着地表层上面。”他说正在写一部书稿,帮助欧洲人学习汉语,里面有一章是专门讲汉语发音的重读和轻读所形成的含意差异的。学问抠得这么细,确是瓶肚子里只装着“政治政治政治”(或改为只装着“下海下海下海”“赚钱赚钱赚钱”)的文化人们难以顾及的。在丹麦哥本哈根,哥本哈根大学东亚系汉学专业的一位女士,名叫朱梅(自然是她为自己取的汉名,本人系一金发碧眼的正宗丹麦女郎)陪我四处参观,她的研究题目是《最早到达丹麦的中国家庭》,不算冷僻,但她那位德籍男友,是从德国海德堡大学来的,所撰写的博士论文题目可够让我吃惊的了——《中国汉字里究竟有多少个表示烹调的动词?》老实说,我吃了半个世纪的中国饭菜,学会认中国字也总有四十多年了，又已发表了四百多万字的作品，却实在回答不出这个问题；可是朱梅那位男朋友偏递给我一张类似“盖洛普测验”那样的答卷，要我不查字典顺手写出一系列有关的动词，结果我当时只写出了“炒、煮、烧、炸、蒸、焖、熬、涮、烤、烩、煎、炖”十二个，他看了以后非常感谢我，说已从遇到的华人中回收了大约二十几份这样的答卷，如果凑足一百份，则可用电脑统计一遍，看哪些动词最深入人心，说是可以从中发现中国人的饮食心理；说完又细问我“汆”和“焯”是怎样的意思，边听边打开笔记本细细地记录下来。

在瑞典斯德哥尔摩，一位汉学界权威对我说，他极欣赏几位70年代末出现于中国诗坛的现代派诗人，他们的诗才令他钦佩。他自己动手翻译过他们的不少诗，与他们的私人情谊也甚笃，但令他困惑的是，当他向这几位诗人推荐上半世纪例如冯至、卞之琳所写的现代派风格诗作时，他们竟无动于衷，他们连卞之琳的名句“你在桥上看风景/看风景的人在楼上看你/明月装饰了你的窗户/你装饰了别人的梦”都不知道也不想知道，言下之意，是这几位诗人未免是一个个装满了“自己自己自己”的瓶子。装满了“中国中国中国”的瓶子和装满了“自己自己自己”的瓶子，看来都容易招人訾议；当然，自己的瓶子装什么，别人不好强求，无妨“我行我素”，但要想成为一个既体现中国民族特色又深入世界文化和人类共识的“瓶子”，当然还是不要用单一的东西填满肚为好。

其实就个体生命这个“瓶子”而言，更要紧的是必须装有属于自己独特性格和见地的东西。我是怎样的一个瓶子呢？自己不好做鉴定。在北欧访问了一个多月，频频接到德国海德堡大学发出的邀请，校方的信函、电传、电话从斯德哥尔摩一路追到隆德，追到哥本哈根和奥胡斯，言辞恳切，情真意挚，让我一定顺道访问德国，费用他们全包，可以从德国再返回瑞典，也可以从德国直接回到中国，但我已经倦游，想到自己在北京那小小家庭的一窗温馨灯火，心头便幽幽然升起思乡意绪，因此便婉谢了；婉谢后才想起龙应台正住在海德堡，如果去了，恰好由她评定一下我是一个装着什么什么什么的瓶子，当然我也要冷眼静观她本人究竟是怎样的一个瓶子，这必定非常之有趣！

1993 年 2 月 1 日于北京绿叶居

# 湖畔静悄悄

初春,寒意还没有退尽。我竖起风衣领子,走进离家不远的青年湖公园。是星期一上午,公园里几乎不见游人。柳枝尚未泛绿,其他树木更仍是秃枝枯桠,湖水虽已解冻,但是北京春季常有的一种天气,说是晴天,有散射的淡淡日光,却难以找到太阳的踪影;说是阴天,确实阴乎乎的,但仰头又寻不出一片阴云,整个是一种灰灰蒙蒙的情调。景物都失去了立体感和层次感,纵使最乐观的人,在这样的天气里也会无端地忧郁起来。

在北京众多的公园中,青年湖公园确实是一个最无特色的小公园,除了附近的居民,恐怕难得有从远处专程前往的游客,何况星期一又是大多数附近居民都上班的时间。游客少,本在意料之中,但那天我漫步了好长一段路,竟始终没见到除我而外的第二游客,倒不由得从中产生了一种梦幻般的感觉,难道这一片灰蒙蒙的湖水,此时此刻只为我一人而存在?

忽然,远处湖岸边,一个瘦伶仃的身影闪进了我的眼睛。啊,到底还有另一游人!止步眯眼,把他望定。有点古怪!他好像弯腰把一样东西捅进湖里,随即又提上岸来……绝不像钓鱼或网鱼,也不像打捞什么东西,倒像是在涮一具拖把——我顿时心生不快,判定是公园哪一处所的管理人员,为打扫卫生,就把一湖的春水,当作了洗涮拖把的水槽;真得走上前去,给他提个意见:行不得也哥哥!

我款步沿着曲线的湖岸朝那人走去。渐渐近了,也渐渐看真切了,啊,他洗涮的不是拖把,要说是拖把,那也是一具秃头拖把——莫非是位精神病患者?在这静寂的春日,落寞的湖畔,我该怎样劝阻他终止这荒唐的举动,抚慰他那失落了理智的心灵?

我终于看清楚了。我止步凝望。原来,那是一位瘦瘦的老头,穿着时下早不流行的中式裤褂,头上戴着顶浅蓝色的旧毛线便帽,露出白发苍然的鬓角;他手里拿的是一根长及胸部的竹竿,竹竿头上裹绑着一团人造海绵,他将那竹竿伸进湖中蘸好湖水后,便在湖岸边的水泥护围上写起斗大的水字来——那水泥护围原来正好有均匀划分开的浅沟线,恰似一方方的灰纸,他敢情是在用一支"如椽大笔",一格格地练习着书法呢!

我为原先的胡猜乱想而惭愧。我不敢惊动专心致志的老人,且看他都书写些什么——

显然老人已书写了颇长一段"湖畔灰纸",有些字已然湮灭,有些字半干半湿,有些字仍然完整,我缓步埋头读去:"……悔复及,作书与鲂鱮,相教慎出入……"啊,是古诗《枯鱼过河泣》。又见:“采葵莫伤根,伤根葵不生。结交莫羞贫,羞贫交不成。”……原来,此公颇有古典文学修养哩!

我已然非常接近老人,老人却全然没有发现我,显然,他已沉浸在一种不仅忘我而且也忘人的特殊境界之中。因为我紧跟在他身后,所以他下面所书写的每一个字我几乎都能读出来;我发现,他渐渐不再书写完整的诗词,而只是书一些他精心挑选的句子——或者说是一些他漫不经心一任其自然从胸臆中流泻出的句子:“枝上柳绵吹又少,天涯何处无芳草?”“长恨人心不如水,等闲平地起波澜”,“雨中山果落,灯下草虫鸣”,“别来世事一番新”,“春到人间草木知”,“花落花开自有时”,“细算浮生千万绪”,“一钩新月天如水”……

他已经书写了多久?我跟随着观看,不过是手插衣袋地缓缓挪步,竟已有倦怠感,他却似乎仍有许许多多的精力,并不显得肌肉紧张、倾泻全神,而是从从容容、松松弛弛地在继续着蘸水、书写、移步、书写、蘸水、移步、书写……的工程,而这工程,朝后望去,正在一秒秒地湮灭无迹。朝前望去,湖畔弯弯曲曲,环行一周远未有穷期,难道他就总这么一个字一个字地书写下去,直至整整环湖一周么?

我不禁在湖畔一只长椅上坐了下来。老人渐渐远去,我的心却总想更贴近于他。我苦苦猜测:他这仅仅是一种退离休后消磨时间的方式?一种健身手段?一种精神嬉戏?抑或是纯然为节约纸笔和墨汁,苦练书法艺术?他是一位颇有名气的文化人、书法家？一位教授、学者？还是只不过是一位业余爱好者、一个最普通不过的退休职工？……

我听见了鸟鸣。我两眼朝湖对岸望去，我发现了零星的游客，以及并坐于对岸长椅上的恋人。这公园，这湖水，毕竟不仅仅为我，也不仅仅为这位神秘莫测的老人而存在。

我想我不妨再追随他，凑拢他的身旁，趁他歇笔的时候，同他搭讪，也许，竟可以与他对谈一时，打破我胸中的闷葫芦，现他一个真面目。于是我便又站起身来，快步沿着湖边走近了他，我低头注意他新写的字句，忽然吃了一惊："一叫一回肠一断，三春三月忆三巴"，然后，竟一格接一格地全是"一"："一、一、一、一、一……"我得承认，我对书法全然外行。我只知道笔画越少的字对于书法家来说越是一种功力的考验。"一"字是最难写得顺眼的，但我眼前这些个水写的"一"字，每个都不一样，却每个都顺眼，都仿佛是一幅意蕴无穷的图画！

我呆呆地立定在那里，凝望着一个个"一"字渐渐湮灭。我没有再尾随那老人，也不再打算去惊动他，并且也不再胡猜乱想。我转回身，沿着寂静无声的湖畔朝来路走去，我憬悟到，至高的境界如"一"般单纯。我为什么胸中总淤塞着那么多的杂念？我应该像这位老人那样地去投入，而不应白白地虚掷光阴……

1991年6月5日

# 有一株树

有一株树。有那样一株树。

不知名的树。不奇特。不是古木。也不是人们常常颂赞的那种树——被雷火劈了,焦了一半,另一半依旧倔强地伸展、发绿。它甚至于都没有被雷火单单选中的资格。是人行道边的一株树。一株行道树。很平常的品种。是一株馒头柳。它的枝杈,一律向斜上方伸出,无需特别修剪,从稍远处望去,树冠便有如馒头的形状。它的左边,它的右边,以及隔街相望的那些树,都跟它相似。它,它的伙伴,是春天绿得最早的树。近看不觉得,忽然有一天,乘公共汽车回家,下车偶一抬头,呀,那边街两旁的馒头柳,泛出一派如薄纱般的嫩绿!于是乎,心里似乎也茏茏葱葱的,有一派烟雾般升腾的春光。

有那样一株树。我从彼此雷同的一排树中能格外亲切地认出它来。我们有一种默契。每次走到它的近旁,我总不免停下脚步,静静地望着它,它也便默默地望着我。

我们都在默想,是都在默想生活的意义吗?

我并不常常摩挲它的躯干。正如它并不常常对我摇曳它的枝条。我们都忙。但我们有一种默契。我能动,能抬脚移动，我是动物。我动着的时候思维更活泼，更深邃。它不能移动。它是植物。但暮春时候，它扬出的柳絮，纷纷然向上飘，向左飘，向右飘，向两侧向四方飘，却绝少向下坠落，它的思维，难道会枯涩，会薄吗？我常常想，如果我像它一样，只作为一株最平常的行道树，不起眼地排列在彼此雷同的树列中，日复一日，年复一年，我能够心平气和吗？能够心旷神怡吗？

我又常常想，如果它像我一样，混迹在彼此也颇雷同的人群中，在公共汽车中挤成一团，在办公室中从同一只热水瓶中分水喝，在会议中发言和听别人发言，它能够兴致勃勃吗？能够其乐无穷吗？

暴风雨袭来时，我把我的脸贴到楼窗上，透过濡湿的玻璃，我看到混成一片的长龙般的馒头柳树冠在扭动、在挣扎。我能判断出哪一处恰是它的树冠，既不特别痛苦，也不特别镇定。我知道，我知道有那样一株树，一株同我有着不可言喻的默契的树。

馒头柳是叶子落得最晚的树木之一。秋天，干落的叶子在风中立着旋转，仿佛无数跳着芭蕾的精灵，但另有许多枯掉的叶子依旧立在枝条上，并且保持着夏天的表情。街上所有的植物都只剩下光秃秃的枝丫了，唯有馒头柳，带着一头枯枝，迎向冬天。雪花飘下来，缀在它的枯叶上，显得格外触目。每当这种时候，我也总要在我认定的那株树前驻足。我觉得它作成了一首好诗。于是我觉得我也无妨作诗。

这并不是狂妄。

有一天我乘公共汽车回来，一下车，心便被无形的铁钳夹紧。望过去，那边人行道上，有一株树被撞断了，倒伏于地，是一场车祸的后果。我急忙奔了过去。不是。不是它。是另一株。心仍然在痛，但也升腾起一种莫可名状的命运感。并不是它。因此构不成一个完全的悲剧。我站在它的面前，背后不远处是那株被撞断的树。它站在我的面前，我挡住了那株被撞断的树。我们都自私，不是吗？我们意识到这一点以后，都脸红了。

几天后，那株被撞断的树被移走了，根须也被掘出。又过了几天，那里栽上了一株新树。它比前后的树都细，因而它具有了一种特色，因而不可以说那一排行道树都彼此雷同了。它的枝杈似乎更其光润，它的细叶也似乎更其鲜碧，但我仍然最爱我以往无形中选中的那株树。

1987 年 3 月 19 日写于北京绿叶居

## 怒绿

那绿令我震惊。

那是护城河边一株人腿般粗的国槐，因为开往附近建筑工地的一辆吊车行驶不当，将其从分叉处撞断。我每天散步总要经过它身边，它被撞是在冬末，我恰巧远远目睹了那惊心动魄的一幕。那一天很冷，我走拢时，看见从那被撞断处渗出的汁液，泪水一般，但没等往下流淌，便冻结在树皮上，令我心悸气闷。我想它一定活不成了。

但绿化队后来并没有挖走它的残株。开春后，周围的树都先后放绿，它仍默然枯立。谁知暮春的一天，我忽然发现，它竟从那残株上，蹿出了几根绿枝，令人惊喜。过几天再去看望，呀，它蹿出了更多的新枝，那些新枝和下面的株桩在比例上很不协调，似乎等不及慢慢舒展，所以奋力上扬，细细的，挺挺的，尖端恨不能穿云摩天，两边滋出柔嫩的羽状叶片……到初夏，它的顶枝所达到的高度，几与头年丰茂的树冠齐平，我围绕着它望来望去，只觉得心灵在充电。

这当然并非多么稀罕的景象。记得三十多年前，一场大雷雨过后，把什刹海畔的一株古柳劈掉了一半，但它那残存的一半，顽强地抖擞着绿枝，继续它的生命拼搏，曾给住在附近的、大苦闷中的我，以极大的激励，成为支撑我度过那些难以认知的荒谬岁月的精神滋养之一。后来我曾反复以水彩和油画形式来刻画那半株古柳的英姿，可惜我画技不佳，只能徒现其外表而难传达其神髓。进入改革开放时期，我曾在大型的美术展览会上，看到过取材类似的绘画。再后来有机会到国外的各种美术馆参观，发现从古至今，不同民族的艺术家，以各种风格，都曾创作过断株重蹿新枝新芽的作品。这令我坚信，尽管各民族、各宗教、各文化之间存在着若干难以共约的观念，但整个人类，在某些最基本的情感、思考与诉求上，是心心相通的。

最近常亲近丰子恺的漫画，其中有一幅他作于1938年的、题有四句诗的素墨画："大树被斩伐，生机并不绝。春来怒抽条，气象何蓬勃。"这画尺寸既小，所用材料极简单，构图更不复杂，却是我看过的那么多同类题材中，最有神韵，最令我浮想联翩的一幅。是啊，不管是狂风暴雷那样的天灾，还是吊车撞击那类人祸，受到重创的残株都"春来怒抽条"，再现蓬勃的气象，宣谕超越邪恶灾难的善美生命那不可轻易战胜的内在力量。丰子恺那诗中的"怒"字，以及他那墨绘枝条中所体现出的"怒"感，都仿佛画龙点睛，使我原本已经相当丰厚的思绪，倏地提升到了一个新的高度。

今天散步时，再去瞻仰护城河边那株奋力复苏的槐树，我的眼睛一亮,除了它原有的那些打动我的因素,我发现它那些新枝新叶的绿色,仿佛是些可以独立提炼出来的存在。那绿,是一种非同一般的绿,倘若非要对之命名,只能称作怒绿!是的,怒绿!

那绿令我景仰。

## 绿阴深处吟诗亭

公园里有很多的亭。湖畔的琉璃瓦攒尖顶大亭子里，几乎每天上午都有老年歌友在那里引吭高歌；月季园里的扇面亭，则每逢周三、周六必有喜好昆曲京剧的人在那里吹拉弹唱；枫树林边的西洋亭，每到傍晚会有舞迷自带录音机，放送出百听不厌的圆舞曲，然后一对对忘年的人们随着旋律翩然回旋；荷塘边嵌在回廊里的八角亭，总有许多鸟迷棋迷聚在那里，或将各自鸟笼挂在亭廊檐下，交相欣赏，或在廊里亭外摆开棋秤，对阵围观……当然，这些亭里亭外的景象，虽都喜人却并不稀奇。

在公园深处，在一座翠绿的小山坡上，几株高树掩映着一座茅草顶、竹结构的小圆亭，每逢周六和周日下午，从那里，会传出齐诵古诗的声音。所吟诵的几乎都是清丽温馨、简洁易懂的绝句："泉眼无声惜细流，树阴照水爱晴柔。小荷才露尖尖角，早有蜻蜓立上头。""涧水无声绕竹流，竹西花草弄春柔。茅檐相对坐终日，一鸟不鸣山更幽。""蓬头稚子学垂纶，侧坐莓苔草映身。路人借问遥招手，怕得鱼惊不应人。"……

常有感到意外的人，循那吟诗声，顺着曲折的小径，漫步到那坡顶，于是他会看到，吟诗的人数虽然不多，也就五六个，至多八九个，但居然老少青三辈皆有，最小的，甚至还是学龄前的模样；他们或坐或倚，神态怡然，无论走去旁观的人是指点嗤笑，还是默然聆听，他们都管自吟诗；倘若有人被其感召，参与进去，随声吟诵，他们当中或许会有人对之报以微笑，却很少与之对话；有时想参与的或不想参与的接近他们，想问他们点什么，他们多半是笑而不答，仍是从容不迫地，在一首吟完后，略作停顿，便另吟一首；于是那些古人笔下的流金佳句，又悦耳抚心地响起："迟日江山丽，春风花草香。泥融飞燕子，沙暖睡鸳鸯。""不向东山久，蔷薇几度花。白云还自散，明月落谁家。""月到天心处，风来水面时。一般清意外，料得少人知。"……

刚听到他们吟诵的人，一时只能听出个别字句，并不一定能听懂整首诗的内容，但他们那字正腔圆、基本齐整的吟诵，总能把那古诗的平仄韵律极其优美地，如同清泉濯心般地，注入敏感者的灵魂，使其不禁朝他们身边靠拢，以便更准确地了解那些诗句的含义。在接近了他们，并仔细观察后，便会发现，有一位面目清癯、精神矍铄的老人，是领吟者。他们所吟的诗，有的，可能是以前已经背熟的；而新出台的诗，是竖写在宣纸上，大概五六首，每页纸上一首，那书法是瘦金体，每个字也都面目清癯而精神矍铄。吟诗时，那书有诗句的宣纸，便用吸盘钩子，暂时挂定在亭柱上，对诗句不大熟悉的人，吟时便望着那书好的诗,大家都吟熟了,再翻过一页,吟下一首新诗;那抄诗、领吟的老人,似乎也并不对诗加以多少讲解发挥,而合诵的人们,特别是学生、孩童,他们往往仅是牙牙学舌,有的肯定并不十分清楚所跟吟的究竟何意,但他们都显然是沉浸在了一种朦胧的美感——甚至可以说是快感之中。仔细听他们所吟诵的诗,特别是看清那老人用瘦金体抄在宣纸上的诗句后,凡多少有点文化的人,都会想:啊,咱们的祖宗留下的这些句子,确实再用不着什么讲解,那平易而又深邃的诗意,正如黄河长江之水,越过悠悠岁月,直流淌到我们一代又一代人的血管里……

一个时常陷于焦虑的中年男子,难得地跑到公园里转悠,歌友们的歌声,舞友们的身影,戏迷们的腔调,鸟友棋友们的姿态,竟然都令他更加忧郁、烦躁,但是,当他极其偶然地走过那座小山坡,和风从绿阴深处的山坡圆亭把合诵的古诗传送到他耳蜗中:“长安市上醉春风,乱插繁花满帽红。看尽人间兴废事,不曾富贵不曾穷。”“古木阴中系短篷,杖藜扶我过桥东。沾衣欲湿杏花雨,吹面不寒杨柳风。”……

他顺着小径,弯到坡顶,见到那一群可爱的吟诗人,并且看清了用瘦金体抄出的诗句,那情景,那氛围,特别是那些诗句的魅力,令他怦然心动;他倚着一株金合欢,觉得有一柄无形的拂尘,拂去了他心上的积灰,在夕阳斜照中,呈现在他眼前的树木花草都更加明艳清纯……他没有参加吟诵,他缓缓地下了山坡，徐徐地出了公园。他知道那些优美的古诗并不能解决他心中的那些引出焦虑的问题，然而，他抑制不住一种忽然勃发的冲动，他没有回家，而是赶往了夜里九点钟才关门的一家大书店，在那里，买下了一册他过去有过，却不曾珍惜，早已不知扔到何处，并且此前从未怀念过的《唐诗三百首》……

一位因婚姻破裂，特别是在孩子问题上心疼如煎的女士，是在情绪最低落，甚至有轻生念头时，也是极其偶然地，被吸引到那绿阴深处的吟诗亭的。她在极度苦闷中，喟叹人间温情的匮乏，怨艾社会人情的浇漓，可是，忽然有那样一些温馨柔美的诗句飘进她的耳朵，落入她的心窠："春有百花秋有月，夏有凉风冬有雪。若无闲事挂心头，便是人间好时节。""金陵津渡小山楼，一宿行人自可愁。潮落夜江斜月里，两三星火是瓜州。""律回岁晚冰霜少，春到人间草木知。便觉眼前生意满，东风吹水绿参差。"……不是因为那些诗句的具体含义，而是因为那吟诵中所传达出的，一种宝贵的人间情怀：对大自然的亲和，对他人的尊重关爱，对自我的肯定鼓励，对美好事物的眷念不舍……她走进了亭子，挨着一位怀里揽着稚子的女士，在亭栏上坐了下来，这时吟诗者们正吟一首新展示出的七绝，那挂出的宣纸上写明："独上江楼思悄然，月光如水水如天。同来玩月人何在？风景依稀似去年！"她随着吟诵，那最后一句尚未吟完，泪水便一下子涌出了她的眼眶。她没有去掏手帕，这时，旁边的同代人非常自然地，腾出一只原是抚弄爱子的手，轻轻地，握住了她的手，她感到有一种莫可名状的电流，倏地令她的灵魂一撴，她便以紧紧地回握，传递出发自心底的感激……她们并没有马上对话，因为那位领诵的老人，撇开当日新拿来的诗帖，又引领着大家温习一些久已融入魂魄的千古佳句："人闲桂花落，夜静春山空。月出惊山鸟，时鸣春涧中。""山中何所有？岭上多白云。只可自怡悦，不堪持赠君。"……

绿阴深处的吟诗亭，那吟诗的情景，以及所包孕的许多故事，渐渐地，本身也成为了一首诗……

我有两个故乡——一个是祖籍四川，一个是自八岁定居后再未离开的北京。

我落生于成都，在重庆度过了童年。这样我自然是既会说四川话，也会说北京话。普通话虽然以北京话为基础，却不能画等号。一些从南方来北京工作的人能说普通话，却并不会说北京话，甚至听不懂某些北京土话；就是北京土生土长的年轻人，有的也已经听不大顺老一辈的北京土话，比如"老鹰（爷）儿偏歇（西）啦"是"太阳快落山啦"的意思。三十多年前我在中学当老师时，跟传达室的葛大爷对话时常常挂在嘴上，现在我若不跟我儿子解释，他就闹不清那是在表达个什么。但是，四川话跟北京话属于同一个语系，二者的亲缘关系，可以找到许多的例证。比如七言四句的竹枝词，至少一千年前就诞生于四川了,却又在一两百年前盛行于北京。唐代诗人刘禹锡就写过不少竹枝词,比如我们非常熟悉的:“杨柳青青江水平,闻郎江上唱歌声。东边日出西边雨,道是无晴却有晴。”有人考出,竹枝词这名称的由来,是当年民间的吟唱者要在每句之间加进垫音,那垫音便是“竹枝、竹枝……”刘禹锡则说:“里中儿联歌竹枝,吹短笛击鼓以赴节。”我小时就学会唱四川民歌:“太阳出来(罗儿)喜洋洋(欧),(郎罗),挑起扁担(郎郎扯,光扯)上山冈(欧)……”下面两句去掉垫音是:“手里拿把开山斧,不怕虎豹和豺狼。”后面还有两段。我觉得,这样的现代民歌,很显然是跟古代竹枝词一脉相承的。

明、清两代,竹枝词不仅在北京俗众中盛行,也有不少文人墨客对其感兴趣,甚至热衷于写作竹枝词。这风气在民国初期仍未消退。大量的竹枝词记录了身历者对当时京城市民生活的印象,具有可贵的史料价值。清代北京市民“宣武门前看象房,慈云寺外坐冰床。逛来二闸无多日,丫髻山头又进香”,很会忙中找乐。

繁华之地大栅栏“画楼林立望重重,金碧辉煌瑞气浓。箫管歇余人静后,满街齐响自鸣钟”,但一般俗众平日逛不起那类地方,他们的生态是“零星货物满天街,黑市才收小市开。茶馆门前收古董,又邀隆福寺中来”。那时造福民众的市政建设十分简陋,“马蹄过处黑灰吹,鼻孔填平闭眼皮。堆子日斜争泼水,红尘也有暂停时”。同是女人,“名门少妇貌如花,独坐香车爱亮纱。双袖阔来过一尺,非旗非汉是谁家?”而“贫家妇女满胡同,蓝布衫名‘一剪穷’。斜截凉簪歪挽髻,清晨大半发蓬蓬”。清代著有《桃花扇》那样大部头传奇的孔尚任,也写过《燕九竹枝词》,其中一首是:“金桥玉洞隔凡尘,藏得乞儿疥癞身。绝粒三旬无处诉,被人指作丘长春。”这就展示出了社会最令人揪心的一面。

许多竹枝词还生动细致地描绘了北京的民俗土产、娱乐方式,有的以竹枝词形式记录时事、针砭时弊、讥讽贪官、抨击颓风。竹枝词的写法,比打油诗注重“画面”和“色彩”,但比起典雅的格律诗来,则较为鄙俗随意,但它朗朗上口,令人感到亲切、自然,在当时常常转化为数来宝、子弟书、莲花落、什不闲等曲艺演出的唱词,故而流布广泛,渗透到市民生活的意识、情感深处,是不应对之忽略、歧视的一种通俗文艺门类。我以为,竹枝词这种形式,即使在进入到微电子时代的今天,也未必就没有它偏存一隅的空间。正是:世纪更迭新潮炽,人人争诉创新志。新枝原从老根发,期待新翻竹枝词。

## 吉凶不在鸟音中

莲姊来电话，说窗外几只灰喜鹊正落在杨树枝上喳喳欢叫，让她心情非常舒畅，还把话筒举向窗边，然后问我听到了没有。她曾对我说，她要把生活中舒心的事情尽量放大，同时把败兴的事尽量缩小，喜鹊叫她觉得很吉祥，乌鸦叫她却不去往凶兆想。她是利用喜鹊欢叫调节自己的心理呢。

莲姊的“闻鹊道吉”，可以算是一种“小迷信”。这类的“小迷信”其实是一种自我心理暗示，社会上大多数人都有。即使是非常了不起的人物，在生命的某些小时段里，在某种特定的情境下，也可能会对卜测吉凶产生些许兴趣，试为占卜，姑妄听之，只要并不真正沉溺其中，不令其把科学理性的思维遮蔽搅乱，一般来说，没什么危害，甚至还能对绷得过紧的心理弦丝，增加些戏谑的弹性。

中国汉族人，没有统一的宗教信仰，而且其中很大数量的人士是无宗教信仰的。无宗教信仰，并不等于不能以良性的理念作为黏合剂，使个体生命与自然、天道、社会、群体融通。我们的历史传统里，有儒家、法家、道家等可以改造利用的思想资源，全盘接受与一棍子打烂都是不对的，应去其糟粕，取其精华，注入外来的营养，综合利用，使其焕发出崭新的光彩。忽然想到了《红楼梦》里的林黛玉，这是一个与贾宝玉在冲击封建礼教方面有着同样的反叛情怀，而且有些时候甚至比贾宝玉表现得更勇敢更决绝的杰出女性。她曾对贾宝玉说："死生有命，富贵在天，也不是人力可强的。"她引用孔夫子的八个字，听似消极，其实正是取了儒家思想中不信乱力神怪的精华，表现出面对生命逆境的超常冷静，这也成了她争取恋爱婚姻自由的勇气源泉。这个细节是曹雪芹写的。高鹗的续书总体而言我觉得糟糕，但他为林黛玉设置的两句对话却还可取。一句是："但凡家庭之事，不是东风压了西风，就是西风压了东风。"这句话为毛泽东激赏，用来比喻两条路线斗争，在 20 世纪 60 年代前后普及为大众语言，还曾出现过《东风吹》那样的歌曲。就林黛玉本身而言，能说出这句话意味着她对封建大家庭里的权利斗争"门儿清"，非常理性。另一句话是听到檐外老鸹呱呱的叫了几声以后说的："人有吉凶事，不在鸟音中。"

科学与理性，是人类文明的核心。科学仍在继续发展，人类确实还面临着许多当代科学尚未能破译的领域，未破译则产生神秘效应。人类的理性更有待展拓融通，未展拓融通则会令歪理邪说乘虚而入。有人打出"东方神秘主义"的旗号，不讲究精密的科学实证而热衷于模糊把握，不实行数字化管理而陷入含混敷衍，那是很危险的。据我所知，国外的一些大企业,甚至是我国香港特区的一些企业家,也有请“风水先生”,以“东方神秘主义”补实证科学之不足的,但那都只不过是像莲姊那样的“小迷信”,主要的意义还在平衡心理,以对付世界时局诡谲一面,而并不会像春都集团公司老总那样完全沉溺在了大迷信的旋涡中。看来春都集团实在该多多引进林黛玉那样的,有着“吉凶不在鸟音中”的健康精神的白领——当然,身体应该比林妹妹好——并让其进入领导层。曹雪芹有一回还写到,林黛玉跟贾宝玉私下议论:“咱们家也太花费了,我虽不管事,心里每常闲了,替你们一算计,出的多进得少,如今若不省俭,必致后手不接。”她还是个有统计学头脑的数字化管理人才呢!话茬还是回到莲姊那样的最一般的社会存在上,不管是离退休的,还在岗的工薪族,还是下岗的兄弟姊妹,以及一般的白领人士、在校学生,包括仍在农村的和到城市打工的农友,面对着确实有诸多未知数的生活现实,我们的心灵上一定要有理性的乔木,在这前提下可以容纳一点闻鹊生喜“小迷信”花草,但最好是能够有林黛玉那样的彻底唯物主义信念:“人有吉凶事,不在鸟音中。”任凭来自何方的邪种想往我们心灵里栽下大迷信的幡竿,都能自觉地加以抵制。

## 咀嚼蒲公英

那一天我心情沮丧，胸臆里淤塞的不痛快由许多零碎的遭遇组成，类似一些杂乱的堆得很高的干柴，而一个打给我的电话仿佛擦亮的火柴，蓬地燃起一股怒火。我冲出位于远郊村落的书房，疾行在田野里，忽然脚下被什么东西绊了一下，身体趴跌在野草丛中，幸好那片野草下面的土壤很柔软，只是吃了一惊，身体并未感到疼痛。我双眼本能地紧闭后，又本能地大睁，于是，我看到眼前的一株蒲公英，正因我跌下所产生的气流而飞散。

我此前从未如此近距离地观察蒲公英的飞散。我觉得眼前就像宽银幕电影上的特写镜头一样，那蒲公英绒球的每一个细节都纤毫毕露，那些互相对称的绒头细种有的已经飞起，有的正在脱离，有的微微打颤正待脱离。它们被逆射的夕阳照得透明，顶端的绒翅极其优美，下部的细种仿佛在快活地旋转……我原是本能地抬颈观看，后来，我爽性把胳臂对折，用双拳托住下巴，放松身体，专心致志地欣赏起鼻前的蒲公英来。

那株田野上的小小蒲公英，在那个夕阳西下的时分里，给予了我极大的审美享受，望着它的四散飞升，我耳边仿佛有仙乐缭绕；更重要的是，它给我焦躁的心灵喷洒了一片甘霖，使我获得了宝贵的憬悟。原来，生活中的跌倒并非都是糟糕的事，有时候，跌倒所形成的停顿，更利于我们近距离地观察原来所忽略的事物，使我们得以咀嚼在烦躁焦虑中不能体味的人生三昧。

时间在迈进，生活在变化，世道令我们觉得有些陌生，问题接踵呈现在我们生活的各个环节，调节自我心态，以保持自己与他人、群体的和谐，随社会而进步，比此前的任何生命时段都更吃重。

我们都知道，要想身体好寿命长，吃饭时细嚼慢咽是一条最朴素最实在也最简单可行的真理。可是真正能履践这一信条的人却并不多见，往往是，宁愿在营养品上花大量投资匆忙吞服，却偏偏不能细嚼慢咽日常饭菜。由此想到，要想思想健康情绪乐观，对某些有启迪性的事物采取细嚼慢咽的方式，真正把其中的营养摄取充分，实在也很重要；一味地好高骛远、恨不能毕其功于一役地把所有自己所焦虑的问题一刀切净，到头来很可能是问题没能解决，而烦恼丝却陡增了三千丈。

和一些朋友、熟人交谈，个个都对腐败现象深恶痛绝，这当然是神圣的情感，只能浓酽不能淡漠。但解决腐败问题光凭义愤是不够的。更何况，有的人刚骂完贪官污吏，却又为了解决自己或家人的什么问题，宁愿用拉关系、送重礼的办法去走捷径,行之坦然,安之若素。对此就应该细嚼慢咽好生冷静地把问题消化一番。一个社会如果仅仅是有些官吏腐败,那还不是太可怕;一个社会若是普通人的行为方式也都含有腐败因素,那就太可怕了。因为痛恨腐败而产生出“一定要想方设法跟搞腐败的家伙斗争”,这样的普通人越多越好;因为知道很多腐败的人与事,于是产生出“他们都坏到那种程度了,我还洁身自好干什么?干脆也就别那么认真规矩算了”的想法,这样的普通人多起来,麻烦就大了。即使是手中无权的普通人,能不能也发誓反腐败从我做起呢?就是遇到与切身利益相关的事情,坚决不走门子,不拉关系,不送礼,不谄媚,不哀求,不怕邪,据理力争,依法力求,不得公平,绝不罢休。再细嚼慢咽这事儿,得出一个字:难。确实难。痛骂贪官污吏侵吞国库易,拒领自家单位小金库的违规私分难。也别怪自己和别人没出息,这里头有个建立健全好的“游戏规则”,即好的机制的问题。细嚼慢咽到底,就会觉得,好的机制,是一定能逐步建立和完善的。这个信心不是靠义愤建立的,而是靠深思熟虑获得的。

感谢引发出我如许思绪的那株蒲公英,它的绒球积蓄着饱满的生命力,它的每一颗细种都乐观向上,飞散的细种不失时机地随风远航,去顽强地追寻适宜生存的土壤,那飘飞旋转的韵律里没有沮丧和诅咒,只有自信与昂扬……总而言之,它抗拒霉烂腐败,延续发展,是由于启动着一个精微复杂的系统工程，那工程里的每一个部件都兢兢业业地履行着自己的义务，同时也轻轻快快地享受到生存的乐趣，最后达到的是整个族群的繁荣。咀嚼那蒲公英对我的启迪，已成了我近期最大的快乐。

## 有的珍爱只能轻抱

紧紧拥抱，在一个开放的时代是很平常的示爱方式，城市街头已随处可见。拥抱这种肢体语言，化解着心灵深处由孤独而生的焦虑，化合出因为生命间的依偎而涌的快感，但并非所有的拥抱都是越紧越好。有的拥抱，只能是轻柔的，必须非常地适度，那是一种安谧、娴雅的生命态势，最典型的例子，就是抱猫。

猫是与狗并列的，人类宠物的首选品种。相比而言，猫比狗更依赖于人类。猫从什么时候开始，把依赖人类供养当作了自己这一物种延续的重要的，甚至可以说是唯一的方式？从古埃及的文物可以推测出，那至少已有五千年以上的历史。

现在地球上已经很难找到真正意义上的野猫。我们现在所看到的野猫，几乎都生活在人居环境中，城镇、乡村中的野猫，实际是家养猫中派生出的弃猫，它们所依赖的食物，仍然主要是人类的唾余，完全生活在与人类隔绝的自然生态中的野猫，现在已经非常罕见。许多被动物学家分类划归为猫科的哺乳动物，包括猞猁、豹猫等，体积都比家猫大，像现在我们常见到的，其体积与人居宅所恰能相配的猫咪，在远离人居的田野山林里是几乎没有的。猫虽然有许多品种，体态间也存在许多差别，但跟狗一比，还是单纯多了——狗与狗之间的体态差别可以悬殊到令人咋舌的地步，所以像北京这样的城市有限养大型狗的法规出台。

田野山林中还有相当数量的野狗存在。狗也不仅只是宠物，在极地雪原中拉雪橇，在草原上充当牧羊犬，在人类狩猎时充当猎犬……狗是为人类服役的牲畜之一。马戏团节目单里必有驯狗这一项，而且狗的表演花样繁多，难度大，持续时间也可以比较长，驯猫则只有少数马戏团能够展示，而且猫的节目一般比较简单短促。猫捉老鼠算是为人类养育繁衍它这一物种的报答？但越来越多的现象是，当代宠物猫只吃猫饼干和猫罐头，有的见了老鼠甚感陌生，有的竟与老鼠嬉戏，视为玩伴。狗对主人竭力表忠，狗喜欢主人紧紧拥抱。猫却非常之傲慢，高兴了，或许会主动来亲热你，跟你玩一会儿，不高兴了，对不起，它一副对任何事物都不屑的表情，主人想抱一抱都不行，会狠命挣脱。猫有时会允许，甚至表示出喜欢主人抱抱它，但是你断不能紧紧拥抱，只能是轻轻地将它揽在怀中，柔柔地给它一个欲沾不沾的温吻。

宠物概念的确立、普及，宠物行业的兴起、繁荣，是社会生活与以阶级斗争为纲渐行渐远的重要标志之一。我在十几年前就在报纸副刊上开过《抱猫闲话》的随笔专栏，那样的文字延伸到今天，可以说是“布波族”即布尔乔亚加波希米亚情调的一种浸润,就是在市场竞争愈加激烈的生活氛围里,为都市“小资”布下些轻柔抚慰心灵的语丝。我以为,市场时代的不公平确实仍需黄钟大吕的警示,激昂的呼喊、紧紧的拥抱,也就是强烈的爱憎,仍应流动于为文者的血脉。我自己也在继续写跳脱于“小资”的,眼光朝向弱势生命的刚硬文字,但毕竟在多元的文化格局里,多几幅笔墨,既能紧紧拥抱,也会轻柔依偎,不是更好吗?

我就很想为我家的猫写一本书,表述这样的情怀:有的珍爱只能轻抱。没想到有人走到我前头了,这就是李靖女士推出的《你是不会说话的人——一个猫家族的故事》。只有在一个越来越能容忍“小资”,不仅容忍他们那追求闲适的生活情调,更容忍他们的温情柔肠,容忍他们暂时忘却世上还有那么多的苦难、不公,来絮絮地缕叙自家爱猫的情爱浪漫、生老病死,这样的社会格局里,才会出现这样一本别致的书。14 万温馨的文字里,还嵌有许多充满琐屑趣味的猫照,甚至其中有张照片只是一个小藤椅,说明那是猫咪莉莉曾经坐过的,说不定就会有“小资”读者为那一页的文图而鼻酸欷歔。

李靖写那么一本“猫书”的动机很单纯,我写这篇文章却心情复杂。我推荐李女士的书,同时,我盼望读者也能体味我那没有,也不必全说出来的意蕴。

# 告别一座垂花门

北京市要拓展东西贯通的“第二长安街”平安大道，这就必然要拆除一些旧建筑。去年年底位于东四十条77号的院门开拆，引来了一群手持摄影器材的围观者，其中既有记者也有普通的市民。到北京坐过地铁的人都知道，有个地铁站就叫东四十条——东四是“东城博路口的四座牌楼”的简缩称谓，我的一部长篇小说《四牌楼》就以之命名；四座华丽的古典牌楼(坊)已于50年代被拆除。东四北大街上有十四条齐整的胡同，是所谓“胡同文化”的典范载体，但其中的十条胡同在60年代业已有过一次“非胡同化”的拓宽，其中不少的四合院被削掉了三分之一，那77号院即其中一例。曾有出版社的青年编辑来找我为《胡同九十九》一书约稿。

她拿出一张徐勇拍摄的照片给我，问我能不能为照片上的那个“胡同四合院院门”配文。我一看便认出那正是东四十条77号的院门。我当即对她说，严格而言，那根本不是胡同四合院的院门；那是一座典型的四合院内的二道门，即垂花门。这种门的最大特点是有华丽的罩檐，罩檐下部突出的部分往往雕成垂落的西番莲样式。

它现在之所以成为当街的院门，是因为马路拓宽时，把那院子的外院"连锅端"了，故而它成了头道门。对于真正熟悉和钟爱"四合院文化"的人来说，望见它这样地裸露于大庭广众之中，就好比养在深闺的娇女强被拉出任陌生人围观，实在并不是一桩愉快的事。不过后来我还是为《胡同九十九》写了《垂花无语忆沧桑》一文，寄托了我泉涌般的怀旧情思。

旧的事物不断地消逝，或物是人非，或人在物亡，或竟人物两散，故而牵出绵绵不断的怀念意绪。这种意绪一旦积蓄到强烈的程度，便会由怀念而焦虑；焦虑的情绪进一步升腾，则化为追旧、保旧的行动。人之逝不可免，永久保存势不可能，但物之逝却是可以避免的。只要下定决心，采取措施，永久保存应非虚妄之想。

在城市发展的进程中，尤其是北京这种文化古都，如何在增新的过程中保旧，成为了一种普遍的焦虑。这回拓展平安大道计划的付诸实现，再一次使增新和保旧之间如何平衡成为一大关注点。这个工程从 1997 年 12 月 16 日启动，拆除东四十条 77 号院门是在八天后。这个约建于清初的垂花门从未被列入过文物清单，拆除它尚且引动了那么多传媒乃至普通市民的殷殷关注，那么，随着这个工程的进一步发展，它将牵涉的还有民国初年执政府府门（也就是刘和珍等牺牲的地方）、孙中山北京行辕的辕门、欧阳予倩故居、北海公园后门等等重要文物。即使对这些文物均有妥善的避让拆存方案，对关注古都风貌的人士而言，实施这工程仍是一桩惊心动魄的荦荦大事。

作为一个在北京定居几达半个世纪的老市民，我对古都风貌的钟爱情怀之浓酽自不待言，但这半个世纪里，我却眼睁睁地看着古都风貌的相继沦丧泯灭。与我的少年时代紧密相连的隆福古寺现已片瓦无踪，陪伴我步入中年的北京城墙也基本上荡然无存。为了适应交通的发展，街上的牌楼相继拆除，古老的四合院不断"捐躯"，现在连本已"腰斩"过的东四十条77号院也要进一步终寝。当那座裸露过三十多年的垂花门被拆除时，它是什么心情？觉得不再无伦类地"现眼"，因之是一种解脱，还是觉得那是最后也是最惨烈的痛苦？

告别了这座垂花门，清夜静思，我痛苦地探究：在都市的发展进程中，如何在新旧冲突中做出抉择？有"夺回古都风貌"这样的口号，更有"编新不如述旧"的思路；大体而言，是尽量不要再在古都空间中做减法。而做加法时，也要尽量地摹旧，比如盖新建筑时在顶上镶加亭子或庑顶，以求延续"民族传统"。于是进一步想：什么是城市的传统？什么是传统的尺度？城市是时空中的一个活体。它的延续，不应只理解为已有建筑物的保存，以及新建筑物的"归统"。城市的活力不是来自建筑物，而是来自生生不息的市民群体。这个群体在时间中的代间嬗递，使得其主流欲望不断地变化演进；而这个群体在空间中的生存状态,又使得其主流欲望不可避免地要大兴土木。城市建筑物,从这个意义上来说,就是主流人欲的外化,是主流欲望的载体。回顾北京市民群体在叫作北京的这个空间中展示或收敛其欲望的半个世纪的时间流程,我们可以大体上以三个阶段来观其流变。

第一阶段是50年代。苏联展览馆(现北京展览馆)显示着"苏联的今天是我们的明天"的热切追求,"十大建筑"显示出"在社会主义道路上阔步前进"的雄心壮志,而最令全世界刮目相看的是处理天安门前空间的大手笔:不仅义无反顾地拆除了原来东、西、南面的辅门,以及正阳门与其箭楼之间的瓮城及相关庙宇,还拆除了东西的大面积街区,并彻底改变了地面铺敷状态,甚至将天安门前的华表也进行了挪移。也还不仅是做减法,加法做得也相当激烈——在拓展的广场上兴建了人民英雄纪念碑,使原有的天际轮廓线完全改观。这是新中国群体主流在古都心脏突显其欲望的杰作。据说二十几年前当时美国国务卿秘密访华,乘小轿车经过天安门广场时,一瞥之间,心中震撼。

第二个阶段是60年代和70年代。那时政治上越来越"左",忽视建设,破坏文物,文化被"革"了命,遑论什么城市美学。群体的合理欲求被压抑,不合理也不合情的政治狂热席卷了一切。拥有世界上最瑰丽的藻井的隆福寺,以及北京的城墙和城门(除了极少残段残楼),都是在这一阶段被消灭掉的。

第三个阶段是80年代至今。改革开放的春风使城市新建筑物如百花怒绽,尤其是90年代以后,“都市新人类”的欲望逐渐开始牵动着城市建筑的美学追求,如北郊“亚运村”的国家奥林匹克体育中心,使用着与紫禁城、颐和园迥异的建筑语汇,吟诵出新的空间诗篇;但“编新”与“述旧”两派间的碰撞冲突也日渐激烈。到北京西客站的修建,国奥中心设计者的“编新”构想遭到否定,以一个硕大无朋而又毫无功能的亭子顶竭力“述旧”的方案得到青睐,并化为了触目惊心的现实。这一“述旧”之作,誉之者夸示为“弘扬传统”的力作,可惜认同此誉辞者似无多,多数的声音,是讥斥其为浮躁肤浅而又愚笨浪费之举。其实,争论的焦点恐怕并不一定是“编新”还是“述旧”。“编新”如滥用玻璃幕墙与“后现代”语汇,也多有败笔,其实是拾西洋人“牙慧”而又消化不良,何尝真有创新之志?“述旧”如着意寻求传统与现代的融合方式,达到天衣无缝、合璧浑成的程度,倒比“编新”还更合乎当代市民口味。像香山饭店、菊儿胡同新四合院,虽也有批评意见存在,但击节赞叹者,都说它们是化传统之魄丰现代之魂的佳构。

于是乎憬悟:城市的传统,是由一代又一代的市民来承传的。因为一代又一代的市民的主流欲望在变化,而城市建筑物应是市民主流欲望的外化物。所以归根到底,传统的尺度是人,凡合乎现存市民群体主流欲望的新建筑,便是传统的正当而又正常的延续。以这个标尺来衡量,则每当城市的发展中新与旧发生冲突时,在认真保护历史文物的前提下,为新而舍旧,是值得的。对于一个历史悠久的古都来说,把任何一件历史遗留下来的东西都当作文物,企图统统原封不动地加以保存,到头来是无法做到的。像东四十条77号垂花门那样的旧物,是应该为了都市新生代更畅快地在这一空间中存活发展而“英勇捐躯”的,和它告别时,我们又何必惆怅不已呢?

1998年1月2日 绿叶居

# 栽棵自己的树

四十多年前，随父母住在机关宿舍大院，那个院落是个典型的四合院，我家所住的厢房门窗外，有株高大的合欢树。一个星期天，忽然来了个面生的老头，绕着那合欢树转悠，又抚摩树皮，拣起落在地上的花，夹在手指缝里，嗅个不停，后来就站在树下发愣。我那时系着红领巾，在院子里玩耍，觉得他十分可疑，就过去问他找谁。他说找的就是这棵树，这树是他父亲带着他，亲自栽下的。我立刻跑回屋，向爸爸报告，说外头有个老头，搞反攻倒算呢！爸爸就走拢窗前朝外望，我催爸爸出去轰他，这时，那老头也就拿着一簇花离去了。爸爸对我说，他认出那老头，是国务院参事室的，不熟，但肯定不是坏人，这院子原来是他家故居，对这棵合欢树有感情，忍不住来看望看望，属于人之常情，不必去干涉他。

北京的古都风貌，直到五十年前，还可以用“半城宫墙半城树”来概括。人们现在仍津津乐道胡同四合院文化，不过大多只把注意力集中在北京胡同四合院的建筑形态上，对胡同四合院的树文化，似乎重视得还不够。胡同里的遮阴树属于公树，这里暂不讨论。四合院里的树木，在过去是属于房主的私树，那些私家树往往是第一代房主亲自挑选树种，并且其中至少有一棵，是其亲自栽下的。四合院里最常见的树种，有槐、榆、杨、柳、松、柏、桧、枣、梨、杏、毛桃、核桃、柿子、香椿、丁香、海棠，等等。四合院里的树木，不仅用于遮阴、观赏，也不仅是取其花、叶、果食用，往往还同主人形成某种特殊关系，或含有纪念意义，或表达某种祈愿，或切合主人性格、体现出某种刻意追求的文化格调。最近继续研究曹雪芹和《红楼梦》，特别注意到曹家的树文化及《红楼梦》里的以树喻人、营造诗意的美学特性。曹雪芹曾祖父曹玺在南京任上，亲手在花园种下了一棵楝树，后来他祖父曹寅对此树倍加爱惜，还绘图征题，集为四五巨卷，当时的文豪名流，几乎全都襄与其事。楝树既非名贵树种，其花更不华美，而且结子味极涩苦，曹玺手植、曹寅咏叹，其用意均在教诲后人勿忘其作为满人的包衣世奴的苦涩身世。《红楼梦》里没写到楝树，说明它并非曹氏的家史，但却又一再通过书里赖嬷嬷向儿孙辈感叹“你哪里知道那‘奴才’两个字是怎么写的”等细节，把曹氏的兴衰际遇浓浓地投影在了字里行间。《红楼梦》里的大观园，贾宝玉住的怡红院里蕉棠两植，林黛玉住的潇湘馆翠竹成丛“凤尾森森”，探春住的秋爽斋后廊满植梧桐，妙玉所在的拢翠庵冬日白雪中红梅盛开，包括薛宝钗所住的蘅芜苑不植树木只种各色香草，全都关合着人物的性格命运。中国传统文化通过各种方式给我们留下丰富的遗产，其中的树遗产也是异常丰富的，如清代纪晓岚给我们留下了诗文，留下了足以供今天电视剧戏说的趣闻轶事，也留下了一株至今每春花如瀑布的紫藤，那不仅有观赏价值，更氤氲出一种雅致格调熏陶着后人。

保护四合院文化，其中也应包含保护四合院树文化的内容。在电视剧《贫嘴张大民的幸福生活》里，我们可以看到如今北京的四合院沦为了拥挤不堪的杂居院的情景，其中有个细节是张大民不得不把一棵大树包在了自己加盖的小房子里，那些镜头的语意是十分丰富的。如果我们再不努力保护北京胡同四合院的树木，那么，再登到景山顶上眺望全城时，将不复有“半城树”的景观；纵使能望见许多新拔起的“楼林”，恐怕心里也不会舒服。

现在，在自己居住的地方栽一棵自己的树，对于北京人——也不仅是北京人，各个发展中的经济区里，人们的处境大体相同——基本上是可向往而难以落实的一桩事了。就城市居民而言，通过纳税，而由有关部门用税款来营造公众共享的绿地，栽种属于大家的树木花草，是社会发展的新模式。但我以为，至少应让一个人和一棵树建立更私密的关系。这是北京四合院，其实也不光是北京四合院，是在我们民族世代生息的所有地方都有的手植私树传给后人的文化传统。树比人寿长，前人栽树，后人乘凉，栽一棵自己的树，寄托志向情思，留给下一代甚至很多代，让他们在树荫下产生严肃的思绪、悠然的诗意，这个传统不能丢弃。报载，有的城市在郊外设置了不同的林场，有的用于新婚夫妇植树纪念，或生下孩子或孩子开始上学时植树纪念；有的用于殡葬，把骨灰埋在树下，死者从树中，思念者望树生情，这都是很好的变通方式。

参加公益性的植树造林活动，自然应该积极。倘若有一块自己能以支配的园地，就该兴致勃勃地栽棵自己喜欢的树。近年我在远郊有了一间书房，窗外一块隙地可以种树，妻子帮我栽了一棵合欢树，这既是与我童年时光的对接，也意味着我们三十一年的恩爱应该延续。这树又名马缨花，我的写作，仍是骑马难下的状态，那就再摇马缨，继续向前；北京市民却又把它称为绒线花，我更喜欢那昵称里的平民气息，鼓励自己将文字更竭诚地奉献给平凡的族群；但妻子查了书，又找出了此树花期的特殊气息可以制怒消忿的依据，她批评我近来脾气暴躁，希望我能在这树旁调理好心态情绪，雅意感人，怎能不从？栽一棵自己的树，实际也就是净化自己的一颗心啊！

# 亲近牛筋草

严格意义的田野已经越来越少,离开城市,沿着公路前进,我们所看到的是无边的农田,或者是人工营造的果园、鱼塘,称为田原或田园很恰当,称为田野就比较勉强——因为几乎没有了野气。

原来在城市里的隙地上,很容易看到野草野花。我上小学的时候,放了学,和同学在胡同院落的墙根下常常停下来玩耍,游戏之一就是从墙根隙地的野草丛里拔起牛筋草,互相拉钩比赛。牛筋草的主干非常坚韧,其顶端张开着三叉或四叉绿须,那须子其实就是它的花穗,只是那些细小的花体很不显眼。你拿一根牛筋草,我拿一根牛筋草,互相构成十字,然后折弯钩住,双手拽住两头拼命拉扯,谁把对方的牛筋草扯断,谁就赢了。有关的童年回忆,常使我保持着一份对质朴生活的温馨回忆。

世界在迅疾地一体化,其特点也就是以铺天盖地的工业制品包围了我们的生活,凡带点野气的东西都被有意无意地消灭掉,野生动物正面临着数量锐减以至于绝种的局面,野草野花也总是被毫不留情地予以刈除。我们的生活确实富裕了,但我们装修完的住宅里往往久久地发散着化工涂料与黏合剂的刺鼻气息,我们楼下的公共绿地里有树有花有草却都是只能观看不能亲近的,马路把汽车尾气不停地送入我们鼻腔,空调使我们屋子里凉快却同时增高了屋外的热量,在都市的滚滚人流里我们感到孤独,却又不断地被散发小广告的陌生人贴近,我们的生活习惯与审美态势被商家的华丽广告和促销技巧勾引得朝复杂化发展,刻意追求包装,喜欢争奇斗艳,不断地购买商品,不停地制造垃圾,而外在的虚荣又引发出内心的嫌贫妒富,仿佛走在一道闪着金光却又极其狭窄的独木桥上,心理总是不能平衡。往往是,温饱无虞,杂七杂八的零碎堆满居室,却还是很难快活。那天我去拜访瑞姐,她是个离休的老编辑,住在一座塔楼的底层,她的居室雅洁清爽,只有必要的,没有多余的东西。我一眼看见她那茶几上的陶瓶里插着些狗尾草和牛筋草,不禁欢叫起来:"呀!您哪儿采来的?好稀奇啊!"她笑说是在公园的角落,绿化工还表扬她帮助他们拔除野草。她对他们说,其实,在公园的某些地段,保留一些这样的野草和多头菊、蒲公英那样的野花,还是必要的,不仅有利于保土固坡,也有另一番诗情画意。和她聊了一阵,我赞叹说:"现在一些发达国家的人士,面对物欲横流、普遍焦虑的社会现状,提出了'过简单生活'的主张,您这样过日子,可以说是属于简单生活吧?"瑞姐笑对我说:"也看了几本美国人、日本人写的提倡简单、清贫生活的书,很有趣;但我觉得他们还都说得不透，我以为，简单之美，首先是内心的单纯，我现在最高兴的，是自己恢复了一颗童心。”

我与瑞姐讨论：“儿童的心性虽然纯洁，却不成熟，以那样的心思，怎么能应付如今五光十色甚至光怪陆离的复杂社会呢？”瑞姐说：“经历过一番人生磨炼，成熟后，再复归于童心，这就仿佛玻璃经熔铸后化为了水晶，透明单纯而又坚实刚强。比如对财富的看法，儿童只要衣食不缺，有父母爱，有学上，那么，在野草丛里发现了一片牛筋草，他就会觉得自己的世界非常富足辉煌；现在有的成年人已经拥有了必需的财产，甚至也成家有子，却总还是觉得有的人比自己住的房子大而好，赚的钱多而易，欲壑难填，焦虑不堪。倘若能在职业基本稳定、家庭基本和满的前提下，回归亲近牛筋草那样的童心，就会眼前透亮，胸臆舒畅，会觉得别人再富有那是他的事，和自己实在无关，完全没有攀比的必要，而在结婚纪念日里，接过配偶递上的可能是很简单的礼物，或者当孩子爬在自己膝盖上撒娇时，一家人到小餐馆里点上几个实惠而可口的菜肴时，就仿佛拉扯牛筋草获胜了一样，快乐无涯！所以我说，要过简单生活，先要净化心臆！”

从瑞姐家出来，摆弄着从她那陶瓶里抽出的一根牛筋草，我心里漾涌着纯净欢欣的情思。

# 碰头食

那是去秋一天的下午，植被丰茂的温榆河边，我坐在马扎上画水彩写生，老杜走来走去地采集植物叶片，而汪哥儿则坐在他那辆本田雅阁里，把四扇车门全打开，仰着身子，双手枕在脑后，享受穿过车体的“过堂风”。

我们三个是偶然相识于温榆河畔的。我在离河不远的村子里辟了一间书房，写作之余爱到河边画风景；老杜离休不久，他们干休所就坐落在河东天竺镇，他喜欢采集植物花叶制作标本；汪哥儿别人都管他叫汪总，在河畔高档别墅区里有栋欧陆风情的小楼，有时开车路过温榆河就离开公路把车滑到河畔草丛中，他说是“透气补氧”，我却从他那眯眼凝思的神态，判断他多半还是在盘算生意经。因为问起来他比我和老杜小两轮还多，所以我们只叫他汪哥儿，他每回都拉长声音应承，很受听的样子。

我们又遇到一起，热络地互致问候后，便各司己事。忽听“咩咩”之声，一群绵羊约有三四十只，跟随一位羊倌移动了过来。羊倌是个四十多岁的汉子，我们都跟他打招呼，他也就站住跟我们拉家常。我、老杜、汪哥儿互相虽说也曾在问答间有些个自我介绍，究竟都留有相当余地，但那羊倌听了几句淡问，在我们并不曾寻根究底的情况下，却把他家乃至他们村的种种情况自动透明。原来放养这样一群羊，一年下来的收入约一万二千元。他说羊爱吃碰头食，所以必须每天轰出圈放养。同样的植物，你去割来放进圈里喂它们，它们不爱吃，必得它们自己边走边觅食，才又香又欢。当然，入冬后，留下的种羊只能圈养，喂储存的饲料，那风险就特别大，甭说染了病，就是厌食，胃口不香，不愿交配，也够人烦的。羊群欢快地寻觅着香甜的碰头食，渐渐远去，羊倌也就跟我们道别，随着去了。

夕阳裹到身上，暖酥酥的，我画好了画，老杜夹妥了标本，汪哥儿下车看画和标本，仨人闲聊起来，都发表了一番从碰头食引出的感慨。

我说作家写作，最好也还是从“碰头食”里获取营养。阿根廷有个著名作家叫博尔赫斯，长期在图书馆里工作，博览群书，浮想联翩，他的小说灵感差不多全来自“圈食”，虽然奇诡精致，究竟缺乏时代脉搏生活气息，好多年里好多人都说他该得诺贝尔文学奖，但直到前几年他溘然仙逝，仍与该奖无缘，倒是像君特·格拉斯那样的爱吃“碰头食”即乐于追踪现实发展轨迹、撷取鲜活素材的作家，虽争议很大，倒能“蟾宫折桂”。当然奖项也并非评判作家成就高低的圭臬，从读者角度衡量，白菜萝卜各有所爱，我自己所钟爱的文学创作，还主要是吃“碰头食”那种路数的产物。

老杜却说哎呀快别提“碰头食”，在位的时候，整天吃“碰头食”,这顿是宴请别人,那顿是别人宴请,该到哪儿吃饭,全听秘书提醒,就是“工作餐”,往往也得司机送接、秘书引进才知道订在了什么地方,一年到头难得在家里吃顿“圈食”。直到离休以后,这才知道“圈食”比任何生猛海鲜、法式大餐都更可口,那因为连连吃“碰头食”而形成的滚圆“将军肚”,现在凭借“圈食”加步行采集植物标本,才算平复到可以拍侧面照的形态。

汪哥儿听完我们的话呵呵笑,说二位老伯你们怕都猜不出我的心思。他说对他来说,把握事业的关键是既要有充足的“圈食”,更要善于吃“碰头食”。搞经济,无“圈”就成了“皮包公司”,无“圈粮”就只能是整天想着“空手套白狼”,不仅难获成功,还容易酿成大祸。但是光知道“守圈”,只靠“圈粮”那是吃不成“壮汉”的,必须还要善于吃“碰头食”,就是绝不能错过机遇,一定要带露折花,常保鲜活。他说经济活动都带有一定的投机性,吃“碰头食”是一种投机行为不假,但投机要以“游戏规则”厘定的范围为度。羊是天然知道什么能吃什么有毒绝不能沾,搞经济的人吃“碰头食”可没那个“本能”,所以,要在实践中磨炼,在岁月中成熟……一顿话,把我和老杜听呆了。那天晚上我在书房灯下检视自己的水彩写生,画面上有在柳林下蒿草中觅食的羊群,我忍不住在画角题上了“碰头食”三个字。

## 天文思维

连续两天，傍晚突起邪风。

都是正围桌吃饭，在并无先兆的情况下，强风说来就来，一下子将所有未关紧的窗扇劈啪开合，百叶窗或被凹吸到窗框上，或被掀飞于室内，两侧的窗帘更直飞起来，扫荡着所接触的东西，而天光陡然晦暗，骤雨接踵而至……耳里充盈着上面下面窗玻璃被砸碎的锐响，身体仿佛如临地震，有晃动的感觉，心脏不由得加快跳动速度……大家都不由得放下碗筷，面面相觑，这是怎么啦?!

昨天的“风云突变”尤其惊心动魄——突降的大雨瓢泼而进，从过道一直漫进厅里，顿时将地毯一角淹湿；又听见咣当一声，待雨稍小打开过道门，但见一扇纱窗被掀了下来，并且将固定纱窗的一个螺丝扣也揪了下来，你说该有多大的风力！

最令人心中本能地悚然的是，暴雨刷进来，竟把过道门正面所贴的两个门神，毫无保留地全刷掉了！那是我前两年从河南买回来的朱仙镇木刻，是“天成老店”用老棋子套色印制的。两位门神一是秦叔宝，一是尉迟恭，都十分威严猛厉，被我用胶带固定在那门上，为我家把了好长时间的门，确有秋毫无犯之效。谁知一场怪雨，顿时“灰飞烟灭”，毋乃凶兆乎?

两场邪风肆虐的后果，是楼下小花园中的几棵高树，被连根拔出；楼前一段往北的路，两旁的行道树，也几乎全被刮倒（奇怪的是当中偏有两株安然无恙——怪风的“破坏选择”循的是一个什么规律？）；后来我们在阳台上朝下眺望，才又看见护城河边有好粗的垂柳，也被掀倒，露出章鱼般的根须。

今年北京的气候，确实十分反常，不仅过早地奇热，而且是湿热！这种热法，原是广州等岭南地区的热法。北京电视台的“电视商场”节目里，今年竟推销起了“抽湿机”！往年是推销“加湿器”的啊！

像我们，不过是住在高楼上，邪风陡起，受受惊吓罢了，所损失的，无非是几个花盆，几扇玻璃窗，两幅门神……看电视新闻里的报道，京郊一些地方，已有屋塌田毁的事，而像广东、广西，那里有许多地方的水灾，大到了几十年不遇的地步，镜头里的滔滔浊波，已令人心紧气迫，那身处其中的灾民们，该是怎样的感受？

朋友E来电话，说起种种气候反常的情形，判断曰：“这肯定跟彗星撞击木星有关系！”

能肯定吗？最近一个时期，电视、报纸都透明度很高地报道、解说了苏梅克-列维彗星碎片连续撞击木星一事，一方面下“安民告示”：这对地球不会有直接的影响；另一方面，为中国古代的那位忧天的杞人“平反”，敢情杞人不但不应予以嘲笑，还应尊为有天文预见的哲人。说是“没有直接影响”，那就是说，无法肯定绝无间接影响。既给古代杞人平反，则如 E 的惊惊乍乍，当不至于被批判为“危言耸听”，起码可聊备为一家之见吧！

20 世纪初，1910 年吧，哈雷彗星掠过地球，曾引起过不小的骚动，欧洲一些国家的人，以为世界末日将到，或纵情享乐以求一快，或战战兢兢等待“末日审判”，或干脆自杀以求解脱……人类毕竟是老到多了，现在木星遭遇千载难有的大碰撞，而且有先进的射电望远镜将那情形拍摄下来，并及时在电视上放映周知，却不见有什么人惊慌失措。

“天象示警”，曾是古代人们的思维方式，某种怪异天象，引入政治领域，则常为颠覆者用来蛊惑人心；引入宗教领域，则常为教会用来震慑教徒；引入经济领域，则常引发出市场的紊乱；引入世俗生活，则常成为祸福的征兆……

这的确是人类社会长足的进步：这么千载少见的彗星撞击木星事件，而且那一连串的碎片陆续撞击了木星好多天，从电视上及时的报道可知，若干碎片对木星撞击的力度、烈度，都超过了原来所预计的程度，所引出的各种变化，巨大而复杂，但地球上的人们依然各自忙着自己的事。在这一期间所举行的世界杯足球赛，赛场上也好，无数的荧屏前也好，球迷们哪把彗木相撞搁在心上，眼里心里只有球星和皮球的相撞……世上行好事的不消说继续在行好，就是做坏事的，也绝不因此而收敛；甚至于迷信的人，也还在按什么麻衣相术照例地在那里掰算,全不把彗木相撞当作一大因素,考虑在内。

不过E却认为这种麻木,并非佳象。他在电话中说,他固然也反对因这类事而闹得街巷沸然,人心惶惶,但人若一点没有“天文思维”,心胸里只装着些“今天到哪里赚大钱?”或“今朝有酒今朝醉”的念头,惟世俗而弃超尘,“形而下”过剩,“形而上”匮乏,那也很可怕!

我告诉E,从报纸上看到,也有若干普通市民,跑到天文台或有天文望远镜的地方,饶有兴味地观察了彗木相撞的情景。他说:“那当然是好事!不过,其中有些恐怕也只是看看热闹,就像时下中国的某些集邮迷,他们不可谓不迷,甚至是狂迷,但所关心的,大半是邮品的价位,真进入审美层次的,真是凤毛麟角!”

E是否对世相估计得过分灰暗了?对人类是否太悲观了?依我看来,要求世人皆有“天文思维”,恐怕是求之太苛了,这就像要求世人皆能把生活审美化一样,几无实现的可能。

E是可爱的,我很理解他。他其实是爱这世界、爱全人类的,深挚的爱转化为“此铁何不成钢”的恨,是人性的规律之一。

不仅是气候反常,如今这世界反常的现象实在太多,我们自己的思维、行为、感觉、情绪……不也时而反常吗?

要紧的是,不能失去信心:对世事,对人类,对自己这还在继续的人生……

1994年7月22日星期五